KB125608

時間의 복수

시간의 복수

초판 1쇄 발행 2020년 6월 15일

지 은 이   홍석기
발 행 인   권선복
편   집   오동희
디 자 인   최새롬
전 자 책   서보미
발 행 처   도서출판 행복에너지
출판등록   제315-2011-000035호
주   소   (157-010) 서울특별시 강서구 화곡로 232
전   화   0505-613-6133
팩   스   0303-0799-1560
홈페이지   www.happybook.or.kr
이 메 일   ksbdata@daum.net

값 16,000원
ISBN 979-11-5602-816-1 03810

도서출판 행복에너지는 독자 여러분의 아이디어와 원고 투고를 기다립니다. 책으로 만들
기를 원하는 콘텐츠가 있으신 분은 이메일이나 홈페이지를 통해 간단한 기획서와 기획의
도, 연락처 등을 보내주십시오. 행복에너지의 문은 언제나 활짝 열려 있습니다.

장 편 소 설

時間의 복수

홍석기 지음

도서
출판 행복에너지

〈 목 차 〉

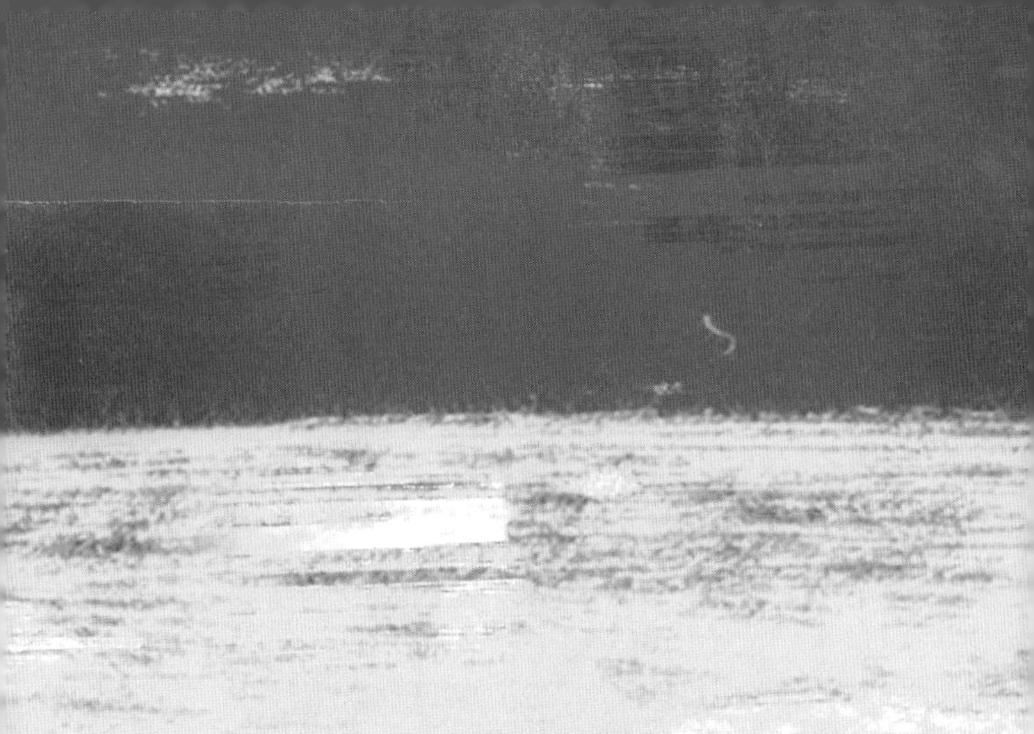

1

실직자의 변명

"야, 이 새끼야, 당신이 뭔데 나를 잘라?"

"내가 니 새끼냐? 널 내가 짤랐냐? 니네 사장이 잘랐지."

"기준이 뭐야?"

"기준이 어디 있어, 바보야. 잘렸으면 창피한 줄 알고, 조용히 있어."

"당신도 사표 냈다며? 당신도 잘린 거야?"

"바보야. 잘릴 때까지 기다리냐?"

"근데, 우리, 이제, 뭐, 해 먹고 살지?"

"설마, 굶어 죽겠냐? 나는, 지금부터 자유야."

서울역 뒷길이다. 작은 포장마차에는 잘린 놈과 자른 놈들끼리, 누가 누구를 잘랐는지 모르는 놈들끼리, 바보들끼리 어울리며 잔을 기울이고 있다. 한세상 부장은 밤늦도록 퍼 마셨다. 식당 안은 시장바닥이었다. 혼자 와서 고개를 푹 숙이고 술잔만 바라보는 사람, 찌개 한 그릇을 시켜 놓고 셋이 둘러앉아 소주를 몇 병씩 까는 사람, 목소리 큰 경상도 아저씨와 아줌마의 말다툼하는 모습들을 구경하는 것만으로도 흥미로운 밤이다. 저쪽 구석에서 앳된 여자 애들끼리 깔깔거리며 웃고 떠드는 모습도 보인다. 한 부장과 어울리는 서너 명들도 울다가 웃다가, 멱살을 잡았다가 볼때기를 때리다가, 손잡고 웃었다. 친구인지 원수인지, 동료인지 남인지 구분이 안 될 것 같은 사이로 보였으리라. 어쩌면 사채업자와 채무자와의 관계로 보였을 수도 있겠다. 남들에게 보이는 게 뭔 대수이겠는가?

아침이 다가오자 술이 취한 듯, 세상살이에 멍들은 듯, 방향을 잃은 놈들은 온다 간다 말도 없이, 소리 소문 없이, 하나둘씩 다 없어졌다. 혼자서 술값을 다 낸 한세상도 투덜거리며 일어섰다. 그래 세상이 그런 거지 뭐.

한세상 부장이 서울역 앞 광장 계단으로 천천히 내려오는데, 덩치가 크고 잘생긴 젊은이가 앞을 가로막는다.

"형, 천 원만."
"내가 니 형이냐?"
"형, 담배 한 개비만."
"나, 담배 안 피워. 저리 비켜, 임마."
"에이 더러워, 싫으면 말구."

겉보기에 멀쩡한 젊은이가 거지행색을 하고 구걸을 한다. 어디가 아픈 것도 아니고, 나이 든 노인네도 아닌 남자가 역 주변을 빙빙 돌면서 돈을 뜯고 주머니를 턴다. 한심하기 이전에 이상해 보인다. 스스로 자립할 권리를 내던져 버린, 괴상한 인간. 그런 인간들이 한두 명이 아니다. 여자도 있다. 잔뜩 짐을 싼 듯한 비닐봉지엔 뭐가 그리 많이 들어 있는지 궁금하다. 사오정(사십오세정년)이 된 한세상 부장은 냄새 나는 서울역 대합실을 내려와 두리번거렸다. 남산 중턱에 비치는 햇살을 보며 눈살을 찌푸렸다. 서울역 앞 광장으로 나와 갈 곳을 찾는다. 어디로 가야 하나? 가야 할 곳을 정하지 못하고 서성이며 서울역 광장 아래 위를 훑어보니 거긴 더 가관이다. 술 취해 비틀거리는 사람들이 곳곳에 서너 명씩 있다. 한 남자는 길 옆 드럼통에 다리를 걸치고 바지를 훌렁 내리고 오줌을 누면서, 지나가는 사람들을 흘깃흘깃 쳐다보며, 시커먼 물건을 보여 주고 싶은지, 보란 듯이 바지춤에서 꺼내 흔든다. 반대편 구석에는 예닐곱 명이 둘러앉아, 안주도 없는 소주병들을 깔아 놓고 있다. 종이상자와 헝겊쪼가리, 찢어진 이부자리 같은 것들이 너저분하게 널려 있고, 그중엔 여자 두어 명이 낄낄거리고 있다. 한세상은 그 자리에 끼어들어 가서 참견하고 싶은 충동을 느꼈지만, 자칫하면 몰매 맞기 십상이니 꾹 참았다.

"냄새는 오죽할까? 저들은 어떻게 저렇게 되었을까?"

한세상은 뭘 보든지 궁금한 게 많다.

한세상이 마땅히 발길 닿을 곳을 잃은 채, 난간에 기대어 넋 놓고 그들을 살펴보는데, 갑자기 그들 안에 섞여서 노래를 부르는 자신이 어렴풋하게 보이는 게 아닌가? 아주 큰 소리로 술잔을 들고 춤을 추는 한세상이 저 안에 있다. 저들과 춤을 추고 노래를 부르며, 술잔을 주고받는 자신을 보고 움찔 놀란다.

"그래. 저놈들이 바로 나야. 저들 중에도 한때는 잘나갔던 사람도 있고, 한 소리 하던 놈도 있고, 권력과 명예를 쥐고 흔들던 사람도 있을 거야. 아마도 여자에게 빠져 시간을 날렸거나, 노름에 빠져 돈을 날렸거나, 빚보증 하나 잘못 섰다가 저곳에 온 사람도 있겠지. 어떤 사람인들 없겠어? 우연히 만난 사람과 큰 사업 한번 해 보겠다고 나섰다가 집안을 말아먹은 사람도 있겠지. 부모 재산을 날린 놈도 있고, 자식이 망쳐 놓은 집안도 있을 것이고, 친구 잘못 만나 보증 잘못 서서 가세가 기울어진 사람도 있을 거야. 하지만, 그래도, 그럼에도 불구하고, 저렇게 힘들게 버티는 사람들 중에 나쁜 놈들은 없을 거야. 높은 자리에서 부자들 등쳐먹거나, 여자들 잡아다가 괴롭혔거나, 돈과 권력으로 죄를 덮은, 그런 사람은 아마도 없을 거야. 집을 몇 채씩 갖고 빈손이라고 변명을 하거나, 세금을 내지 않으려고 주소를 옮겨 놓을 만한 머리를 가진 놈도 없을 테고, 군대는 모두 잘들 다녀왔겠지. 어쩌면 무능하거나 너무 착하거나, 사람을 잘 믿어서 저리 된 사람들이 더 많을지 몰라.

그래도 그렇지. 어떻게 저러고 살까? 하루 이틀도 아닐 텐데. 지나가는 사람에게 손 벌리지 말고, 낯모르는 사람 주머니 털 생각일랑 하지 말고, 예쁜 여자들 궁둥이나 쳐다보면서 침 흘리지 말고, 농촌에 가서 밭을 매든지, 산에 가서 나무를 심어도 저것보다는 낫겠네. 전철에 떨어진 신문만 사서 팔아도 밥은 먹고 살겠네. 아아, 세상아, 그러는 너는 뭔데? 지금 너는 뭐가 낫다고? 저들과 네가 다를 건 없어. 다 똑같아. 저들이 너였고, 네가 그들이었고, 그들이 너야. 네가 저들과 다른 게 뭔데? 저들이나 너나 같아. 너도 곧 저렇게 될지도 모르지. 남 얘기가 아니지."

한세상은 전철을 타면서 조심스럽게 구석으로 간다. 아는 사람 만날까 봐 고개를 푹 숙이고 서울역 대합실에서 주운 신문을 읽으려고 하니 이것도 운이 따르지 않는지, 어제 신문이다.

"아무려면 어때. 어제 신문이나 내일 신문이나 매한가지다. 나 같은 주제에 무슨 신문나부랭이라도 읽을 가치나 있을까? 읽어서 뭐 한다고? 알아도 쓸모없는 소식이나 뉴스거리가 내 인생에 무슨 도움이 되겠나? 그래도 혹시나 하고 상세히 훑어보니, 공공기관에서 임원을 모집한다는 광고가 실렸네. 이력서라도 한번 내 보고 싶지만, 벌써 다 뽑아 놓았거나, 높은 사람들끼리 돌아가면서 이미 다 정해 놓고, 쓸데없는 돈 들여 가며 광고를 내는 거, 누가 모를 줄 아니?"

한세상이 더 읽을 가치도 소용도 없는 신문을 선반 위로 던지자마자, 지나던 아주머니가 얼른 집어 간다.

"저걸 팔아서 돈을 버는군. 괜히 버렸네. 나도 지하철 휴지통 뒤지고, 선반에 떨어진 신문을 주워서 팔까? 허리춤에 잔뜩 끼어들고 다니는 저 신문 뭉치는 모두 얼마나 받으려나? 하루 세 끼 밥값은 되나? 차비는 되려나? 별 걱정을 다 하고 있군. 지금 누굴 걱정할 때니? 멍청한 놈."

집으로 돌아온 한세상은 거실에 자리를 잡고 앉아 멍하니 있다가 아이들과 아내를 불렀다.

"여보, 애들아. 잠깐만 와 볼래? 할 말이 있어서 그래."
"무슨 말을 하려고 또, 애들까지 불러요? 술 취했을 때는 말하지 마세요."
"아빠, 무슨 일 있어요? 나 숙제해야 하는데. 빨리 말해요. 간단히."

"간단하지 않은 말을 빨리, 간단히 하라고 재촉을 하는군. 한 시간 아니, 하루 종일 이야기해도 부족할 텐데, 간단히, 빨리 말하라고 하니, 어디부터 말을 꺼내야 하나? 그 이전에 나는 왜 이 말을 하려는 걸까? 허락을 받거나 결재를 받아야 하는 것도 아닌데. 말하지 않고 그냥 내 마음대로 해도 될 건데, 괜히 말을 꺼내는 게 아닌가?"

"그래도 말을 해야지. 어차피 알게 될 테니까. 누군가는 말을 해 줄 거고,

언젠가는 알게 될 테니, 그래도 내 목소리로, 내 말을 해야 하지 않겠어? 나중에라도 혹시, 내가 회사에서 잘렸다는 말을 다른 사람을 통해서 들어 봐. 집안이 어떻게 되겠어? 잘린 게 아니라 내 발로 나온 거라고 변명을 한들 알아듣겠어? 무슨 말인들 이해를 하려고 하겠어? 메치나 둘러치나 마찬가지지만."

한세상이 가장 힘들게 여기는 건, 긴 말을 짧게 하는 거다. 말하지 않고 침묵을 지키는 건 더욱 어렵다. 그래서 상세히, 앞뒤 정황을 설명하면서 자세하게 말하려고 했다. 제일 힘든 건 솔직하게 말하는 거다. 거짓말은 쉽다. 아주 쉽다. 얼마든지 꾸밀 수 있고, 얼마든지 돌려서 말할 수 있다. 거짓말을 진실처럼 말하는 건 얼마나 쉬운가? 진실을 더욱 진실하게 말하는 거, 진실이 거짓처럼 들리지 않도록 진심으로 말하는 건, 한세상에게 세상에서 가장 힘들고 어려운 일이다. 직장생활 25년 동안 배운 게 그런 거다. 직원들에게 잔소리하는 거, 되지도 않는 임원들의 말을 그럴 듯하게 꾸며서 직원들에게 전달하는 거, 거짓을 진실처럼 꾸미고 다듬어서 고객들에게 전달하는 것 등을 직장에서 배웠다. 그걸 스마트한 비즈니스 커뮤니케이션이라고 한다나 뭐라나. 결국 그런 것을 익히지 못한 한세상이기에 사표를 내고 나온 건지도 모른다.

그런데 지금, 가족들을 모아 놓고 2차전을 치러야 하는 거다. 거짓말을 더하고 싶어 안달이 나지만 참아야 하는 애비의 마음, 그들이 알까? 조금이라도 진실이 거짓말처럼 들리지 않도록 해야 하는데 그게 어렵다. 어려서부터 거짓말하는 법을 배웠지만, 거짓말을 진실처럼 말하는 법은 배웠지만, 진실을 사실처럼, 사실을 진심으로 말하는 법은 배운 적이 없다. 그건 아무도 가르쳐 주지 않는다. 거짓이 진실처럼 왜곡되지 않도록, 진실이 거짓처럼 들리지 않도록 말하는 법은 학교에서도 배운 적이 없다. 그런데 지금, 사랑하는 가족들 앞에서 진실을 진심으로 말해야 하는 입장에 있는 한세상은 한 치의 망설임도 없이, 간단히 포기했다. 그렇게 하기 싫은데. 그런 일이 정말 힘든데, 지금 그래야 하는 거다. 있을 수 없는 일이다.

"그래? 그럼, 나중에 이야기해 줄게."

결국 가족들은 한세상이 회사를 그만둔 것에 대해 아무도 궁금해하지 않았다. 아내도 애들도. 말을 꺼내지도 않았으니 궁금하지도 않았을 거다.

***

한세상은 이렇게 찬란한 아침이 싫었다. 활기찬 하루가 누군가에겐 비극으로, 누군가에겐 희극으로 시작된다는 걸 이제 알았다. 아파트 단지 사이로 떠오르는 태양은 유난히 컸다. 밝았다. 아침에 뜨는 태양은 자신을 위해 뜨는 거라고 믿었는데, 지금의 저 태양은 한세상에게 상처를 주고 있다. 이제부터는 태양이 있는 거나 없는 거나 다를 게 없고, 달이 뜨거나 별이 빛나거나 달라지는 게 없으리라. 그냥 낮에는 해가 뜨는 것이고, 밤에는 달과 별이 함께 뜨는 것이려니, 실업자에게 낮이면 어떻고 밤이면 무엇이 달라질까?

한세상은 셔츠를 입고, 타이를 매고, 아주 바쁜 사람처럼, 더 일찍 출근하기로 마음먹은 사람인 것처럼, 문을 쾅 닫고 3층 계단을 빠르게 내려왔다. 일단 삼거리까지는 부지런히 걸었다. 아무거나 타기로 했다. 가급적 멀리 가는 버스로 타야겠지. 마음은 빈손이지만, 카드도 되고, 지폐도 몇 장 있으니 얼마나 큰 다행인지 모르겠다.

"오늘 하루는 푹 쉬어야지. 아니, 얼마 동안 쉴지 모르지만, 오늘은 진짜로 쉬어야지. 마음 놓고 푹 쉬어야지. 그래야지. 그럴 자격은 충분히 되지. 얼마나 열심히 살았는데. 내가 이 정도는 쉬어도 될걸. 하느님이나 부처님이나, 아니, 부모님도 가족들도, 아내도 아들도 딸도, 다들 알 거야. 내가 지금까지 얼마나 열심히 살아왔는지. 그런데 겨우 이 정도냐고 묻겠지? 이 정도가 어때서? 이건 쉬운 줄 아니? 여기까지 오는 것도 얼마나 힘들었는데. 바보들."

졸다가 자다가, 생각하다가 밖을 보다가, 버스 바닥을 보다가 천장을 보면서, 한세상은 한 시간 남짓한 시간 동안 버스에 몸을 맡겼다.

"종점 다 왔습니다. 저기 뒤에 손님 내리세요."
"아, 네. 죄송합니다. 미안합니다."

"내가 왜, 또 미안하고 다시 죄송해야 하는 거지? 버스를 혼자 타고 종점 끝까지 오면 미안해야 하는 건가? 실업자가 버스를 타면 죄송해야 하나? 그런 거 아닌데. 바보. 오늘부터 난 바보가 된 거야."

버스에서 내리고 보니 온통 산이다. 여기가 어딘가? 안양인가, 시흥인가? 버스 종점이 이런 시골에 있다니? 한세상은 일단 내려서, 근처 주막집을 찾았다. 비닐로 지은 천막 같은 집인데 안은 텅 비었다. 대여섯 개의 드럼통만 덩그러니 놓여 있고, 낡은 의자 밑에는 개와 고양이 한 마리씩 웅크리고 앉아 있었다. 한세상을 빤히 바라보는 고양이 눈은 세상이를 무시하는 듯하고, 들은 척도 않고 잠자는 척하는 강아지를 보니 발로 차고 싶지만, 무슨 원수가 졌다고 남의 개와 고양이를 구박할 수 있을까? 모든 게 미안하고 죄송한 실업자 주제에.
늙은 듯 젊은 듯, 예쁜 듯 못생긴 듯, 야한 듯 추한 듯, 날씬한 듯 뚱뚱한 듯, 요상하게 생긴 여자 혼자 입구에 서 있었다. 한세상은 인사도 없이 들어가서 아무 데나 앉았다. 아무도 없으니 아무 데나 앉은 거다. 뭐라 그럴 사람도 없다. 김치찌개에 소주 한 병을 시켰다. 아침도 아니고 점심도 아니고, 끼니때는 더욱 아닌데 소주부터 시켰다. 그럴 수밖에 없었다. 갈비를 구울 수도 없고, 그럴 필요도 없고, 그럴 돈도 없으니까. 끓지도 않은 찌개에 숟가락을 넣었다가 젓가락을 담갔다가, 콩나물을 집었다가 파전을 시켰다. 먹을 것도 아니면서 왠지 더 시켜야 할 것 같아서 시켰다. 달콤한 듯 시큼한 듯, 씁쓸한 듯 쌉쌀한 듯, 소주 두어 잔을 들이키고 김치 한 개를 집어넣으니 속이 후련하다. 위도가 싸하고 목구멍이 칼칼했다. 칼칼한지 싸한지, 시큼한지 답답한지 한세상은 감을 잡지 못했다. 아니, 진짜로 답답했다. 목구멍도 답답하고 가슴도 답답하고, 머리도 답답하고. 온몸이 답답할 땐 소주가 최고다. 맞아. 그래서 소주를 시킨 거다.

얼마나 시간이 흘렀을까? 김치찌개도 반이 남고 파전도 반이 남았는데, 빈 소주병은 벌써 두어 병이 쌓였다. 소주 한 병을 더 마시고 싶었다. 딱 한 병만 시키고 싶어 아줌마를 찾아보니 없다. 그는 그냥 냉장고에서 소주를 꺼내 왔다.

"어디 갔지? 모르는 여자지만 보고 싶은데, 처음 보는 여성에게 빈말이라도 걸고 싶은데. 이걸 혼자서 마셨나? 대낮에 혼자서 두어 병을 마셨다고? 거짓말이지. 그럴 리가 없다. 한 병만 마셔도 취하는 사람인데. 그런데,

그런데 정말 알다가도 모를 일이야. 이렇게 주량이 센가? 내가 그런가? 내가 미친 줄 알고 도망갔나? 나 정상인데. 진짜 정상적인 남자인데. 뭐든지 할 수 있는데. 다른 것도 할 수 있는데. 바보. 이 좋은 기회에 어디로 숨어버렸단 말인가?"

한세상은 몸이 흔들리는 것 같았다. 머리가 흔들리는지 허리가 비틀리는지, 다리가 휘청거리는지 도무지 알 수 없었다. 마음이 흔들리고 정신이 헷갈리는 걸 깨닫고, 간신히 일어나서 계산을 하고 천막 옆에 도랑으로 내려갔다. 오줌을 누어야 하는데, 누가 볼 것 같았다. 아무도 없는데 누군가 볼까 봐 두려웠다. 좀 더 내려갔다. 천천히 조심조심. 조금 더 내려가다가 미끄러지면서 바위를 짚었다. 물이 마른 도랑 바위 위에는 수십 마리의 개미들이 오가고 있었다. 빠르게 쏘다니는 개미를 보니 웃음이 나왔다. 개미들을 향해 오줌을 누었다.

"미안해 개미들아. 바보들. 할 일도 없으면서 뭐 그리 부지런히 쏘다니니? 뭐가 그리 바빠서 앞만 보고 달리니? 옆에도 기웃거려 보고, 뒤도 돌아보면서, 하늘도 쳐다보고 구름도 흘깃 보면서 천천히 가지. 뭐가 그리 바빠서. 그 작고 가느다란 다리로 쉬지도 않고 달려가니? 바보들. 개미는 바보야. 나처럼 바보네. 그래 맞아. 바보는 편하지. 앞만 보고 달리는 게 편하지, 곁을 보고, 옆을 보고, 눈치를 보고, 높은 데를 보고 낮은 곳을 보면, 얼마나 골치가 아프니. 그냥 앞만 보고 사니까 편하더라. 그래 맞아. 개미는 똑똑해. 나도 너만큼은 살았어. 바보들아."

한세상은 집으로 돌아가려다가 비닐천막으로 다시 들어왔다. 집으로 돌아가는 거나 천막으로 들어가는 거나, 마찬가지다. 그 차이를 명백하게 설명하기가 힘들다. 취했을 때는 그렇다. 다행히도 아까 먹던 음식은 아직 그대로이고, 마시다 남은 술병도 그대로 있다. 게으른 아줌마 덕분이다. 게으른 사람이 이럴 때는 좋다.

"아줌마, 여기 하얀 종이 좀 없나요? 펜도 있으면 하나만."
"하얀 종이는 없고, 찌라시와 신문지는 있는데…."
"그래요? 근데, 잠깐만 옆에 앉아 보실래요?"
"아니요. 저, 지금 바쁘거든요."

못생긴 아줌마는 할 일도 없으면서 바쁘다며 도망치듯 밖으로 나갔다. 그냥, 목적 없이, 편하게 수다 떨고 싶었는데. 한세상은 침울해졌다.

"내가 그리 우습게 보여? 그래. 우습지. 대낮에 이 산골까지 와서 혼자 술을 마시는 놈이 제대로 된 사람인가? 아니, 내가 무서웠을지도 몰라. 그렇지. 무섭지. 혼자 술에 취해 종이를 달라는 남자가 제정신이겠어? 그러니까 더 무섭지. 어쩌면 밖에 나가서, 나도 모르게 경찰에 신고를 할지도 몰라. 여기 이상한 남자가 혼자 술을 마시며 허튼짓 할 것 같다고 미리 예고를 했을지도 모르지. 웃겨 정말. 내가 봐도 내가 웃겨. 나는 웃기는 놈이야."

한세상은 아줌마가 던지듯이 갖다 주는 볼펜을 받아 들고, 찌라시를 살펴보았다.

'급전대출'
'알바 모집'
'아가씨 무료'

시뻘건 종이 위에 쓰인 글씨들이 오늘은 유난히 크게 보였다. 뭘 하려고 이런 걸 만들어 돌리는지 안 봐도 안다. 강남역에서 나누어 주는 종이나 서울역에서 나누어 주는 종이엔 모두 비슷한 내용들이 가득하다. 이렇게 일자리가 많고, 돈을 빌려 주겠다는 사람은 많은데, 왜들 그렇게 사는 게 힘들다고 하는지 한세상은 알 수 없다. 하기야 이 시간에도 남산 주변의 고급 호텔에는 손님들이 가득할 것이다. 주차장에는 차를 댈 곳이 없고, 로비에는 돈 많고 잘생긴 연놈들이 킥킥거리며 서성거리겠지. 커피숍에는 비싼 커피를 아무 생각 없이 마시고 있는 사람들로 가득할 테지. 자유민주주의니까. 불뚝거리며 심술이 난 한세상은 다 찢어진 신문지를 펼치고, 가급적 여백이 많은 부분을 찾았다. 앞으로 해 보고 싶은 일을 써 보았다. 아니, 할 수 있는 일을 썼다. 해야 할 일과 하고 싶은 일에는 무슨 차이가 있는 것일까? 이럴 땐 낙서도 좋다. 앞으로 하고 싶은 일 아니, 해 먹고 살 만한 일은 무엇이 있을까 고민했다.

"택시 운전을 할까, 대리운전을 할까? 아파트 경비도 좋고, 주차장 경비도 괜찮지. 공사장 심부름 또는 택배 운전이나 배달, 아니면, 라면집이나 커피숍을 차릴까? 술집을 할까 포장마차를 할까? 삼겹살을 구우면 내가 다 먹을 것 같고, 술은 팔기도 전에 다 마실 듯하고, 노래방에서는 혼자 부를 테니, 딱 맞는 게 없네. 시골 가서 농사를 짓거나 닭이나 돼지를 기르는 것도 좋겠네. 고향에 가서 농사를 짓는다고 하면 이웃 사람들이 얼마나 비웃고 좋아들 할까?"

"그것 봐, 내가 뭐랬어? 한세상, 그놈이 뭐 대단한 게 있어?"
"그러게 말이야. 나도 그럴 줄 알았다니까. 폼 잡고 다니는 꼴이라니."
"대학까지 가르쳐 놓으니, 꼴좋게 되었구먼. 논밭 일은 할 줄 알까?"
"한세상이 세상을 알긴 뭘 알아? 낫질이나 할 줄 알겠어?"
"그놈이 원래 옛날부터 거만한 데가 있었어."

한세상은 시계를 보았다. 이제부터 시간은 의미가 없다. 출근도 하지 않을 거고, 퇴근도 없고, 누가 뭐라고 눈치를 줄 일도 없고 눈치 보면서 살 필요도 없다. 자유니까. 두 어깨를 내리누르는 자유의 무게에 정신을 잃지 않으려 애쓰며 한세상은 생각했다.

"차라리 아무도 모르는, 먼 농촌으로 일손을 도우러 가는 건 어떨까? 아예 이참에, 미국이나 유럽으로 가서 취직을 하든지, 아니면 이민을 가 버릴까? 생각해 보니 진짜 할 일은 많군. 할 수 있는 일인지는 모르겠지만, 자신 없는 일도 많지만, 닥치면 못 할 일은 하나도 없잖아. 내가 무슨 일인들 못 하겠어?"

한세상은 남은 소주를 입에 털어 넣으며 과거를 회상했다. 새벽에 신문 배달도 했고, 청계천에서 구두도 닦았고, 공장에서 12시간 용접도 했고, 일주일 동안 밤새운 적도 한두 번이 아니고, 청소하다가 기계에 손을 찧은 적도 있고, 자동차공장에서 엄지손가락이 잘려서 붙인 적도 있고, 영등포 골목길에서 패싸움을 하다가 도망간 적도 있었다. 콩밭을 매다가 덥다고 도망도 가 봤고, 막걸리 사 들고 가다가 논둑에서 미끄러져 논에 빠진 적도 있고, 모내기를 하면서 뱀에 물린 적도 있고, 참외밭에서 도둑질하다가 야단맞은 적도 있고, 불량제품 만들었다고 공구실에 끌려가 매도 맞았고, 신문에 이상한 글 썼다가 경찰서 가서 고문도 당해 보았다. 시말서는 수도 없이 써 보았다. 한세상에게 할 수 없는 일은 없다. 선택은 쉽지 않을 듯하지만, 아직은 견딜 만하다. 선택을 해야 한다. 망설이는 건 낭비다. 성급해도 안 되는 건 그도 안다. 술이 깬다.

"집에 가야지. 반겨 줄 이도 없는 집구석으로 가야지."

2

38선 너머 촌놈

"헬로, 기브미 초콜렛. 헬로 짭잡."

뙤약볕 아래 미군 탱크가 털털거리며 지나가고 있다. 한세상은
여러 꼬맹이 친구들과 탱크를 쫓아가며 소리를 질렀다. 초콜릿을
달라고, 빵도 달라고, 우유와 치즈, 껌도 달라고 소리쳤다. 탱크에
치이거나 미군들 총에 맞으면 어쩌나 하는 두려움은 없었다.

"다치면 어때. 그게 뭐 대수인가?"

탱크에 올라탄 미군들은 흑인이 반, 백인이 반 정도 되는 것 같
았다. 웃기도 하고 소리도 지르면서 던져 주는 초콜릿과 과자 부
스러기를 줍기 위해 시골 꼬마들은 탱크 옆으로 가까이 뛰어갔다.
원숭이마냥 초콜릿과 과자를 잘도 받아 챙긴다. 오늘은 열 대가
넘는 탱크가 한세상이네 보리밭에 와서 사격훈련을 한다고 했다.

신났다. 탱크 훈련을 하고 가면 보리밭은 엉망이 되고, 그해 보리 농사는 다 망치는 거지만, 그게 뭐 중요할까? 미군들이 훈련을 하고 간 보리밭 고랑을 파내면, 음식물이 가득 나오는 것을. 먹다 버린 찌꺼기들, 치즈, 우유, 커피봉투, 고기가 담긴 깡통, 반쯤 빈 과자봉지 등은 생전 보지도 못하고 맛도 모르는 것들이었다. 친구들과 함께 보따리를 싸 들고 돌아오면서 흥얼거렸다.

"세상에 이렇게 맛있는 초콜릿이 있고, 이렇게 맛난 고기를 그냥 버리고 가다니? 더 많이 버리고 갈 것이지. 나쁜 놈들."

다 망가진 보리밭을 바라보며 한숨을 짓는 아버지에게 과자 한 개를 주다가 한세상은 야단을 맞았다. 면사무소 직원이 와서 망가진 보리밭을 여기 저기 다른 방향에서 여러 장의 사진을 찍어 갔지만, 아무런 보상도 없고 연락도 없었다. 그냥 그렇게, 형식적으로 맡은 일만 하는 듯했다.

사격장에서 훈련이 끝나고 미군들이 가고 나면, 한세상은 친구들과 같이 솥뚜껑을 들고 사격장으로 뛰어갔다. 먼저 가서 먼저 줍는 사람이 임자다. 어린 원숭이들의 목적은 하나였다. 쏘고 남은 총알이나 이미 쏜 총알의 껍데기. 그걸 '탄피'라고 불렀다. 그 껍데기를 주워서 솥뚜껑을 뒤집어 불에 올려놓고 총알을 데우면, 총알 안에서 납이 녹아 흘렀다. 총알이나 탄피나 클수록, 많을수록 납덩어리가 크다. 그 납덩어리를 저울에 달아서 팔면 돈이 되는 거다. 그것으로 공책도 사고 연필도 샀다. 잘만 하면 등록금에 보탬도 된다. 쏘지 않은 총알을 불에 녹이다가 터지면 크게 다친 다는 사실을 알면서도 무조건 솥뚜껑 위에 올려놓았다가, 그게 터져서 눈이 멀기도 하고 다리가 잘리기도 하며, 손이 날아가기도 했다. 그래서 전방 아이들 중에는 부상자가 많았다. 길거리에 있는 지뢰를 만지다가 터져서 죽는 사람도 있었다. 그런 일이 예사라 뉴스거리도 안 되었다. 총알을 캐고, 지뢰를 찾고, 탄피를 건져서 돈을 만드는 건, 38선 넘어 최전방 사람들에게는 익숙한 일상이 다. 어른들도 위험하다고 하면서도, 항상 먼저 가서 탄피를 줍고 총알을 모았다. 아슬아슬하게 살아가는 전방 아이들에게 휴전선 은 공포의 대상이 아니었다. 십 리 밖에 있는 학교를 오가면서, 군데군데 있는 군인 초소를 지나면서 군인아저씨들과 이야기를 하면 건빵도 받고 생선도 받았다. 누나가 있는 집 아이들은 더욱 좋은 대접을 받았다. 누나 이름을 알려 주면 건빵을 두 봉지나 주었다. 그 건빵을 누나에게 조금 주면서 군인아저씨에게 누나 이름을 알려 주었단 말은 하지 않았다. 비밀이니까.

한세상은 토요일이나 일요일이 정말 싫었다. 밭이 아니면 논으로 가야 했기 때문이다. 숙제가 많다고 말을 하고 떼를 써도, 내일이 시험이라고 해도, 엄마와 아버지는 아랑곳하지 않고 지게를 지고, 꼴을 베고, 송아지를 끌어 오라고 했다. 농사일은 무슨 수를 써도 벗어날 수 없는 멍에 같았다. 콩밭을 매거나 참깨 밭을 매는 일은 죽기보다 싫었다. 꼬부린 허리가 아파도, 다리가 저리고, 눈에 흙먼지가 들어가 눈물이 글썽거려도 일어날 수가 없었다. 아침에 싸온 도시락엔 김치와 고추 몇 개, 된장찌개가 전부였다. 도시락 뚜껑 위로 개미가 득실거리며 올라왔고, 밭고랑에 기어가던 굼벵이는 젓가락을 타고 기어 올라왔다. 맨발로 지렁이를 쳐 내고, 손으로 기어오르는 굼벵이를 떨어 내면서 한세상은 울고 싶었다. 맑은 하늘이 서러운 날들이었다. 하늘을 날던 잠자리는 밥그릇에 내려앉았고, 밭고랑 옆으로 흐르듯이 기어가던 뱀은 혀를 날름거리며 밭고랑 밖으로 나올까 말까 망설이면서 세상이 눈치를 보고 있었다. 뱀이 무서워도 도망가지 못하고 소리를 치면, 아버지가 뱀을 산 채로 잡아서 목을 비틀어, 껍질을 깠다. 해 질 녘이 되어도, 해가 다 넘어가서 길이 보이지 않아도 농부들은 논이나 밭에서 나올 생각을 하지 않았다.

"조금만 더 하고 가자. 오늘은 여기까지 김을 매야 한다. 내일은 윗집 벼를 베어야 하니 그리 알거라."
"에그, 내 팔자야. 언제쯤이면 이 호미자루를 던져 버릴까?"

하루 일을 끝내고 일어서며, 머리에 두른 수건을 밭고랑에 던지는 한세상 엄마는 곧 울음을 터뜨릴 것 같았다. 그 옆에서 수건을 집으며 세상이는 엄마에게 말했다. 아니 자신과 약속을 했다.

"엄마, 난 농사짓지 않을 거야. 정말이야. 꼭. 반드시."

"그래야지. 너는 나처럼 살지 말아라. 넌 서울 가서 공부하거라."

엄마는 항상 큰아들 한세상 편이었다.

아버지는 한숨을 쉬면서 허리를 폈다.

"그게 어디 쉬운 일이니?"

*＊＊

"얘야, 빨리 일어나라. 오늘은 우리 모내는 날이다. 일찍 가서 논에 물 대고, 모판 날라야 한다. 가래랑 삽 두 자루, 마차에 실어라."

밤늦게까지 숙제를 하느라 세상이는 잠을 못 잤는데, 해도 뜨지 않은 새벽부터 아버지는 소리를 질렀다. 엄마는 벌써 밥상을 마루에 갖다 놓으셨다. 동생 둘은 쿨쿨 자는데 세상이만 깨우는 아버지가 미웠다.

"큰아들이 무슨 죄를 지었나?"

외양간에서 소를 끌고 나오는 아버지 곁으로 송아지 두 마리가 졸졸 따라 나왔다. 태어난 지 사흘밖에 안된 송아지들이 어찌나 똑똑한지, 송아지 두 마리가 엉덩이를 흔들며 마차 앞으로 왔다 갔다 했다. 아슬아슬하게 까불다가 마차에 치어 다칠 것 같았다. 이 송아지들은 모두 한세상의 등록금이 될 것이다. 다 망가진 논두렁을 오가며 모판을 나르던 세상이가 아래 논바닥으로 미끄러졌다. 바짓가랑이에 진흙이 묻고, 손과 발은 엉망이 되었다. 아버지는 논마다 웅덩이를 만들어 놓았는데, 크고 작은 웅덩이는 일 년 내내 마르지 않았다. 그 웅덩이에는 뱀과 거머리, 개구리와 물방개 등이 어울려 살고 있는 생태계의 천국이었다. 같은 곳에 사는 식구들이라 그런지, 서로 싸우는 걸 보지 못했다. 종아리가 따끔해서 발을 들어 보니 어느새 세상이 종아리로 거머리 두 마리가 기어 올라오고 있었다. 큰 거머리는 색깔도 꺼멓고 퍼렇다. 은빛도 나는 것 같고, 빨간색도 있는 듯한데, 자세히 보니 색깔은 예쁜데 생긴 건 징그러웠다. 거머리를 손으로 떼어 내려는데 악착같이 붙어서 떨어지질 않았다. 도저히 손으로 뗄 수가 없다. 한세상이 쩔쩔매고 있는 동안, 흙 묻은 종아리엔 벌써 붉은 피가 흘러내리고 있었다. 눈 깜짝할 사이에 거머리는 세상이의 피 맛을 본 듯했다. 맛이 어떤지 거머리에게 물어보고 싶지만, 차마 말을 걸기엔 너무 무서웠다. 옆을 지나가던 동네 아랫집 아저씨가 세상이 모습을 보더니 껄껄 웃으며, 손바닥으로 세상이 종아리를 세게 후려쳤다. 거머리 두 마리가 동시에 논물에 떨어지더니 감쪽같이 사라졌다. 빠르기도 하군. 한세상은 모판을 옮기다 말고 잠시 서서 논물 위를 기어서 떠다니는 거머리 여러 마리를 보았다.

"맞아, 저렇게 살아야 해. 그렇게 살아야지."

그렇게 한세상은 결심했다.
거머리처럼 살기로.

***

점심때가 되어 머리에 밥 광주리를 이고 논두렁을 걸어오는 엄마가 보였다. 얼마나 반가운지 세상이는 눈물이 날 뻔했다. 어쩌면 저렇게 무거운 밥과 반찬을 가느다란 목에 받쳐 머리에 이고, 한 손엔 막걸리 주전자까지 들고, 그 좁은 논두렁에서 미끄러지지 않고 잘도 걸어오시는 걸까. 가느다란 허리춤엔 비닐봉지까지 달아매고, 미끄러질 듯 주저앉을 듯 아슬아슬하게 논둑에 와서 광주리를 내려놓는 묘기를 선보인 뒤, 엄마는 소리를 지르셨다.

"얘야, 배고프겠다. 얼른 나와 밥 먹어라."

먹고사는 게 뭔지. 깍두기와 된장찌개, 고추장과 고추 몇 개가 전부였다. 양은 주전자에 들어 있는 막걸리를 통째로 마시면서 아버지는 또 잔소리를 했다.

"이게 뭐야. 반찬이. 죽도록 일한 사람을, 이걸 먹고 또 일을 하라고 하는 거요?"

무슨 죽을죄를 지은 것도 아닌 엄마는 눈치를 보면서 후다닥 일어나 논으로 갔다. 팔을 걷고 몸뻬를 걷어 올리고 모를 심는 엄마가 불쌍했다. 저리도 가느다란 엄마가 무슨 힘이 있다고, 무슨 돈이 있다고, 무슨 권리가 있다고. 아버지는 날마다 잔소리에 구박에 잘난 척만 하는지 모르겠다. 농사꾼 주제에. 만만하니 엄마뿐인 걸 그도 알지만 세상이는 언제나 엄마 편이다. 아버지가 날마다 잔소리하면서 스트레스 풀어 낼 상대는 엄마밖에 없다. 그걸 알고 있는 엄마는 그저 자리만 피하고 본다. 한마디 대꾸도 하지 않고, 한소리 대들지도 않는. 저렇게 착한 엄마가 어디 있을까? 윗집 엄마들은 자식들에게 욕도 하고 매도 들고 하는데, 남편과 수시로 싸우고 애들만 남겨 두고 집을 나갔다 들어왔다 하는 엄마도 있는데, 세상이 엄마는 아이들에게 욕할 줄도 모르고, 아버지에게 대꾸도 할 줄 모르는 바보 같았다. 착하고 순하고, 이쁜 엄마가 늙어 가는 게 세상이는 안쓰럽기만 했다. 논둑에 앉아 밥을 먹으며, 수저를 들면서, 세상이는 엄마에게 소리쳤다.

"엄마, 엄마도 이리 와서 같이 밥 먹어요."

엄마는 들은 척도 하지 않았다. 남자 둘이서 밥을 다 먹고 나니까 그제야 다가왔다. 냄비에 붙어 있는 밥알을 숟가락으로 긁으며, 배추 한 잎을 된장에 찍어 입에 넣고 냉수를 마셨다. 엄마는 그게 한 끼니였던 거다.

해가 서산을 넘어 어두워졌다. 개구리 우는 소리가 어둠을 감싸고 을씨년스럽게 울려 퍼졌다. 논바닥이 보일락 말락 했다. 그래도 아버지는 일어설 생각을 안 했다. 내일도 해는 뜰 텐데 깜깜한 논에서 무슨 일을 얼마나 더 하겠다고 그러는지 세상이는 알 수가 없다. 이런 일해서 부자가 되나? 하루 더 한다고 대통령이 알아주나? 하느님이 알아주나? 아버지 속을 알 수가 없어, 세상이는 눈치만 보다가 참을 수 없어 한 마디 했다.

"아버지, 이제 그만 가요. 배고픈데."
"그래, 가야지. 다 했다."라고 하실 줄 알았으나 아버지는 묵묵부답이다. 해가 진 어둠 속에서 움직이는 아버지의 뒷모습은 살려고 애쓰는 동물처럼 보였다.

논일을 마치고 돌아오는 길에 길옆 밭에 가서 배추를 서너 포기 뽑아서 들고 나오는데, 밭고랑에 뱀이 기어가는 게 보였다. 징그럽고 기다란 뱀은 세상이를 보자마자 빠르게 도망가서 숨었다. 세상이가 먼저 도망가려고 했는데. 뱀은 바보다.

저녁을 먹고 나니 8시. 부엌에서 설거지를 하고 들어온 엄마는 허리를 두들기며 하루 종일 참깨 밭을 매느라고 힘드셨다고 투덜거리고, 누우며 자려고 한다. 하지만 한세상이의 밤은 아직 끝이 아니다. 한세상이는 이제부터 숙제를 해야 한다. 등잔에 석유가 떨어졌는지 불이 가물가물하다. 어두운 방 안에 등잔불빛만이 조용히 세상이를 돕고 있었다. 외양간 구석에 있는 석유통을 가지러 가다가 쇠똥을 밟아 미끄러져 넘어졌다. 밤만 되면 시골은 칠흑 같은 어둠에 휩싸였다. 동생들은 벌써 아랫목에서 잠이 들었다. 세상이도 둘째나 셋째로 태어났으면 얼마나 좋았을까 생각했다. 그러면 지긋지긋한 밭일을 하지 않아도 될 텐데. 형이 될 뻔한 아기는 태어나자마자 사흘 만에 죽었다고 하는데, 그때가 6.25 전쟁 중이었다나 어쨌다나. 큰아들이 되는 것도 팔자이고 장남으로 태어나는 것도 운명인가 보다.

"애야, 중학교 졸업하면 면사무소 가서 심부름이나 해라. 그러다가 면서기 되면 먹고는 산다. 이 다음에 제일 좋은 게 면사무소 공무원이란다."

중학교 졸업을 한 달 앞두고 아버지는 밥상 앞에서 한세상에게 일장 훈계를 하셨다.

"졸업하면 갈 곳도 없는데, 그것도 좋은 일인데, 면사무소에서 할 수 있는 심부름이 뭐가 있을까? 겨울에 난로 피우고, 연탄 옮기고, 물 떠 나르고, 사무실에 있는 걸레 빨아서 면장님 책상 닦고, 자전거 타고 봉투 나르고, 동네방네 돌아다니며 농약 나누어 주고, 노인들 담배심부름 하고, 면사무소 접시 닦고, 뭐 그런 것들이겠지. 그럴까? 그런데 나를 채용해 줄까? 내가 써먹을 만할까?"

아버지가 침을 튀기며 거론하신 면서기 일이 아직은 알쏭달쏭하다. 한세상은 수업 끝나고 돌아오는 길에 한번 면사무소에 들어가 보았다. 주변을 둘러보고, 그 안에서 일하는 사람들 얼굴을 자세히 보았다. 별로 행복해 보이지 않았다. 그저 그랬다. 그냥 그런 곳에서 그냥 그런 사람들이, 먹고살기 위해 억지로 일하는 것처럼 보였다.

"너, 누구냐? 뭘 들여다보냐? 필요한 게 있냐?"

지나가던 면사무소 아저씨가 참견을 했다. 세상이는 어물쩍거리며 별일 아니라 말하고 슬쩍 자리를 떠났다. 집으로 돌아오는 길에 한세상은 골똘한 생각에 잠겼다. 이 촌구석에서는 중학교를 졸업하는 것만도 벅찬 일이다. 사십 리 밖에 있는 군청 옆에는 고등학교가 있지만, 너무 멀다. 그래도 고등학교다. 어떤 애들은 어느 고등학교로 갈 건지 고민을 하고, 어떤 애들은 고등학교는 꿈도 꿀 수 없다며, 고개를 숙였다. 세상이도 역시, 갈 곳은 없지만, 갈 곳이 있는 것처럼 굴었다. 언제든지, 누구한테나 그렇게 말했다. 오라는 곳은 없지만, 여러 사람들이 부르는 것처럼 이야기했다.

"난, 서울 가서 살 거야."

***

그날부터 한세상은 돈을 구했다. 작은 종이봉투 한 개를 구해서, 수시로 날마다, 한 장, 두 장씩 모았다. 허리춤에 감춰 둔 엄마의 주머니를 뒤지고, 아버지 담배주머니를 뒤졌다. 장독대와 헛간을 뒤졌다. 훔친 건 아니다. 세상이는 절대 도둑질은 못 한다. 그냥 꺼내서 옮겨 놓았던 거다. 하루하루 며칠 동안 모아보니 몇천 원은 되는 듯했다.

"이 정도면 서울 다녀올 수 있는 차비는 될 거야."

한 달 반이나 남은 중학교 졸업식을 앞두고 한세상은 서울로 갔다. 예전에 아버지 손을 잡고 몇 번 왔지만, 혼자서 서울을 온 건 처음이다. 광화문 할아버님 댁으로 가서, 아버지 심부름을 왔다고 했다. 무슨 말을 하면 좋을지 생각해 두었는데 까먹어서 적당히 둘러댔다. 담배 가게를 하는 작은할아버지 집 옥상에 올라가서 광화문 사거리를 두리번거렸다. 국제극장, 무궁화다방, 시민회관

등이 보였다. 시내를 달리는 버스와 택시들이 시골과는 비교도 안되게 많았다. 하루에 세 번밖에 오지 않는 시골 버스에 댈 것이 아니었다. 서울 버스는 엄청 크고, 색깔도 예쁘고, 달리는 속도도 빨랐다. 모든 게 달랐다. 세상이는 충격에 휩싸였다. 동시에 가슴이 떨렸다.

"내일은 저 버스를 타고 학교를 가 봐야지. 어느 학교가 될지는 모르지만, 가야 해. 물어 물어 찾아 가야지. 고등학교 정문이라도 가 봐야 해. 시골에 있는 고등학교도 가본 적은 없지만, 서울에 있는 고등학교는 아마도 더 다를 거야."

운명이 자신을 부르고 있는 것 같다는 생각이 들었다. 세상이는 그 생각이 싫지 않았다.

***

고향에서 씨족사회로 살아가던 세상이의 대가족 식구들은 대부분 6.25전쟁이 나서 뿔뿔이 흩어졌다고 했다. 가족들 중에 작은할아버지는 서울 광화문에 터전을 잡고 담배 가게를 차렸다. 작은아버지는 신당동 근처에서 간장공장에 다녔다나 어쨌다나. 큰아버지는 충남 공주, 어느 깊은 산속으로 피난을 가서 나오지 않았다. 바보같이 아버지만 고향이랍시고 38선을 넘어 임진강을 건너,

촌구석까지 들어간 거다. 조상 땅 파서 농사 지어먹고 살겠다고. 그래서 여태까지 농사만 짓느라고 고생만 하는 것이다.

　다음 날 아침, 세상이는 할아버지네 식구들이 깨기도 전에 일어나, 조용히 세수를 하고, 밥은 먹지도 않고 일찌감치 집을 나섰다. 이미 정해 놓은 계획대로 꼬르륵 소리를 들으며 청량리 가는 버스를 탔다. 버스가 크다. 냄새도 다르고 달리는 소리도 다르다. 시골 버스는 작고, 기름 냄새가 나고, 시끄러운데, 서울 버스는 향수 냄새도 나고, 엔진소리도 나지 않고, 의자도 깨끗했다. 찢어진 의자도 한 개밖에 없다. 버스에 탄 사람들의 표정도 시골사람들과 다른 것 같았다. 옷도 가지각색이고, 머리 스타일도 다르고, 몸에서 나는 냄새도 다르고, 표정도 다른 것 같았다. 시골 사람들과 대충 다른 게 아니라, 모든 면에서 훨씬 깔끔하고 깨끗하고 멋있어 보였다. 버스 손잡이를 잡고 있는 서울 사람들의 손도 부드럽게 보였다. 얼굴도 까무잡잡한 시골사람들보다 하얗고 머리에서 나는 냄새도 좋았다. 피부가 거칠고, 시커멓게 탄 시골사람들의 얼굴만 보던 한세상은 진짜 궁금했다.

　"서울 수돗물은 시골 우물물보다 나은 것인가? 신기하네. 왜, 서울사람은 시골사람들과 이렇게 다를까? 난 꼭 이 다음에 서울 여자랑 결혼해야겠다."

3

청계천 공고

"저, 입학시험 접수하러 왔는데요. 죄송하지만, 어디로 가야 하나요?"

"저쪽 운동장 건너서, 하얀색 건물로 들어가."

수위실 아저씨는 문도 열지 않고 소리를 질렀다. 역시 서울학교는 크다. 운동장은 좁은 듯한데, 건물이 크고 높았다. 세상이네 중학교는 교실이 달랑 네 개인데, 여기 학교는 3층 건물이 세 개나 있다. 세상이네 학교 3학년은 37명인데, 여기는 몇백 명은 될 듯했다. 세상이는 진짜 궁금했다.

"학생이 전부 몇 명이 될까? 선생님들도 잘생기고 예쁠 것 같아. 꼭 합격해야 될 텐데."

한세상은 이왕 서울에 온 김에 학교 구경이라도 하자고 마음먹

42

었다. 운동장을 돌면서 교실 복도로 들어가려고 하는데 잠겨 있다. 괜찮다. 그냥 곁에서만 봐도 충분했다. 도둑질하러 온 건 아니니까. 어떤 아저씨가 지나다가 흘깃 쳐다보았다. 눈은 마주치고 싶지 않았다. 세상이 자신이 너무 거지 같다고 생각했기 때문이다.

"나, 거지 아닌데. 시골에 부모님도 계시고, 땅도 있고, 집도 있거든!"

교무실 앞에 '접수대'라고 써 붙여져 있는 것이 보였다. 입학 원서를 받아 들고 밖으로 나오려다가, 그냥 그 옆의 빈 책상에서 원서 내용을 다 적기로 했다. 사진에 나온 얼굴이 너무 까매서 창피했지만, 사진 뒷면을 까고 풀을 발라 붙인 뒤, 원서에 써야 할 내용을 상세히 썼다. 아버지 이름을 쓰고 그 옆에 아버지 직업을 쓰라는 칸에는 '농사'라고 쓰기 싫어서 '농업'이라고 썼다. 생각해 보니까 억울했다. 학교를 가는데, 아버지 직업이 뭐가 중요한지 알 수 없었다. 아버지 나이와 주민번호는 왜 적어야 하는지도 궁금했다. 그런데 엄마 직업은 왜 묻지도 않는지 더 궁금했다. 주소는 다 적기가 싫어서 면까지만 적었다. 어차피 번지수는 세상이도 모르니까.

한세상은 원서 접수를 하고 교문을 나오면서 빌었다.

"제발 이 학교를 다닐 수 있게 해 주세요. 공고라도 좋아요. 야간이라도 좋아요."

그렇게 접수를 하고 나오는데 배 속에서 쪼르륵 소리가 났다. 주머니를 뒤져 보니 라면 정도는 먹어도 될 것 같았다. 서울 구경도 할 겸 걷기로 했다. 청량리 근처를 지나 청계천까지 왔다. 시장 구경도 하고, 길거리 사람들 구경도 하고, 깡통을 들고 "한 푼만 줍쇼"라고 써 있는 판자를 들고 서있는 거지도 몇 명 보았다. 개중에는 여자거지도 있었다.

"서울에는 다 부자들만 살고 있는 줄 알았는데, 거지가 다 있네. 그래, 나는 저런 거지는 아니니까 다행이지. 저 사람은 대체 하루에 얼마를 벌까? 우리 시골에는 거지는 없는데 말이야. 가끔 바깥사람들, 거지들이 올 때가 있으면 우리 엄마는 밥도 주고 돈도 주었어. 그냥 밥만 줘도 될 텐데 말이야. 게다가 인사까지 했어. 거지한테 인사를 하다니, 참. 우리 엄마는 착한 사람이야. 그런데, 저 거지들의 깡통에 돈은 얼마나 있을까? 지금은 나보다 많이 있는 것 같은데, 조금 달라고 할까? 달라고 하면 줄지도 몰라. 조금만 달라고 해서 점심이라도 먹을까?"

이런 저런 생각을 하다 보니 어느새 두 시간 정도 걸은 것 같았다. 다리도 아프고, 머리도 아프고, 배는 고프다 못해 쓰리기 시작했다. 배를 잡고 걷던 한세상이 이리저리 둘러보는데 웬 아저씨와 눈이 마주쳤다. 유심한 눈빛으로 그를 살피던 아저씨가 툭 질문을 던진다.

"꼬마야, 너 어디 가니? 어디서 왔니?"

"나, 꼬마 아닌데요. 갈 데는 없고, 그냥 구경하는 겁니다."

"점심은 먹었니? 이리 들어와 보련?"

"아니, 아직…. 근데, 왜요?"

"보아하니, 너, 시골에서 온 것 같은데. 잠깐 들어와 보련."

"왜요? 아버지가 아무 사람이나 만나지 말라고 했는데요."

"잠깐 들어와 봐. 밥 줄게."

아저씨는 세상이를 데리고 가게 안쪽 구석방으로 들어갔다. 들어가지도 못하고 앉지도 못한 채 두리번거리는 세상이에게 이런저런 말을 건네더니 연탄불에 냄비를 올려놓고는 라면 두 봉지를 뜯었다. 작은 책상 앞에 있는 선반 위에서 김치접시를 꺼내는 걸 세상이는 빤히 바라보았다.

"얘야, 너, 갈 데 없으면 아저씨 가게에서 일을 하려무나."

"무슨 일이요? 저는 할 줄 아는 게 없는데요."

"그래? 어렵지 않은 일이야. 그냥 청소하고, 기계 닦고, 빨래하고. 뭐 그런 거지."

이 사람은 누군데 이런 제안을 할까? 의심스러우면서도 세상이는 솔깃한 마음이 들었다.

"저, 그런데요. 고등학교 가려고 온 건데요. 일을 어떻게 하지요?"

"그러면, 야간고등학교를 가거라. 낮에는 여기서 일하고 밤에 공부하면 학비도 벌고 좋지 않겠니?"

"저, 그러면, 먼저 시골집에 가서 아버지에게 말하고, 며칠 있다가 올게요."

라면이 다 끓었을 때, 아저씨가 쟁반을 들고 나왔다. 얼마 남지 않은 된장찌개를 데우고 라면을 두 그릇 떠서 둘이 나누어 먹었다. 국물이 남았는데, 그냥 마시려고 하니까, 아저씨는 세상이 그릇에 찬밥을 말아 주었다. 밥맛이 꿀맛이었다. 지금 이 순간은, 책상 위에서 꺼낸 김치에 죽은 파리가 두 마리 붙어 있는 것도 흠이 안 되었다.

한세상은 처음 취직이 된 거다. 새삼스레 그 사실이 또렷이 실감이 났다. 서울에 오자마자 취직이 되다니? 중학교밖에 졸업하지 않았는데 취직이 되다니? 놀랄 일이다. 사장인지 아저씨인지 알지 못할 어른이 밥도 주고, 월급도 준다고 했다. 학교도 보내 준다고 하니 얼마나 좋은 일일까? 갈 데 없으면 재워 준다고도 했다. 제일 궁금한 게 월급이지만, 그런 건 물어본 적이 없어서 어떻게 물어보는 건지, 물어봐도 되기는 하는 건지 한세상은 알 수가 없었다.

아저씨는 세상이를 데리고 조금 더 들어오라며 가게 뒷문을 열었다. 가게 뒤에는 공장 같은 건물이 있었다. 창고처럼 생겼는데,

이상한 기계가 서너 대 있었다. 십여 분 앉아 있다가 세상이는 가게를 나왔다.

* * *

"아버지, 저 취직되었어요. 서울에 작은 공장이 있는 가게인데, 야간학교도 보내 준대요."

"미친놈. 요즘 세상에 그런 놈이 어디 있다고 그러냐?"

"아니, 진짜입니다. 제가 직접 가 봤어요. 공장도 크더라구요."

"얘야, 늘 조심하거라. 서울이라는 곳이 눈 뜨고도 코 베어 가는 곳이라더라."

엄마가 거들었다.

"아버지와 엄마는 시골 촌구석 사람들인데 뭘 알겠어? 서울이 얼마나 넓은지 알아? 차도 얼마나 많고, 학교도 얼마나 큰지, 여기 사람들은 모를 거야. 내가 반드시 서울에서 고등학교 졸업하고 기술 배워가지고 좋은 공장에 들어갈 거야. 두고 봐."

중학교 졸업식은 싱겁게 끝났다. 아주 싱겁고 재미없고 시시하게 끝났다. 한세상은 오지도 않은 교육장님 상장을 받았다. 있지도 않은 군수님 표창장도 교장선생님이 주셨다. 쓸모도 없는 볼펜

47

과 노트 몇 권을 상품이라고 받고, 무슨 소리인지 알 수 없는 훈시를 듣고, 담임선생님 앞에서 세상이는 눈물을 흘리는 척했다. 진짜 눈물인지 가짜인지는 중요하지 않았다. 세상이 마음은 오직 서울에만 가 있었다. 다음 주엔 짐을 싸 들고 청계천을 가야 한다. 얼마가 될지 모르겠지만, 서울에 가면 3년은 버텨야 한다. 아니 어쩌면 영원히 죽을 때까지 서울에서 살지도 모르는 일이다. 이까짓 시골은 잊기로 했다. 이곳은 사람 살 곳이 아닌 것 같았다. 학교도 작고, 공장도 없고, 백화점도 없고, 서점도 없고, 극장도 없다.

며칠 후, 한세상은 짐을 싸 갖고 서울로 왔다. 시골 사람들은 서울을 '올라간다.'고 하는데, 그 이유를 세상이는 알 수 없었다. 올라가는 건지 내려가는 건지, 간 건지 온 건지 알 수 없었지만, 그건 중요한 게 아니다. 그게 그거다. 한세상은 광화문에 사는 할아버지 댁에 가서 인사를 하고, 다시 짐을 싸 들고 청계천으로 갔다. 버스 안에서 노래를 불렀다. 내일부터는 시골 친구들에게 자랑을 해도 될 거다. 고등학교 갔다는 얘기는 나중에 하고, 취직을 먼저 했다고 하면 친구들이 얼마나 부러워할까?

***

한세상은 청량리에 있는 그 학교에 꼭 붙을 줄 알았다. 붙기를 기대했다. 두근거리는 마음을 안고 학교로 향했다. 그러나 무엇이든지 기대한 대로만 다 된다면 세상일이 얼마나 쉽겠는가? 학교 앞 대자보를 확인하는 순간 세상이의 온몸에서 기운이 쭈욱 빠졌다. 대자보에 그의 이름은 없었던 것이다.

"내가 누군데? 나를 떨어트리다니? 아뿔싸. 이제 어쩌나? 이제 어쩌면 좋을까? 2차가 있다고 하니 다시 기다리며 시험을 볼까? 2차 고등학교는 진짜 갈 수 있을까? 또 떨어지면 그냥 공장에서 일만 해야 하나? 미치겠네. 그래도 한번 봐야지. 설마 또 떨어지겠어? 만약 또 떨어지고 갈 만한 고등학교가 없으면 시골 저수지에 가서 빠져 죽어야지. 그런 실력으로 살아서 뭐 해?"

서울 생활의 꿈이 한순간에 물거품이 되는 것 같았다. 이대로 고향으로 내려갈 순 없었다. 초조해진 한세상은 물어 물어서 이상한 고등학교를 갔다. 무슨 무슨 전수학교라나 뭐라나? 고등학교 인지 전문학교인지, 중학교인지 알 수 없는 야간만 있는 학교라고 했다.

"여기라도 가야 하나? 우선 시험은 봐야지. 여기도 학교라고 무슨 시험을 보나? 웃겨. 여기에 붙으면 친구들에게 서울에 있는 고등학교에 갔다고 말할 수는 없을 거야. 창피해. 말하기도 부끄럽지 않겠어?"

여긴 학교도 아닌 듯했다. 그래도 세상이는 시험을 봤다. 사흘

후에 발표한다고 해서 기다렸다. 사흘이 얼마나 길었는지. 청계천 가게, 구석진 방 옆에 작은 방에 누워서 한세상은 울었다. 이렇게 살려고 온 건 아닌데. 겨우 누울 정도의 좁은 방에 연탄불도 넣을 수 없는 방인데도 침대가 따뜻할 거라고 아저씨가 말했다. 전기담요를 깔아 주었다고 자랑까지 했다. 썩은 담요에서 지독한 냄새가 올라온다. 이걸 깔고 자라고? 내가 돼지냐? 한세상의 눈에는 뺨으로 흐르지 않을 만큼의 눈물이 고였다. 친구나 아버지가 알면 얼마나 불쌍하게 여길까? 그의 마음을 읽었는지 청계천에는 세상이만큼 힘든 사람들이 많다고 아저씨가 말했다. 열심히 일을 하라고. 잘하면 출세할 수 있다고 했다. 그래도 지금 당장 세상이의 마음을 달랠 수는 없었다.

"거지 같은 꼴을 하고 거지 같은 학교를 다닌다고 누구에게 말할 수 있겠어?"

세상이가 일하는 청계천 공장에서 학교까지는 멀었다. 버스로 열두 정류장도 더 되는 듯했는데 차비를 아끼려니 걸어 다녀야 했다. 산등성이를 세 개나 넘어야 했는데, 길옆에는 가게들이 다닥다닥 붙어 있었고, 서울 같다는 생각은 들지 않았다. 광화문의 서울과 청계천의 서울은 달랐다. 오가는 길옆에 있는 대학교는 아주 넓고 크고 웅장했다. 세상이는 이 다음에 그런 대학에도 가 보고 싶은 생각이 들었다. 갈 곳이 없으니 여기라도 다니면서 또 기회를 봐야겠다고 세상이는 생각했다.

"어쩔 수 없잖아. 어쩔 수 없을 땐 그냥 견디고 버티는 거야. 개미도 그렇고 거머리도 그렇잖아. 시골로 내려갈 수도 없고, 재수를 할 수도 없고, 낮에는 돈을 벌어야 하니, 야간고등학교라도 다녀야지 뭐. 아무려면 어때? 야간공고는 무섭다는 말도 들었지. 공부에 관심이 없는 애들도 많고, 주먹 깨나 쓰는 애들도 많다고 했어. 야간학교 애들은 담배를 피우고, 패싸움도 한대. 여학생들과 노는 아이들도 많대나 어쨌대나. 그렇지만 학교니까, 공부하는 애들도 있지 않겠어? 설마 노는 애들만 있겠어."

긍정적으로 생각해야지. 세상이는 굳게 마음을 먹었다.

***

"야, 임마. 눈 깔아. 어디 선배 눈을 쳐다봐, 이 새끼가. 이거 물어. 빨아."
"싫은데요. 저는 담배를 못 피웁니다."

뒷골목에서 그를 에워싼 한 무리의 불량학생들이 그를 밀쳤다. 한세상은 두 주먹을 꽉 쥐고 서 있었다. 방과 후에 불려 나갔더니 하는 짓이 이 꼴이다.

51

"이 새끼야. 어디서 대들어, 임마. 죽고 싶어?"

"그게 아니라, 저는 담배를 피운 적이 없습니다."

"그러니까 피워 보라는 거잖아, 임마. 말 구절을 못 알아듣니? 멍청한 놈아."

세상이는 도저히 참을 수가 없었다. 그가 먼저 이놈들을 다 죽여 버리고 싶었다. 하지만 빙 둘러싼 선배들의 눈빛과 주먹이 무서웠다. 그렇다고 담배를 피우기도 싫었다. 자존심이 용납하지 않았다. 한번 대들고 싶었다. 청계천 깡패들이 얼마나 힘이 센지 시험해 보고 싶었다.

"저, 이런 국산담배는 싫습니다. 더 좋은 거 여기 있습니다."

"어쭈, 이 새끼 봐라. 너 이거 어디서 났어? 똑바로 말해. 어디서 훔친 거야?"

세상이는 굴욕스럽다고 느끼면서도 공손히 양담배를 내밀었다. 일단 이곳을 벗어나고 싶었다. 그가 건네는 담배를 받아들며 불량학생은 히죽거리며 웃었다.

청계천 공장 아저씨가 피우던 담배를 훔쳐 왔다고 말할 수는 없었다. 세상이는 양담배에 불을 붙여 주었다. 이대로 그놈의 얼굴에 불붙인 담배를 꽂고 싶었고, 얼굴을 짓이기고 싶었다. 담뱃불로 그놈들의 얼굴을 긋고 싶었다. 그러나 그놈들에게 대들기에 세상이는 너무 작았다. 키도 작고, 배짱도 없고, 가진 것도 없었다. 그때부터 한세상은 평생 담배를 입에 대지 않았다.

저녁 아니, 밤 12시가 다 되어서 세상이가 집에 오면 아저씨는 자고 있었다. 가게 뒷방에 숨겨둔 돈 통이 보였다. 살짝 열어 보고 싶었다. 조금만 꺼내면 알지도 못할 거다. 딱 지폐 한두 장이라도 꺼내고 싶었다. 그러나 한세상은 도둑놈이 아니다. 참았다. 그 마음을 알았는지, 아저씨는 돌아누우며 아는 척을 했다.

"많이 늦었구나. 씻지 말고, 그냥 자거라."

세상이는 숙제를 해야 하는데, 불을 켤 수가 없다. 촛불이라도 켜고 싶었지만, 방이 작아서 잘못하면 불이 날 것 같다. 차라리 선생님한테 손바닥 몇 대 맞는 게 나을 거다. 이제부터 맞는 연습을 해야 한다. 어디서든, 누구한테든 맞을 준비를 해야 한다. 그래야 살 수 있을 거라는 생각이 누워서 잠을 청하는 세상이의 머릿속에서 어렴풋하게 떠오르다 사라졌다.

4

광장에서 피는 꽃

한세상은 고등학교 3학년이 되었다. 3학년이 되자마자 청계천 아저씨네 공장을 나왔다. 인사도 하지 않고 도망을 나왔다는 편이 맞다. 어느 도둑놈이 돈을 훔쳐갔다는데, 아저씨는 세상이에게 뒤집어씌우며 야단치고 의심하고 주먹을 휘둘렀다. 처음에는 착한 아저씨인 줄 알았는데 날이 갈수록 포악해지고 깡패처럼 굴었다. 월급도 제대로 주지 않고, 밥값과 교통비를 제하고, 방값을 내라고 하고, 힘든 일을 시켰다. 청소만 하면 된다고 하고, 작은 심부름만 하면 된다고 했는데, 기계를 옮기고, 트럭에서 짐을 내리고, 옥상까지 짐을 들어 나르고, 일요일에도 밤 12시가 넘도록 세상이에게 일을 시켰다. 일요일도 없고, 낮이나 밤이나 일을 시키는 마당에 학교에 제대로 나갈 수 있을 리가 없었다. 그래서 자주 결석을 했다. 월급도 제 날짜에 주는 적이 거의 없었다. 주다 말다, 적었다 많았다, 금액도 수시로 달랐다. 아니, 정한 금액도 없으니 많은 건지 적은 건지 알 수 없었다. 돈 얘기를 하면 무조건 나가라고 했다. 학교를 다니다 말고 나갈 수 없어서, 그래도 학교는 졸업하고 싶어서 참고 또 참았다. 야간학교라도 졸업하면 학교를 나오지 않은 것보다 나을 거라고 한세상은 믿었다. 이런 걸 아버지나 엄마에게는 다 말할 수는 없었다. 세상이는 그냥 참았다. 무조건 참았다. 아무도 보지 않는 곳에 숨어서 혼자 울고 나면 화가 풀렸다. 바로 청계천 뒷골목 술집 화장실이었다. 혼자 울기엔 딱 맞는 곳이었다. 뭔가 썩는 냄새도 나고, 가끔 이상한 울음소리도 들렸지만, 혼자 울기엔 이렇게 좋은 곳이 없었다.

어느 날, 세상이가 사장 아저씨한테 또 몇 대 맞고 혼자 울고 있는데, 속치마만 입고 브래지어만 걸친 듯한 아줌마가 한세상을 내려다보면서 소리쳤다.

"총각, 여기서 뭐 해? 아, 앞집 공장 그 총각이구먼."
"네, 시끄럽게 해서 죄송합니다. 나갈게요."
"아니야. 그냥 이상한 소리가 들려서. 잠깐 들어와 볼래?"

아줌마는 술집 가게로 한세상을 부르더니 막걸리 한 잔을 따라 주었다. 김치 두어 조각 있는 접시를 주면서 세상이에게 나무젓가락을 쥐어 주었다. 한숨에 들이킨 막걸리가 얼마나 맛있는지. 김치 한 조각을 집어넣으니 꿀맛 같았다. 한 잔을 더 먹고 싶었다. 슬금슬금 눈치를 보느라 자세히 아줌마를 살피는데 나이가 들었지만 화장을 너무 진하게 해서 할머니인지, 아줌마인지 알 수 없었다. 그래도 여자니까. 호기심을 갖고 아래 위를 살펴보았다. 가슴과 엉덩이는 큰데 키는 작았다. 참 이렇게 못생길 수도 있구나 하는 생각이 들었다. 이렇게 못생긴 여자가 어떻게 술장사를 하고 살지? 궁금했다.

"여보게 총각. 그 공장에서 힘든 일 하지 말고, 우리 가게에서 일할래? 월급 많이 줄게."
"남자가 술집에서 할 일이 뭐가 있나요?"
"무슨 소리야? 세상을 잘 모르네. 여기 일하는 아줌마가 셋인데, 남자가 할 일이 있잖아. 내가 알려 줄게."

그렇지만 술집에서 일한다고 하면 남들이 웃을 것 같았다. 그날 밤엔 그냥 아줌마와 막걸리 두 주전자를 나눠 마시고, 에라 모르겠다 싶어서 그 술집에서 쓰러져 잤다. 아줌마가 몸을 만지는 느낌이 들었지만 자는 척했다. 여자의 느낌을 모른 체하는 것도 필요하다는 것을 그날 밤 세상이는 배웠다. 세상에는 참으로 배울 게 많았다. 그러나 그는 모든 걸 모른 체했다. 뭣 좀 아는 체했다가는 공장 아저씨에게 또 무슨 봉변을 당할지 모른다는 생각이 들었다. 그럴 땐 자신이 제법 똑똑한 것 같았다. 멍청한 놈이 그런 생각도 하다니, 스스로가 기특했다. 다음 날, 아침에 눈을 뜨면서, 공장으로 돌아와 아저씨한테 몇 대 또 맞고, 눈물을 삼키면서 세상이는 청계천을 떠나기로 결심했다. 마음먹고 공부만 하려고 들어간 공장을 3년도 채우지 못하고 도망쳐 나온 거다. 돈이라도 훔쳐 나오고 싶었지만 그럴 만한 배짱도 없었다. 이리저리 눈치만 보다가 옷 보따리만 간신히 챙겨갖고 새벽에 몰래 나왔다.

* * *

3학년 2학기가 되자마자 학교에서는 실습을 보내 준다고 했다. 좀 큰 공장이라고 했는데, 거기도 청계천이었다. 그래도 세상이가 일하던 공장보다는 나을 것 같았다. 학교에서 보내 준다니까 믿을 수 있을 것 같았다. 일하는 사람들도 많고, 공장장과 반장, 직장 등 기능공들이 여러 명이 있었다. 일할 만한 것 같은 분위기라고 학교 담임선생님이 설명해 주었다.

월요일, 학교 실습공장의 선생님이 세상이와 함께 같은 반 학생 두 명을 데리고 청계천 공장으로 갔다. 사장은 해외 출장을 갔다고 했고, 공장장과 몇 명 어른들이 모인 자리에서 서로 인사를 했다. 선생님과 공장 사람들이 커피를 마시며 나누는 이야기를 세상이는 귀담아들었다.

"우리 학생들 월급은 학교로 보내 주시죠. 그러면 학교에서 학생들에게 직접 지급할 겁니다."

"네, 그러시죠. 그런데 여기는 야근도 좀 해야 하고, 바쁠 때가 많습니다."

"그런 건 알아서 하시죠. 애들도 가르쳐야 하니까."

"오늘 저녁은 저희가 따로 모시겠습니다."

세상이는 학생들 저녁을 사 준다는 걸로 알아듣고 기뻐했는데, 막상 때가 되자 학생들은 곧바로 공장 구석진 방으로 들어가 교복을 작업복으로 갈아입게 되었다. 공장을 한 바퀴 돌면서 설명을 해 주는 김 반장이라는 사람의 말은 도대체 알아들을 수가 없었다.

"선반(旋盤)으로 굵은 쇠를 깎아서 얇은 나사로 만들고, 용접은 반드시 이곳에서만 해야 하고, 프레스 앞에서 졸다가는 손가락 열 개가 다 없어질 것이며, 드릴로 여러 개의 구멍을 뚫을 때는 장갑을 끼면 절대 안 되고, 망치와 야슬이, 노기스는 공구실에 있으니 필요할 때는 미리 허락을 받고 가져다 쓰고, 제자리에 갖다 놓을 것. 담배는 반드시 쉬는 시간에 나가서 피워야 하며, 퇴근시간에는 반드시 공장장의 허락을 받을 것이며, 화장실은 막히지 않도록 물을 잘 내리고, 점심시간에는 20분 이내로 식사를 마치고 20분간 낮잠을 자기 바란다. 그래야 오후에 기계 앞에서 졸지 않을 것이다."

드디어 공돌이 생활이 시작되는 거였다.

***

　해도 뜨지 않은 아침 6시, 옥상에 올라가 20명씩 3개반, 60여 명이 여섯 줄로 섰다. 시큼한 냄새가 나는 기숙사에서 쪼그려 자고 나온 사람들은 세수도 하지 않은 채, 눈곱을 비비면서 걸어 나오며 투덜거렸다. 세상이는 나오지 않는 목소리로 애국가와 새마을 노래를 따라 부르는 척하며 입만 벙긋거렸다. 집에서 출근한 사람은 공고 실습생 한 명과 공장장, 그리고 여자들 예닐곱 명뿐이었다. 한세상은 실습기간 동안만 기숙사에서 먹고 자기로 했다. 여자들만 자는 방은 1층 공장 출입구 옆에 있는데, 거기에서는 여자 최 반장과 다른 여공 두 명이 함께 잔다고 했다. 최 반장은 날씬한 편이지만, 항상 진한 향수를 바르고 야한 옷을 입고 있어서, 여기서 일할 여자처럼 느껴지지 않았다. 나이도 어린 것 같은데 반장이라고 하니 세상이는 궁금했다. 시골에서 국민학교 졸업하자마자 이곳으로 왔다고 경리 아가씨가 말해 줘서 알았다. 그래도 한 라인의 반장이니까 세상이는 그녀에게 깍듯이 인사를 하고, 잘 보이려고 했다. 선반과 밀링, 프레스를 돌아가면서 골고루 만질 수 있는 기회가 세상에게 주어진 거다. 기술이라도 잘 배워야지.

　최 반장은 한세상에게 관심이 많은 것 같았다. 수시로 말을 걸면서 그를 졸졸 쫓아다니며 감시하는 느낌인데 기분이 나쁘지 않았다. 나이가 든 것 같은 공장장 곁에서 나이가 든 김 반장은 아침마다 간단한 주의사항을 설명했다. 아침 조회가 끝나자마자 사람들은 식당으로 뛰어 내려와 쟁반을 들고 한 줄로 서서 밥과 국을 받아 와서 긴 나무 의자에 앉았다. 최 반장은 항상 한세상 곁에 앉았다. 고개를 들어 살짝 쳐다보다가 둘은 몇 번 눈이 마주쳤다.

"너는 몇 살이니? 고향이 어디니? 어느 학교 다니니?"

뭐가 그리 알고 싶은 게 많은지 모르겠다. 비곗덩어리 두어 점이 들어 있는 돼지고기 된장국에 보리밥을 말아 후루룩 마시고 용접기계 앞에 앉았는데, 갑자기 눈물이 핑 돌았다.

"내가 여기서 이 일을 해야 하나? 이런 곳에서 이런 일을 하려고 태어났나? 이런 일을 하는 게 나한테 맞는 건가? 아버지한테는 좋은 회사에 취직이 되었다고 했는데, 아버지가 알면 곧장 내려오라고 할 게 뻔한데. 이게 좋은 회사인지 모르겠지만, 왠지 미안하고 창피하고, 부끄럽다. 때려치울까?"

7시 반도 되지 않았는데 벌써 기계들은 굉음을 내며 돌아가기 시작했다. 최 반장은 세상에게 커피를 타 주더니 말도 없이 엉덩이를 실룩거리며 저쪽으로 걸어갔다. 그녀는 나이에 맞지 않게 어른스러워 보였다. 아가씨인지 아줌마인지 모르겠지만, 공장 사람들은 모두 아줌마라고 불렀다. 몸은 날씬하고 키도 크고, 눈썹이 진하고 입술이 얇아서 섹시하게 생겼다. 목은 가늘고 하얬다. 머리는 항상 말아 올리고, 빨간 머플러를 두르고 다녔다. 50명 정도 되는 공장에 여자가 10명 정도인 듯한데. 이런 곳에서 일할 사람 같지 않은 여자는 최 반장과 경리 아가씨, 딱 두 명이었다.

새로 들어온 경리 아가씨는 여상 3학년 실습생이라는데, 뚱뚱하지만 예뻤다. 피부는 곱고, 키도 컸다. 점심때만 되면 그 아가씨는 항상 김 군과 어딘가 나갔다 왔다. 아마도 둘이서 밖에서 밥을 사 먹고 오는 듯했다. 김 군은 같은 학교에서 실습을 나온 고향 친구지만, 그 자식 때문에 정 반장으로부터 몇 대 맞은 이후로 세상이는 그와 모른 척하고 지냈다. 오후 3시가 되면 우유에 소금물을 타 마셨다. 공장 안이 너무 더워 탈수중에 걸릴까 봐 의무적으로 마셔야 했다. 원래 세상이는 우유가 받지 않는 체질인데 소금을 타서 그런지 먹을 만했다. 저녁마다 야근을 하고, 주말에는 아침 8시부터 저녁 7시까지, 점심시간 빼고 10시간씩 특근을 했다. 특근을 하는 공휴일에는 늘 식사가 문제였다. 식당 아줌마가 나오지 않아서 자장면을 시켜 먹거나 라면을 끓여 먹는 거였다. 먹는 게 아니라 때우는 거다. 후루룩 마시고 10시간 일을 하는데, 한세상에게는 정말 힘들고 지겨운 날들이었다. 세상이는 당장 뛰쳐나가고 싶었다. 뜨거운 불을 쏘이면서 용접을 하고, 기름걸레를 빨면서 선반(旋盤)으로 쇠를 깎으며 땀방울을 흘렸다. 힘들 때는 당장 그만두고 싶었지만, 공고에서는 의무 실습기간을 다 채우고 취직이 되어야 졸업이 된다고 했다. 학교의 실적을 채우기 위해서 하기 싫어도 6개월은 참아야 한다는 규정이 있다. 잘 생각해 보니, 학교와 공장이 서로 짜고 노동을 착취하고 돈을 나누어 먹는 게 아닌가 하는 생각도 들었지만, 증거 없이 의심을 하면 나쁜 사람이라고 믿었다. 절대 그럴 리는 없을 거지만, 어쨌거나 참아야 한다고 세상이는 생각했다.

***

"나, 진짜 서운해서 하는 얘긴데. 어쩜 그럴 수가 있어?"
"제가 뭘요. 제가 뭘, 어쨌다고 그러시는 겁니까? 지금."

최 반장은 세상이를 끌고 공구실로 들어가더니 갑자기 그를 끌어안았다.

"야, 임마. 내가 아줌마처럼 보여? 나 이제 서른 살도 안 되었거든. 근데 왜, 나보고 아줌마래? 나도 중학교 나왔어. 나, 아직 처녀야. 보여 줘?"
"제가 뭘 어쨌다고 그러는 겁니까? 반장님께 제가 무슨 잘못을 했나요?"
"이 자식아. 남자면 눈치가 있어야지, 임마."
"아, 참. 왜 저를 괴롭히시는 겁니까? 일만 제대로 시키십시오."
"이런 미친놈, 별 놈 다 보겠네. 너, 내가 누군지 알아?"

근무하지 않고 노는 날은 한 달에 두 번이다. 하필이면 오늘 특근하러 나왔는데, 다들 퇴근한 저녁에 갑자기 불러서 이게 뭐람? 한세상은 최 반장이 출근했을 줄은 몰랐다. 어디서 대낮부터 술을 마셨는지. 술 냄새 나는 입을 가까이 대면서 수다를 떠는 모습을 참기 힘들었다. 어쩌면 이렇게 차이가 날까? 같은 여자인데. 경리 아가씨는 뚱뚱하지만, 향기도 좋고, 옷도 잘 입는데, 최 반장은 날씬하고 예쁜 얼굴인데, 술만 마시고, 남자를 유혹하고, 틈만 나면 이 남자 저 남자에게 달려드는 것 같았다. 정상이 아닌 듯하다. 공장장의 조카라 힘이 세다는 건 알고 있었다. 역시 어딜 가나 힘이 있고, 백이 있어야 한다. 그녀는 다들 퇴근하고 아무도 없을 때만 세상이 앞에 나타났다. 어린 세상이 좋은가 보다. 바빠 죽겠는데, 혼자서 할 일이 태산 같은데, 반장 잘못 만나서 밀린 일을 죽도록 해야 하는데, 꼭 바쁠 때만 나타나서 시비를 걸고 싸움을 하려고 하고, 술 생각나게 만드는 그녀는 나쁜 년이다.

"아줌마, 진짜 계속 이러실 겁니까? 나도 좀 삽시다. 저 아직, 고등학생입니다. 일도 하고 공부도 해야 되거든요. 제발 저 좀, 살려주세요."

"학생, 내가 당신 보고 뭐라고 했어? 그냥 같이 있어 주면 안 돼? 그까짓 것 일이야 내일 해도 되고, 모레 해도 되고, 안 해도 되고. 미친놈아."

이젠 욕까지 한다. 아주 자연스럽게 끌어안으며 욕까지 하는데, 그것도 중독인지, 몇 달 동안 그러다 보니 정이 들었는지, 세상이는 최 반장이 싫지 않게 되었다. 그녀의 욕설이 기다려지고 그녀의 눈빛과 손 닿는 느낌이 달라졌다. 그날 밤 한세상은 최 반장도 여자라는 걸 확인했다.

***

모처럼 쉬는 일요일. 세상이는 어제 처음으로 월급 명세서가 있는 급여를 받았다. 월급이라고 해야 겨우 실습보조비라는 걸 알지만, 그래도 현금이 가득한 봉투를 보니 느낌이 달랐다. 지갑에 넣으면서 자꾸만 세어 보고 싶었다. 현금이 있는데, 이대로 공장 기숙사에 처박혀 있을 수는 없었다. 3년 전, 시골집 앞 개울에서 만나 약속을 했던 그녀, 상고를 다니며 은행으로 실습을 나간 그녀가 보고 싶었다. 돈이 있으니까 생각이 난 거다. 한세상은 서울운동장 빵집으로 갔다. 은행에 다닌다는 그녀를 찾아서, 분명히 어제 연락을 했고, 오늘 만나기로 했는데. 목소리가 너무 반가워 울 뻔했는데, 역시나 그녀는 나오지 않았다. 키가 크고 얼굴은 하얗고, 마른 편의 그녀는 항상 빨간 목도리를 하고 다녔다. 개울에서 처음 만날 때도 빨간 목도리를 하고 나왔었다. 세상이보다 키는 컸지만, 허리는 가늘었다. 가슴은 얇았고, 얼굴은 길고 머리도 길었다. 피부는 곱고 눈빛은 맑았다. 어딘들 미운 곳이 있겠는가? 그런 그녀와 3년 만에 연락이 닿아 만나기로 했으니, 어찌 세상이 가슴이 뛰질 않겠는가? 그도 남자인걸. 그래도 그렇지 어찌 이럴 수가 있을까? 한 시간이나 지났는데도 나타나지 않았다.

"맞아. 아마도 그녀도 그랬을 거야. 아마 그랬을 거야. 흰 와이셔츠에 양복을 빼 입은 신사들과 함께 앉아, 책상에서 주판만 두들기는 그녀가 공장 기름 냄새가 나는 나를 생각이나 하겠어? 많이 변했을 거야. 그럴 거야."

한세상은 종로까지 걸었다. 배가 고프지만 먹을 만한 게 없었다. 종로를 쏘다니는 젊은이들은 다른 세상에 사는 사람들 같았다. 깔끔하고, 깨끗하고, 냄새도 좋았다. 특히 여학생들이나 아가씨들의 치마와 티셔츠는 어찌 그리 예쁘고 아름다운지. 가슴이 큰 여자들이 입은 스웨터는 더욱 매력적이다. 남자들도 모두 피부가 하얗고, 머리도 깔끔하고, 옷 색깔도 여러 가지다. 세상이만 시커먼 바지에 명찰이 달린 작업복 차림이었다. 공장에서 쓰고 나온 모자는 길가 쓰레기통에 던져 버렸다. 왠지 종로 거리와 어울리지 않을 것 같았다. 저녁에 들어가면 잃어버렸다고 하고, 새로 받으면 된다. 같은 서울인데 청계천과 종로가 어찌 그리 다를까?

5층이나 되는 서점에 올라가니 젊은이들이 바글거렸다. 다들 학생같이 보였다. 책을 고르는 여학생의 까만 머리에서 짙은 향수 냄새를 맡았다. 청계천 공장 최 반장의 향수와는 달랐다.

서점 귀퉁이에서 책 한 권을 펼쳐 들고, 살까 말까 망설이는데, 옆으로 지나가는 여고생들이 세상이를 쳐다보며 지껄인다.

"어휴, 냄새. 이상하다 그치?"
"어디서 쓰레기 냄새가 나니? 이게 무슨 냄새지?"

"나도 대학 가야지."

세상이는 결심했다.

***

"야, 임마, 이 새끼야. 빨리 들어와. 너 이놈의 새끼. 도대체 무슨 짓을 한 거야?"

또 무슨 일이 난 거다. 세상이는 틀림없이 죽을 짓을 한 거였다. 단단히 각오를 했다. 공장 구석에 끌려가, 몇 시간 동안 꾸중을 듣고, 잔소리를 참고 들어야 한다. 어쩌면 주먹이 날아올지도 모른다. 오늘은 공장장 목소리가 다르다. 지금까지 이렇게 큰 목소리는 들어 본 적이 없다. 한세상은 공장장 얼굴을 보기도 전에 눈물이 핑 돌았다. 하루 종일 만든 제품이 불량이 난 거였다. 공구실에 끌려가서 반장에게 호되게 맞았다. 얼마나 아픈지 정신을 잃을 것 같았지만 죽지 않아 천만 다행이다. 차라리 죽는 것도 좋겠지만, 안전사고로 죽은 사람은 있어도 매 맞아 죽은 사람은 없다고 했다. 잠시 앉아 있다가 밖으로 나왔더니, 공장은 텅 비어 있었다. 벌써 두 시간 정도가 흐른 것 같았다. 오늘은 우리 라인이 회식을 하는 날이라고 했지만, 매를 맞고 회식에 가기는 싫었다. 모른 체하고 옆에서 일하는 아줌마에게 말도 하지 않고 세상이는 혼자 청계천으로 나갔다. 다른 세상을 보고 싶었다. 잠시라도.

종로까지 뛰다가 걷다가 보니 자정이 넘었다. 갈 곳이 없었다. 통금 벨 소리를 들으며, 세상이는 다리 밑으로 내려갔다. 어디서든지 하룻밤을 자야 했다. 어떤 사람들이 사과상자로 만든 집 같은 곳에 모여 웅크리고 앉아 있었다. 바짓가랑이가 다 찢어진 남자, 세수한 적이 없는 여자, 다 늙어서 걷지도 못할 것 같은 할아버지, 엉클어진 머리를 열 개나 되는 핀으로 꽂아서 엮어 맨 할머니, 열 살도 안 되어 보이는 남자 아이 등 예닐곱 명의 사람들이 아니, 사람인지 동물인지 모를 인간들이 모여서 화롯불을 쬐며 떠들고 있었다. 거지들이 모여 사는 곳이다. 세상이는 쭈뼛쭈뼛거리며 눈치를 보다가 용기를 내서 들어갔다. 왠지 여기서 하룻밤을 자고 싶었다. 묻지도 않고 따라주는 술잔을 받아 마셨다. 김치나 깍두기 같은 안주는 보이질 않았다. 자정이 넘어 통금 싸이렌이 울렸는데도 여기 사람들은 중얼거리며 떠들고 있었다. 누가 무슨 말을, 왜 하는지 알 수 없는 말들이었다. 외계인 같았다. 눈빛도 없고 표정도 없고, 미친 사람들 같았다. 모여 있는 사람들은 가족인지 식구인지 알 수 없었다. 친구들 같기도 했고, 서로 모르는 사람들처럼 느껴지기도 했다. 그 가운데 세상이가 섰다. 키도 작고 뚱뚱하고 못생긴 세상이가 가운데 서서 잘난 척하면서, 큰 소리로 떠들고 있었다. 여기도 사람 사는 세상이군.

***

겨울 바람이 세차게 불었다. 교련훈련을 하는 학생들이 가짜 총을 들고 운동장에서 제식훈련을 받고 있었다. 한세상은 실습을 하다 말고, 다시 학교로 왔다. 졸업 한 달이 남았는데, 넉 달 만에 실습장에서 도망을 왔다고 학교 실습실로 끌려가 실습 조교선생님에게 또 몇 대 맞았다. 세상이는 세상 어디를 가나 매를 맞는 데는 이골이 났다. 그까짓 매 맞는 일이야 별 거 아니다. 가장 쉬운 게 매 맞는 일인지도 모른다. 몸만 바치면 되니까. 설마 죽이겠는가? 정학을 받아도 좋고 퇴학을 당한다고 해도 청계천은 다시 가고 싶지 않았다. 가끔 최 반장의 향수가 그리웠고, 김씨 아줌마도 생각났지만, 그곳 사람들과는 연락을 끊기로 하고 고향 친구도 잊기로 했다.

"이 세상은 나 혼자다. 세상이 혼자 살아갈 것이다. 모든 것은 세상이 마음대로 살 거다."

***

한세상은 졸업 후가 걱정이 되었다. 졸업을 하면 취직을 해서, 아버님께 돈을 보내 드린다고 약속을 했는데, 시골 집 안방 벽에 붙여 놓은, 글씨가 큰 달력에 아버지는 까만 붓으로 졸업날짜를 표시해 놓았는데, 취직을 하지 못하거나 딴청을 부리거나, 대학을 간다고 하면 난리가 나지 않겠는가? 아마 동네가 쑥밭이 될 거다.

"그것 봐. 내가 그럴 줄 알았어."
"지까짓 게 무슨 기술을 배운다고 서울을 가더니 그 꼴이란."
"주제를 알아야지. 사람이 겉멋만 들어서."
"지 애비 에미 죽도록 고생시키는 놈이구먼."

얼마나 많은 사람들이 수군거리며 흉을 볼까? 대학을 가고 싶지만 돈도 없고 실력도 없고, 대학 입시 준비는 생각도 하지 못했으니, 한세상 본인도 기대하진 않았지만, 막판에는 청계천으로 다시 갈 각오를 하면서 졸업장을 받았다. 학교 같지도 않은 학교의 졸업장은 그 자리에서 찢어 버리고 싶었다.

토요일 저녁, 흑석동에 사는 이모 집으로 갔다. 3층이나 되는 일본식 집에는 층마다 책들이 가득했다. 영어책도 있고, 프랑스어 책도 있고, 독일어 책도 있었고, 문학 책도 있고, 소설도 있고, 벌

71

거벗은 나체사진도 있었다. 읽고 싶은 책 몇 권을 골라 놓았다. 빌려 달라고 해서 안 빌려 주면 훔쳐 갖고 갈 생각이었다. 이모님 댁에는 의대생과 법대생, 공과대학생도 있었다. 이모네 형과 누나들은 모두 잘생기고 멋있었다. 세상이네 형제들은 모두 시커멓고 못생겼는데, 어찌 세상이 엄마는 촌구석에 시집을 와서 가난하게 살고, 그 언니는 이렇게 좋은 집에 시집을 와서 자식들을 모두 대학까지 보냈는지 세상이는 그게 정말 궁금했다. 이종사촌 형 방에 들어가 두꺼운 책을 베고 누워 있다가 잠이 들었다.

"두고보자. 반드시 복수하리라."

5

찢어 버린 옷

— 재워 주고, 월급 주고, 기술 가르쳐 줌.
— 수료하면 100% 취직보장 — K직업훈련소

새벽에 배달하고 남은 신문 두 개를 펼쳐 놓고 대충 훑어보다가 세상이는 이상한 광고를 발견했다.

"기술 가르쳐 주고, 재워 준다고? 월급도 주고 옷도 준다고? 세상에나? 이런 천국이 또 어디 있을까?"

한세상은 당장 시흥동으로 달려갔다. 입소 원서를 받아 들고, 그 자리에서 접수를 하고 나오면서 춤을 추었다. 원서 접수하는 아저씨가 잘하면 합격할 수 있을 거라고 했다. 오늘이 원서접수 마지막 날이라고 했다. 마지막 날에 마지막으로 합격될지도 모르는 일이다. 끝이나 처음이나 합격만 되면 된다. 꼴찌나 일등이나 합격만 하면 된다. 합격하고 나서 또 공부하면 될 거다. 졸업하는 성적이 중요하지, 입학하는 성적은 중요하지 않은 거다. 오랜만에 한세상의 가슴속에서 풍선처럼 희망이 부풀어 올랐다. 꿈인가 생시인가? 남은 일주일은 너무 길었다.

일주일이 지날 무렵, 한세상은 다시 직업훈련소를 찾아갔다. 분명히 합격자 발표를 한다고 했는데, 어디에도 발표 공고문이 보이지 않았다. 수위실에서 졸고 있는 아저씨에게 물어보았더니, 사흘 전에 발표를 했다고 이야기한다. 아저씨의 설명을 무시하고, 훈련소 사무실로 들어갔다. 아저씨 한 분이 쓰고 있는 안경을 벗으며, 아래위를 훑어보고는 주민등록증을 보여 달라고 했다. 이름을 대고, 주민등록번호를 적어 드리고 나니, 합격자 명단에 '한세상'이란 이름이 있다며, 3일 내로 호적등본과 주민등록 등본을 제출하라고 했다. 하마터면 큰일날 뻔했다. 내일 아침엔 시골 면사무소에 가서 서류를 떼어 와서 모레까지 제출하겠다고 약속을 했다.

여기 직업훈련소에서도 애국가는 빠지지 않았다. 왜 공장마다 애국가를 부르는지 모르겠다. 애국가를 부르지 않아도 세상이는 국가를 사랑하고 있다. 여기 기술훈련소의 삼시 세끼는 청계천보다 나았다. 국에는 진짜 고기가 서너 점 더 들어 있었고, 반찬은 항상 네 가지 이상이었다. 가끔 나오는 보리밥과 잡곡밥은 꿀맛이었다. 토요일 점심에는 국수도 주고 라면도 나왔다. 계란이 들어간 떡라면은 정말 푸짐했다. 야근은 없지만 밤늦게까지 실습장에서 기계연습을 하는 아이들이 눈에 띄었다. 다들 기술 배우느라 정신이 없는데, 세상이 혼자 숙소로 일찍 들어가서 잘 수는 없었다. 선반(旋盤), 기계, 화공 등 3개 반으로 나뉜 기능공들은 기술을 배우기엔 너무 어려 보였다. 공고라도 나온 사람은 몇 명 되지 않았는데, 대부분 지방에서 올라온 아이들이었고, 무단가출을 한 듯한 아이도 있었다. 한세상은 어깨가 으쓱 올라갔다.

"나는 공고를 나왔잖아. 자식들. 고생들이 많군."

직업훈련소에 입소한 지 일주일이 지날 무렵, 한세상은 시골 이장 댁에 전화를 걸었다. 아버지를 바꿔 달라고 했다. 부리나케 달려온 듯한 아버지는 숨찬 목소리로 전화를 받자마자 큰 소리로 말씀하셨다.

"응, 너냐? 고생이 되면 내려오너라. 에미 애비 다 있고, 집이 있는데, 뭔 고생을 하니? 농사일도 괜찮으니 어여 오거라."

아버지는 여전히 세상이를 걱정하고 있었다. 그 목소리에 왈칵 눈물이 터질 것 같았지만 세상이는 꾹 참았다.

"아니요, 아버지. 여기는 정말 좋아요. 기술도 가르쳐 주고 월급도 주고, 재워 주기도 한답니다. 딱 일 년만 참으면 진짜 좋은 공장에 취직도 된답니다."

"그런 데가 어디 있냐? 거짓말하지 말고, 당장 내려오거라."

"아니, 정말이라니까요. 아버지. 한번 보여드릴게요. 다음 주에 서울 오시면 여기 모시고 올게요."

"에고, 망할 놈. 몹쓸 놈의 자식. 서울 가더니 거짓말만 늘었군."

***

그해 봄부터 겨울까지 열두 달의 시간과 사계절의 세월이 어떻게 흘러갔는지 한세상은 알 수 없었다. 땀과 눈물로 계절이 바뀌었다. 가끔은 피와 눈물이 섞이기도 했고, 눈물인지 땀인지 모를 물방울이 세상이의 목과 가슴을 타고 흐르기도 했다. 다시 꽃이 필 때쯤 인사발령이 났다. 우수한 성적으로 수료하는 기능공이라며, 본사 공장 엔진과로 가게 되었다는 걸 미리 알려 준 사람은 예쁜 여자 박 기사였다. 자동차 공장에 이렇게 예쁜 여자 기사가 있다니? 공대 기계과를 나왔다고 알려 준 사람은 함께 잠자고 있던 선배였다. 여자가 기계과를 나오다니 정말 놀라운 일이었다.

인사발령이 난 공장에 도착한 한세상은 깜짝 놀랐다. 원, 세상에나? 자동차를 만드는 공장이 이렇게 클 줄은 몰랐다. 국내 최초로 수출용 자동차를 만드는 공장이라고 했다. 한세상은 그중에서도 가장 정밀한 엔진을 만드는 공장에 배치가 되었다. 기계 돌아가는 소리만 들어도 신나게 일할 수 있겠다는 자신이 생겼다. 청계천 공장에서 보던 기계들과는 크기도 다르고, 모양도 달랐다. 겉만 다른 게 아니라 수준이 달랐다. 까만 바지와 푸른 작업복을 입은 박 기사를 쫓아가며, 공장 한 바퀴를 도는 데 30분이 더 걸렸다. 어찌나 그렇게 설명을 잘하고, 말도 잘하는지, 그녀의 못생긴 얼굴은 똑바로 쳐다볼 수도 없었다. 세상은 흰 장갑을 끼고, 까만 테 안경을 끼고, 작업복 점퍼에 파란 조끼를 입은 그녀와 하루 종일 돌아다니고 싶었다. 이런 공장이 몇 개나 되는지 궁금했다. 주조공장(鑄造工場), 도장공장(塗裝工場), 엔진공장, 프레스공장, 조립공장….

이렇게 큰 공장에서 만들어진 자동차들이 전 세계에 수출된다고 했다. 수천 명의 기능공과 기술자들이 힘을 합해 만든 자동차가 한국의 경제발전에 힘이 된다고 설명을 하는 그녀는 너무 예뻤다. 못생긴 여자가 예쁘게 보이는 이유를 세상이 자신도 이해할 수 없었다. 하여튼 그녀가 좋았다. 피스톤을 깎고, 크랭크 샤프트와 베어링 캡 등을 깎는 일은 결코 쉽지 않았다. 정밀기계를 다루는 이곳 공장 기능공들의 실력은 세계 최고라고 했다. 세상이도 그런 기술자가 될 것이라고 생각을 하니 기분이 좋았다. 이 정도의 고통과 불편은 얼마든지 참을 수 있다고 스스로 위로를 했다. 함께 일하는 아저씨 아줌마들도 청계천에 있는 공장 사람들과는 수준이 달랐다. 두어 달에 한 번씩 식당에 모여서 강의도 듣고, 조회시간에 설명도 듣고, 일 년에 서너 번씩은 사장님 훈시도 듣는다고 했다. 그런 강의와 훈시를 들으며, 세상이는 자신이 국가 산업 발전에 기여하고 있다는 자부심이 생겼다. 피와 땀의 가격은 잘 모르겠지만, 눈물을 얼마나 흘려야 되는 건지는 생각해 본 적이 없지만, 하여간 나라가 잘 된다고 하니 한세상은 기분도 좋았다. 기계 앞에서 졸다가 군밤도 맞고, 야간에 영어책 읽다가 꾸중도 듣고, 아침에 늦었다고 시말서도 썼지만, 국가를 위해 일하고 있는 거라고 생각하며 무엇이든 참고 견딜 수 있다고 세상은 자신을 믿었다.

"국가 경제를 위해 매도 맞고, 야단도 맞고, 나라살림을 낫게 하기 위해 각서도 쓰고 꾸중도 듣는 거야. 이거야말로 정말로 보람 있는 일이 아닐까?"

인천의 어느 공대 기계공학과를 나왔다는 박 기사, 그녀는 항상 까만 바지에 푸른색 조끼를 입고 있었다. 같은 작업복인데 세상이 옷보다 깔끔하고 좋아 보였다. 그녀의 작업복에서는 항상 사과 냄새가 났다. 도면을 갖고 와서 설명을 할 때, 세상이는 항상 가능한 한 가까이 다가가서 아주 열심히 듣는 척했다. 작은 노트에 잉크도 잘 나오지 않는 볼펜으로 메모를 하면서, 그녀의 눈동자를 바라보며, 고개를 끄덕이며 알아듣는 척하고, 열심히 들었다. 세상은 그녀의 설명을 열심히 듣는다는 걸 그녀가 알아주길 바랐다. 필리

핀이나 인도네시아 등 동남아 국가에서 산업시찰단들이 오면 그녀가 앞서가면서 공장과 시설을 설명해 주는 모습은 꼭 챙겨봤다. 그녀의 영어가 유창하게 들렸다. 목소리도 예뻤다. 못생긴 얼굴은 더욱 예뻤다.

나도 영어 공부 해야지.

***

"야, 이 새끼야. 얼른 들어와 봐. 너, 이 새끼 정말 이따위로 일할래?"

내 이름은 새끼다.

하루 종일 깎아 만든 엔진블럭이 전부 불량이 났다. 도면에 쓰인 숫자를 잘못 보고, 다이얼 게이지 측정을 잘못한 탓이다. 청계천 공구실에서 매 맞은 생각이 나길래, 세상은 정신을 바짝 차리고 매 맞을 준비를 했다. 또 몇 대 얻어터질 각오를 했다. 다시는 불량 제품을 만들지 않겠다는 시말서도 쓸 것이다. 세상이에게 시말서나 각서를 쓰는 일은 아무 것도 아니다. 욕먹고 매 맞는 건 즐거운 하루를 견딜 만하다는 증거다. 하지만 속은 쓰렸다.

"아무래도 안 되겠군. 이러다가 골병들어 죽겠네. 차라리 그냥 내가 죽는 게 낫겠군."

공구실에 들어가자마자 문 앞에서부터 김 반장의 손바닥이 한 세상의 얼굴로 날아왔다. 그냥 몇 대로 끝날 줄 알았는데, 발길질은 기본이고 장작으로 패는 듯한 느낌이었다. 허리가 부러지는 듯하고, 어깨가 부서지는 것 같고, 이마가 깨지는 줄 알았다. 눈물에 코피에 이빨도 부러진 줄 알았다.

"내가 뭘 그리 죽을 죄를 지었다고, 이런 매를 맞아 가며 일을 해야 하나? 매 맞는 건 괜찮고, 욕먹는 건 참을 수 있어. 그런데 개새끼라니? 내가 너네 집 개냐?"

참을 수 없었다. 야근수당을 준다는 특근도 무시하고 세상이는 무조건 화장실 뒤로 뛰어나갔다. 쥐 잡기 운동이 한창인 여름이었다. 후문 바로 옆에 있는 가게로 가서 쥐약을 세 봉지를 샀다. 하얀 종이 서너 장을 사고, 볼펜도 한 자루 사고, 소주도 한 병 샀다. 세상은 비좁은 가게 구석진 탁자에 기대어 앉아서, 잘 나오지도 않는 볼펜으로 편지를 썼다.

"아버님 어머님, 전상서.
아버님 어머님, 죄송합니다. 불효자식은 이렇게 갑니다. 동

81

생들 걱정은 하지 마시고, 농사일에 너무 매달리지 마시고, 돈 생각 그만 하시고 사세요.

제가 비록 꿈을 이루지 못하고 여기서 세상을 떠나고자 합니다. 부모님께 더 잘해 드리고, 효도를 하고 싶었지만, 세상이 그리 녹록하지 않다는 걸 요즘 깨달았습니다. 꿈은 컸습니다. 서울에서 땅도 사고, 대학도 다니고, 이 다음에 커서 교수도 되고, 장관도 되고 싶었습니다. 허황된 꿈이라서 꿈으로 끝날 거라는 거 알지만, 그래도 아등바등거리며 참고 견디려고 했습니다. 그러나 저에게 결코 기회는 주어지지 않았습니다. 이쯤에서 마무리하고자 합니다.

사랑하는 아버님 어머님, 그리고 누나와 동생들. 정말 미안하고 죄송하고 부끄럽습니다. 제가 사실은 이번 기회에 꼭 대학에 가려고 참으면서 일했는데 오늘 그만 큰 실수를 해서 회사에 손해를 입혔습니다. 그래서…"

한세상은 마음대로 휘갈겨 쓴 종이 두 장을 네 번이나 접어서 작업복 윗주머니에 꼭꼭 눌러 넣었다. 한 세상, 이렇게 마무리할 줄은 상상도 못 했다. 20분 정도를 걸어 세상은 강둑으로 올라갔다. 어둠이 깔린 가로등 불빛은 한세상을 희미하게 비춰 주었다. 개천 길을 따라 걷기운동을 하는 사람들이 어렴풋하게 보였지만 세상이와는 관계없는 사람들이었다. 눈치 볼 게 있겠어? 세상은 아버지 생각이 나고 엄마가 보고 싶었다. 동생들이 궁금했다. 소주에 쥐약 두 봉지를 타려고 했다. 쥐약을 넣어 마실까 말까 생각을 하는데 갑자기 엄마 목소리가 들렸다.

"얘야, 그러면 안 된다. 참거라. 내려오거라. 그러는 게 아니란다. 사람 목숨이 그리 간단히 끊어지는 게 아니다."

눈물이 흘렀다. 여럿이 있는 곳에서나 매를 맞을 때는 눈물이 없는 사나인데, 혼자 있을 땐 눈물밖에 없는 자신이 이상했다. 38선 넘어 임진강 건너, 휴전선 밑에서 농부의 아들로 태어나, 무슨 기술 좀 배우겠다고 올라온 서울에서 뭔가 좀 해 보려고 했는데, 뭣인들 못 할까 자신감도 있었는데, 어떤 기술인들 못 배울 게 없다고 자신했는데, 새벽 4시에 신문도 배달했고, 저녁 10시까지 청소도 하고, 며칠씩 밤새워 가며 기계 앞에서 졸지 않고 일도 잘했는데, 이렇게 가다니?

"차마, 이건 아니지. 진짜 이러면 안 되지."
"아냐, 그럴 수도 있지, 그게 뭐 어때서? 죽는 게 뭐 대단한 일인가?"
"아니지, 그러면 안 되지. 아버지 생각을 해 봐."
"아니야, 계속 이렇게 사는 건 의미가 없어. 희망도 보이지 않잖아."
"그래도 혹시 알아? 더 좋은 일이 있을지."
"바보야. 꿈도 꾸지 마라. 니깟 주제에 뭘 해 보겠다고?"
"아니야. 정말 이건 아니지. 바보야."

한세상의 마음과 다른 세상의 마음이 다투기 시작했다. 생각과 마음이 싸움을 했다. 죽고 싶은 마음과 살고 싶은 생각이 멈추질 않고 싸우고 다투고, 온갖 지랄을 해 댔다. 20년도 살지 못하고 죽기엔 아까운 생각이 들기도 하고, 더 살아 봐야 뭐 대단한 인생도 아닐 것 같았다. 그게 그거지 뭐. 별 거 있겠어? 한 시간이 넘도록 고민을 하는 동안 이미 술병은 바닥이 보였다. 마지막 한 방울을 마시고 보니 손에 든 쥐약은 어느샌가 온데간데없어졌다. 비틀거리며 일어섰다. 냇가 풀숲엔 찬이슬이 내렸다. 바짓가랑이가 다 젖었다. 안양천 둑방길엔 비가 내리고, 골목길 가로등불도 희미해졌다. 촘촘히 들어서 있는 판잣집들은 곧 무너질 듯 기울어져 있었고, 양철지붕 밑에는 비에 젖은 고양이가 숨어서 세상이를 바라보고 있었다.

한세상은 집 앞에 들어서기 전에 대문 앞에서 바지춤을 바로 하고 옷매무새를 가다듬고 정신을 차렸다. 깔끔한 주인아줌마에게 술 취해 돌아다닌다고 야단맞을 것 같아 걱정이 되었다. 다 찌그러진 철문을 열려고 하는데, 시멘트로 만든 쓰레기통 위에 책 한 권이 보였다. 제목은 희미하고, 뒷장 표지는 반쯤 찢어진 책이었다. 책을 주워 들고 들어와 이불 위에 던져 놓고 먹을 거부터 찾았다. 배는 고프고, 몸은 비틀거리고, 머리는 띵하고, 연탄불은 꺼져서 방바닥은 차가웠다. 찬장을 열어 보니 뜯어진 라면 봉지가 보였다. 반쪽 남은 라면 한쪽 귀퉁이가 파랗게 녹슬어 있었다. 세상이는 냉수에 라면을 넣고 휘휘 저었다. 깨물다 씹다가 후루룩 삼

커 버렸다. 이불 두 개를 모두 깔고 엎드려 책을 펼쳤다.

'베토벤의 생애'

다 찢어진 중간을 폈다.

'하일리겐슈타트 유서'

"유서라니? 베토벤이 자살을 했나?"

"들리지 않는 귀로 무슨 작곡을 할 수 있겠나?
요한 베토벤. 미안하다. 형이 먼저 가서 정말 미안하다.
남은 재산 별로 없지만 싸우지 말고 나누어 갖길 바란다."

한세상은 또 눈물을 흘렸다.

"나는 울보다. 그로부터 27년을 더 살았던 베토벤은, 내가 쥐약을 먹지 않은 것과 똑같았어. 그건 '운명'일지도 몰라."

그날 유서를 찢어 버리고, 한세상이 죽지 않은 건 최고이자 최악의 선택이었다.

6

쓸모없는 1동

"총각, 자요?"

"아니요. 들어오세요. 그런데 방이 지저분해서 창피한데….".

"아니, 총각은 그게 뭐예요? 저기 저, 양말하고 속옷은… 그러지 말고 우리 세탁기 그냥 써요. 편하게. 식구끼리. 그게 뭐야."

주인집 아줌마는 한세상의 말은 듣지도 않고, 방으로 들어오면서 잔소리를 했다.

그녀의 길고 얇은 치마는 속이 훤히 비쳤다. 하얀 허벅지 살갗이 보이고, 노란 팬티 선까지 뚜렷했다. 잠옷인지 외출복인지 세상이는 분간할 수 없었다.

"아저씨는 어디 가셨어요? 애들은요?"

"응, 그놈, 그 무식한 놈은 여수 갔는데, 며칠 걸린대나 어쩐다나. 애들은 일찍 재웠지."

"아, 그래요? 그런데, 그건 뭐예요?"

"아, 이거. 같이 마시려고. 괜찮지?"

남자 방에 허락도 받지 않고 들어온 주인아줌마는 들어오자마자 털썩 주저앉으며 와인 병뚜껑을 땄다. 술 마실 생각도 못 한 세상이는 벽시계를 힐끗 올려다보았다. 자정이 가까워 온다. 이 집에 들어온 지 한 달도 되지 않았는데 아줌마는 아주 친한 척하면서 꼬치꼬치 캐묻는다. 고향을 묻고 아버지 직업을 묻고, 나이를 묻더니 여자 경험이 있느냐고 묻는다. 일일이 대답하기가 귀찮아서 세상이는 대충 얼버무린다. 와인 한 병이 다 비어 가고 있을 때, 아줌마는 나가더니 맥주 몇 병을 또 갖고 들어온다. 그러더니 갑자기 고상한 이야기를 꺼낸다.

임신한 창녀를 집에 데리고 와서 씻기고 병원에 데리고 가서 진찰을 받게 하고, 모델료를 낼 돈이 없어 그녀를 모델로 쓰면서, "사랑이 없는 삶은 죄악이야. 부도덕이지."라고 중얼거리며, "사는 것과 일하는 것, 그리고 사랑하는 것은 결국은 한 가지니까."라고 생각했다는 '고흐의 삶'을 이야기하던 주인집 아줌마는 울고 있었다.

사나흘 동안 밤낮 없이 철야를 하면서 일을 하느라 지쳐 있는 새벽, 공장 쓰레기장 어느 구석에서 주운 책에서 읽은 기억이 있다고 추임새를 넣어 주었더니 아줌마는 세상이를 끌어안았다. 한세상은 모차르트 클라리넷 협주곡을 들으면 마음이 차분해진다고 말했다. 35년밖에 살지 못한 모차르트가 620여 곡의 음악을 작곡을 했고, 그런 그의 음악이 어떻게 250년 동안 이 지구상에서 어느 하루도 연주되지 않는 날이 없는지 정말 궁금하다고 말했다. 듣다 보니 주인아줌마는 이것저것 제법 아는 게 많은 것 같았다. 음악 미술은 물론 역사 철학까지, 책은 꽤 읽은 사람 같았다. 미술을 아는 건지 미술가를 알고 있는 건지, 정말 고등학교 때 미술가가 되고 싶었었는지 궁금했다. 노래도 제법 잘 부를 것 같은 목소리를 가진 아줌마는 분위기 있는 여자였다.

맥주병이 몇 병 쌓이자 소주 한 병을 더 갖고 왔다. 이 집에는 술만 가득한 모양이다. 가족들 간에 불화가 있을 때나 형제들 간에 집안일로 갈등이 생기고 다툼이 있을 때, 또는 산소에 벌초를 하러 가거나 부모에 관한 일로 인해 여러 가지 논란이 오가게 될 때는, 아줌마는 셰익스피어의 '햄릿'이 생각난다고 했다. 아버지를 죽이고 어머니와 함께 사는 작은아버지를 죽이기 위해 각종 모함과 전략을 짜면서 자신의 나약함을 한탄하는 햄릿을 보면서 모든 인간들의 마음이 비슷하다는 생각을 했다면서 또 울기 시작했다.

"이 아줌마는 울보군."

세상이도 거들었다. 15세에 학교를 그만두고 대학에는 문턱에도 가 보지 못한 극작가 셰익스피어가 20세에 벌써 세 자녀를 두고 먹고살기 위해 글을 써야만 했던 사정과 고통을 이야기하면서, 그 고난을 상상하면서, 두 사람은 맥주잔을 부딪쳤다. 30대에 청력을 잃고 피아노소리와 연주자들의 이야기를 듣지 못하자, "음악을 작곡하는 사람이 듣지 못한다는 것은 죽음과 다르지 않다."고 하며 유서를 쓰다가 "그래도 작곡은 할 수 있지. 상상으로 하면 될 거야." 하면서 또다시 27년을 더 산 베토벤이 아니었더라면 우리는 세계적인 명곡들을 들을 수 없었을 거라며, 며칠 전에 읽은 책 이야기도 했다. 직장을 그만두고 싶을 때, 시도했던 일이 마음대로 되지 않을 때, 간혹 울적하거나 비관적인 상황에 직면할 때, 음악을 듣고, 그림을 보며, 책을 읽으면서 '예술 작품보다 더 예술 같은 예술가들의 삶'을 보면서 위로를 받는다는 말은 누가 먼저 했는지 모르게 입 밖으로 나와 떠돌았다. 이야기가 니체로 넘어가면서는 둘 다 쓰러졌다. 누가 먼저 취했는지, 누가 먼저 잠이 들었는지 알 수 없었지만, 아침에 깨어 보니 너저분한 방에는 한세상 혼자였다.

주인집은 수시로 시끄러웠다. 주인아저씨는 한세상과 같은 공장에서 일하는 반장이지만 얼굴을 마주칠 일은 별로 없었다. 공장 식당에서 가끔 만나면 서로 눈인사만 했다. 주인집 아저씨는 용접 기술자라고는 하는데 알 수는 없고. 일주일에 서너 번은 술이 떡이 되어 들어왔는데, 술 취해서 들어오면 아줌마에게 소리를 지르고, 욕까지 해 댔다. 어린 아이 두 명이 방구석에 숨어서 우는 소리가 들렸다. 아줌마는 곱상하고 예쁜 얼굴인데 아저씨 얼굴은 곰보에다가 작은 점이 많아서 못생겨 보였다. 술이 취해 떠드는 아저씨를 보면 세상이도 두렵고 무서웠다. 들어가서 말리고 싶어도, 아저씨가 워낙 무서워서 엄두가 나질 않았다. 부부싸움은 칼로 물 베기라고 했던가? 아침에는 또 언제 그랬냐는 듯 상냥하게 인사를 나누고 출근을 하는 부부가 이상하게 보였다. 아버지가 엄마에게 욕을 하거나 손을 대는 걸 본 적이 없는 한세상은 이 집 부부들이 정상으로 보이지 않았다. 어딘가 고장 난 가정처럼 보였다. 정상적인 부부는 아닌 것 같았다. 아저씨는 수시로 지방 출장을 갔다. 지방에 있는 다른 공장에 기술을 가르쳐 주러 간다고 했다. 아저씨가 집에 없을 때는 아줌마는 유난히 더 멋을 내는 느낌이 들었다. 세상이가 이 집에 처음 들어오는 날도 좀 이상했다.

"저는 자동차 공장에 근무하는데 아직 어립니다."
"어리면 더 좋지요. 총각이지요?"
"네, 그런데 주인아저씨는 안 계세요?"
"있는데, 있으나 마나 마찬가진 걸요. 신경 쓰지 마시고, 그냥 들어오세요."

다른 세상에 사는 듯한 아줌마의 머릿속에 무엇이 들어 있는지 세상이는 알지 못했다. 다만 눈물이 많은 아줌마가 많이 외로웠을 것이라는 건 짐작할 수 있었다.

***

무더운 여름 어느 날, 반장이 부르더니 공장장이 한세상을 찾는다고 했다. 신입 기능공이 공장장을 보는 건 하늘의 별 따기보다 힘든 일인데, 대통령 만나는 것만큼 어려운 일이라고 했는데. 한세상은 떨리는 마음을 안고 사무실 문을 두드렸다. 안에서 흔쾌히 들어오라는 소리가 들렸다. 혹시 내가 무슨 잘못을 저지른 건 아닐까? 이것저것 생각을 하느라 한세상의 머릿속이 분주해졌다. 차렷 자세로 공장장의 앞에 선 한세상은 조마조마하게 그의 말을 기다렸다. 그런데 마침내 공장장의 입에서 나온 말은 매우 뜻밖의 것이었다. 세계기능올림픽에 나갈 사람을 뽑는데, 한세상에게 출전을 하라는 거였다. 우선 공장 안에서 시험을 보고, 여러 공장에서 일하는 기능공들이 모여 다같이 시험을 본다고 했다. 세상이의 머릿속에 불이 번쩍 튀었다.

"맞아. 맞아. 살다 보면, 참고 기다리면 하늘이 돕는다고 했어. 그동안 모든 수모를 참고, 매를 맞으며 대들지 않고, 아픔 마음과 상처받은 몸과 찢어지는 가슴을 억누른 대가가 이제 곧 나타나는 거야. 밤이나 낮이나, 시키면 시키는 대로, 하라면 하라는 대로, 까라면 까라는 대로, 죽지 않을 만큼 참고 견딘 세월의 결과가 곧 나타날 거야. 그러면 그렇지. 이대로 망가질 리가 있겠어? 하느님도 있고, 부처님도 있고, 마호메트도 있는데, 설마 나를 이대로 살게 내버려 두겠어? 절호의 찬스지. 시험이라도 봐야지. 결심을 했어. 그렇지만, 설마? 혹시? 그런데 진짜로 1등을 하면, 그렇게 인생이 바뀔 수도 있을까? 이제부터 내 인생은 달라지는 걸까? 처음으로 해외에 나가

93

기능시험을 보게 될지도 모르는 일이지. 거기서 일등을 하면, 공항에 대통령이 마중을 나오고, 청와대 들어가서 대통령과 밥 먹고, 장관들이 칭찬해 주고, 시청 앞까지 카 퍼레이드도 해 준다고 했어. 그러면 신문에 나고, 여기저기서 불러 주고, TV에도 나오면, 그 기쁨을 어떻게 나눌까? 아마도 엄마와 아버지는 시골 마을회관에서 동네 사람들과 방송을 보다가 놀라서 자빠지면 어떻게 하지? 그러면 동네사람들이 떠들어 대겠지. 엄마는 또, 옷고름으로 눈물을 훔치며 아버지에게 자랑을 하실 거야."

"그것 보세요. 쟤는 저럴 줄 알았다니까. 내 말이 맞지 않아요?"
"쟤는 나를 닮아 저렇게 똑똑하다니까. 당신은 알아요?"

그런데 진짜로, 한세상은 정말로, 사내 경쟁시험에서 1등을 했다. 세상이도 놀랬다.

"생시인지 꿈인지 모를 1등을 하다니? 세상에나. 기술 배우러 와서 1등을 하다니? 나도 놀랐어. 그날 우리 회사 사장을 처음 보았어. 상장과 상금을 준다고 했어. 와, 돈까지 주는구나. 이 돈은 절대로 쓰지 말고 시골에 갈 때 갖고 가야지, 아무렴, 봉투까지도 그대로 가져가야지. 엄마 아버지도 얼마나 놀라실까? 아마도 기절하실지도 몰라."

한세상은 전 직원이 모인 운동장에서 사장 표창장을 받고 세계 기능올림픽 시험을 보러 가겠다는 꿈을 가졌지만, 그 꿈은 열흘도 가지 못했다. 프레스 기계에 엄지손가락을 찧어 더 이상 일을 할 수 없게 된 거였다. 순식간에 무지갯빛으로 빛나던 미래가 회색으로 변해 버렸다. 세상에 일이 안 되어도 이렇게 안 될 수가 있을까? 세상이는 운명을 한탄했다. 한탄한들 바뀌는 것은 없었다. 회사에서 내쫓지는 않을 거라고 했다. 나가라는 말인지, 버티라는 얘기인지 이해할 수 없지만 갈 곳도 없는 세상은 수시로 눈물을 닦았다. 항상 곁에서 누나처럼 돌봐 주던 박 기사도 멀어지는 듯했다. 할 수 없는 일이었다. 참고 버티면서 허드렛일이라도 해야 먹고 살 것 같았다. 이대로 시골로 내려갈 수는 없었다. 그래서 세상이는 결심했다.

"대학교 가야지."

"반장님, 저… 드릴 말씀이 있는데요. 제가요. 말예요….”
"미친놈, 그게 말이 되는 얘기야? 날마다 밤새워 일을 해도 모자란 판에? 웃기는 소리 하지도 마, 이 새끼야.”

'이 새끼'는 욕도 아니다.

7

거머리처럼 굼벵이처럼

퇴근 시간은 6시 반이지만, 실제로 6시 반에 퇴근하는 기술자들은 없었다. 기능공들은 밤을 새우지 않는 것만도 다행이었다. 공장에서 시흥 시내까지 사무직 사원들을 실어 나르는 버스 두어 대가 움직인다고 했다. 한세상은 그 버스를 타야만 저녁 학원엘 갈수 있었다. 시커멓게 때가 낀 손톱은 씻지도 못하고, 작업복은 윗도리만 갈아입고, 김 반장과 공장장 눈치를 보며 살살 걸어 나오다가, 공장 밖에서부터 뛰었다. 땀 냄새 나는 작업복 바지는 갈아입을 시간도 없다. 또 땀을 흘리면서 달리는 거다. 간신히 버스에 올라타고 보니 모두들 양복을 입고 서류가방을 무릎에 놓고 앉아 있었다. 힐끔힐끔 쳐다보는 눈빛들이 이상하게 느껴졌다. 그들이 세상을 이상하게 보는 게 아니라, 한세상이가 그들을 이상하게 보는지도 모르는 거였다. 세상은 자동차 공장에도 이렇게 깔끔하고 멋진 신사 숙녀들이 있다는 걸 처음 알았다. 버스 안에 작업복을 입은 사람은 세상이밖에 없었다.

"미안하지만, 내 몸에서 땀 냄새가 날 텐데 어쩌나? 딱 1년만 참아야지. 두고 보자고. 뭐든지 될 거니까. 어디든지 갈 거니까."

빈자리는 많았지만 한세상은 맨 뒤로 가서 창밖을 향해 눈을 돌리고 모른 체하고 앉았다. 죄를 진 것도 없는데 죄인처럼 쪼그리고 앉아서 눈치를 살피는 세상은 자신이 처량하다고 생각했다. 세상이는 시흥 시내로 와서 회사버스에서 내려, 서울로 가는 시내버스로 갈아탔다. 종로까지 가는데 버스로 한 시간이 더 걸렸다. 영등포를 거쳐, 마포까지 돌아서 가는 버스는 얄밉게도 더 멀리 돌아가는 것 같았다. 영등포쯤에서 앉을 자리가 나는 날은 행운이었다. 광화문에 내려 또 다시 뛰어야 했다.

한세상은 뛰고 달리고, 달리고 뛰어 종로 보신각을 지나 Y학원까지 갔다. 편안하게 여유 있게 걸어 다닐 팔자가 아니었다. 6층이나 되는 학원 강의실로 헐레벌떡 뛰어 올라갔다. 땀 냄새가 나는 옷을 겹겹이 껴입었으니 앞자리에 앉을 수는 없었다.

"나는 어딜 가나 맨 뒷자리야. 버스 안에서나 강의실에서나 회의실에서나 언제나 뒤에 앉거나 서 있어야 하는 팔자인가? 머지않아 앞줄에 앉을 거니까 참아야지. 강의실에서도 맨 앞줄에 앉을 거고, 회의실에서도 가장 가운데 앉을 거고, 자동차를 사서 내가 앞에 앉아 직접 운전하는 게 소원이거든. 두고 봐."

학원 강의실 맨 뒤에 눈치껏 앉아 있는데, 예쁜 여선생님이 한 세상을 불렀다.

"어이, 저기 작업복 입은 사람, 앞으로 와 앉으세요."
"아, 네. 선생님, 저는 눈이 나빠서 멀리서 봐야 합니다. 죄송합니다."

"나는 학원의 학생이 아니고, '작업복 입은 사람'이다. 나도 앞자리에 앉고 싶지. 바보야. 눈치도 없니?"

거짓말도 할수록 늘어나는 법이다. 반장에게 할 거짓말이 있고, 선생님에게 하는 거짓말이 있다. 상대방에 따라 거짓말의 수준이 다르고, 좋은 뜻으로 해야 할 거짓말도 있고 양심의 가책을 받으며 해야 할 거짓말도 있다. 세상은 가는 곳마다 거짓말을 배웠다. 사람들마다 거짓말하는 것을 보았고, 볼 때마다 배웠다. 보고 배우고 듣고 배우고, 살면서 세상이는 깨달았다. 이 세상은 거짓말을 하지 않고는 살아갈 수 없다는 것을.

정통영어, 수학의 정석, 지리종합 등을 다 떼어 갈 때쯤, 눈이 내렸다. 종로의 눈과 시흥의 눈은 색깔부터 달랐다. 냄새도 다르고 느낌도 다르다. 하늘에서 똑같이 내린 눈이 어디에 내리는가에 따라 눈빛이 달라지나? 예쁜 여학생의 눈에 비치는 눈빛과 길바닥에

쌓인 눈에서 비치는 눈빛이 다르다. 공장 굴뚝연기를 맞고 내리는 눈은 시커멓고, 종로 학생들 머리에 쌓이는 눈은 하얗다. 추운 바람을 맞으며 학원 친구를 시켜서 대학 입학예비고사 시험 접수는 했는데, 또 눈치를 봐야 할 일이 생겼다. 시간과 장소에 따라, 목소리와 눈빛에 따라 거짓말의 효과가 달라지는 걸 3년 동안 배웠으니 어렵진 않을 것 같았다.

"반장님, 저기, 제가요. 그런데요. 근데 말입니다."
"이거 진짜 미친놈 아냐? 시험은 무슨 시험? 그게 말이 되는 소리야?"
"그게 아니라. 이번에는 정말로 붙을 겁니다."
"야, 미친놈아. 작년에도 그랬잖아? 이번에 떨어지면 회사도 그만둬라."

'미친놈'은 욕도 아니다. 한세상의 이름은 '미친 새끼'다.

***

그해 겨울은 더 추웠다. 한세상은 더 열심히 일을 했다. 그럴 수밖에 없었다. 그렇게 3년이 흐를 때쯤, 잘린 엄지손가락에서는 새살이 돋았고, 뼈마디도 구부릴 수 있었다. 같이 시험을 본 유 선배는 독일에서 열린 세계기능올림픽대회에서 1등을 했다. 김포 공항으로 노동부 장관이 마중을 나가고, 청와대 들어가서 대통령과 밥 먹고, 장관들이 칭찬해 주고, 시청 앞까지 카 퍼레이드도 한다고 했다. 한세상은 공장장과 반장들과 함께, 공돌이들끼리 시청 앞으로 가서 태극기를 흔들고 박수를 쳤다. 세계 기능올림픽대회에서 우승을 하고 온 동료들이 얼마나 부러웠는지 울고 싶었다. 정말 부럽고 약이 오르고 배가 아팠다. 다음 날 아침, 여러 분야의 기능공들이 세계기능올림픽에서 1등을 했다는 기사가 신문마다 실렸다. 식당에 걸린 TV에서도 같은 뉴스를 계속해서 알려 주었다.

"나도 충분히 실력이 있었는데. 나는 바보야. 재수 없고 지지리 운도 없는 멍청한 놈이지. 나도 저기 나올 뻔했는데. 독일 가서 1등을 했으면 얼마나 좋았을까? 내가 TV에 나왔으면, 시골 엄마 아버지가 울었을지도 몰라. 그 기쁨을 어떻게 나눌 수 있었을까? 아마도 엄마와 아버지는 시골 마을회관에서 마을사람들과 막걸리 파티를 할지도 모르는 건데."

식당에서 직원들과 밥을 먹는데 한세상은 음식이 목구멍으로 넘어가질 않았다. 마냥 아쉽고 부러웠다.

***

"공장장님, 드릴 말씀이 있습니다. 제가 오늘 4시에 퇴근을 해야 합니다."

"뭐라고? 안 돼 새끼야. 그건 공장장한테 가서 직접 얘기하든지. 나는 몰라. 임마."

그날은 한세상 생애 최고의 날이 될 수도 있고, 최악의 순간이 될 수도 있는 날이었다. 모든 일 제쳐 두고 세상은 공장장 방에 직접 들어갔다. 공장장에게 퇴근을 통보하고, 뒤에서 들리는 말은 듣지도 않았다. 소리인지 욕인지, 말인지 언어인지 분간할 마음도 없었다. 모든 건 오늘 결정될 거였다. 되든 안 되든, 떨어지든 붙든, 무조건 여기를 떠나는 거다. 여기를 떠나야 다른 길이 생기니까. 한세상은 다른 곳을 찾을 능력도 있고, 자신도 있었다. 한 곳을 벗어나야 다른 곳에 기회가 있는 거다. 방향을 틀어야 다른 곳을 찾아갈 수 있다. 같은 방향으로 가면서 불평하는 것은 의미가 없고, 같은 일을 반복하면서 불만을 이야기하는 건 웃기는 거다.

버스표 한 장을 반으로 찢어서 두 번으로 나누어 내다가 안내양에게 걸려 매 맞던 놈이 택시를 탔다. 시흥에서 흑석동까지, 뒷자리에 앉아 폼 잡고 달렸다. 택시 요금은 얼마라도 좋았다. 거리가 먼 것보다 시간이 걸리는 게 아까웠다. 시간으로 돈을 살 수는 있지만, 돈으로는 시간을 살 수는 없다고 했다. 어디에다 합격자 명단을 붙였는지 모르니까, 세상은 우선 정문에서 내렸다. 오가는 학생들에게 물어 물어 찾아갔다. 공대는 맨 꼭대기라고 했다. 정문에서부터 맨 끝에 있는 공대 앞까지는 너무 멀었다. 달리고 뛰고, 뛰다가 달리면서, 계단에서도 뛰어 올랐다. 미친놈처럼 뛰어 올라가는 모습은 세상이 자신이 봐도 미친놈이었다. 예쁜 여대생과 잘생긴 남자들이 곳곳에 팔짱을 끼고 앉아 수다를 떨고 있었다.

"나도 저렇게 살고 싶은 거야. 나도 저런 애들처럼 살면서 저들이 하는 이야기를 하고 싶잖아. 무슨 말을 하는지 모르지만, 그들의 손에 들려 있고, 가방에 들어 있는 책이 궁금했어."

합격자 명단이 보였다. 한세상의 발걸음이 빨라졌다. 주위의 소리가 들리지 않고 숨이 찼다. 공대 담벼락에 붙여 놓은 긴 종이 안에 수험 번호와 이름이 쓰여 있었다. 붓글씨로 쓴 듯이 예쁜 합격자 명단은 다 찢어지고 몇 장 남지 않았다. 바람에 찢어졌는지, 학생들이 뜯어갔는지 모르지만, 한세상은 맨 끝에서 자신의 이름을 찾을 수 있었다. 멍하니 이름 석 자를 바라보던 한세상은 눈물이 흐를 것 같았다. 세상이 멈춘 것 같았다. 한세상의 머릿속으로 여러 가지 생각이 스쳐 지나갔다.

"맞아. 한씨는 맨 끝이야. 항상, 어디를 가든 'ㅎ'은 맨 끝이니까. 두고 봐. 그래도 언젠가는 앞으로 갈 테니까. 정말 보고 싶었던 내 이름이었어. 내 이름 석 자는 내가 쓰는 것보다 남이 써 주는 게 좋다는 걸 이제 알았어. 내 이름은 내가 부르기 위해서 짓는 게 아니고, 내 이름은 내가 쓰기 위해 짓는 게 아니라는 거. 오늘 알았어. 남이 써 주고, 다른 사람이 불러 주는 게 비싼 이름인 거야. 고등학교 입학할 때는 1차 발표에 내 이름이 없었지. 그것도 학교라고 시험을 보고 떨어지는 놈도 있고, 붙여 줘도 갈지 말지 고민하려고 했었는데. 대학시험엔 두 번이나 떨어지고 세 번째 붙었으니, 얼마나 눈물 나는 일이랴. 아니, 이런 눈물을 왜 흘리는지 아무도 모르지. 나만 알지. 이 세상에 나만 아는 비밀, 아니, 나만 알고 싶은 비밀이 얼마나 많은가? 비밀이라고 말하면서 말하고 싶은 비밀이 얼마나 많은가 말이야."

비에 섞여 내리는 눈발을 맞으며 한세상은 대학 연못으로 갔다. 청룡상엔 하얀 눈이 소복하게 쌓이고 있었다. 세상은 온갖 꿈과 희망과 미래를 그려 보았다. 꿈이 먼저인지 희망이 먼저인지, 꿈을 꾸는 건지 생시에 미친 건지 알 수가 없었다.

"공장에 가서 기술만 배우겠다고 서울로 왔는데, 이래도 되는 건지. 설마 부모님을 속이고 대학을 간 죄로 경찰서에 끌려가지는 않겠지. 여길 4년 동안 다니려면 얼마나 많은 돈이 들까? 중고생 과외를 해서 수업료는 될까? 어떤 학생을 가르쳐야 할까? 나도 실력은 없는데, 중학생이 편할까, 고등학생이 좋을까? 여고생을 가르치면 좋겠는데, 그렇게 좋은 운이 나에게 따라올까? 모르지 또, 부잣집 막내딸이라도 걸릴지. 그러면 잘 가르쳐서, 잘 키워서, 좋은 대학 보내 줘야지. 그러면 또 알아? 사람은 모르는 일이니까. 사람을 모르는 건지, 미래를 모르는 건지, 앞날이 불확실한 건지, 모르는 게 약이지."

해가 지는 걸 보고 한세상은 집으로 돌아갔다. 대학 주변의 골목에는 남녀 대학생들이 어우러져 시끄럽게 떠들고 있었다. 원래 대학 주변은 항상 이렇게 시끄러운가 보다.

그다음 날, 한세상은 오후에 병원을 간다고 또 거짓말을 하고 공장을 나와, 일찌감치 학교로 갔다. 대학교 정문에 들어서자마자 공중전화박스를 찾았다. 그녀가 다니는 은행 사무실에 전화를 했다. 남자가 받았다. 출납부라고 했다. 묻지도 않았는데 웬 남자가 부서 이름과 자기 이름을 대는 거였다. 전화는 원래 그렇게 받는 건지 세상은 알 수 없었다. 그녀는 퇴근했다고 했다. 저녁 7시도 되지 않는데, 퇴근을 했다니, 은행은 그렇게 좋은 회사인지 궁금했다. 공장은 9시가 넘어도 기계가 돌아가는데. 그래도 되는 건지, 한세상은 이 세상 모든 게 궁금했다.

8

죄인의 선택
罪人

"너, 대학 갔다며? 장하다, 얘."

"들었어? 누가 그래?"

"다 알아. 근데 너 많이 변했다."

"변하긴, 뭐. 초라하지 뭐. 미안해."

"그런 소리 말아. 넌 멋있는 애야. 근데 왜, 연락하지 않았어? 널 얼마나 기다렸는데. 바보."

"내숭 떨지 말고 말을 하지 그랬어. 바보는 네가 바보다. 바보야."

오래전, 중학교 교복을 벗어 던질 때쯤이었다. 교실 뒤편 화장실 문 앞에서 그녀가 나오는 걸 보고 한세상은 그녀에게 얼른 쪽지를 던져 주었다. 졸업 전에 한번 보자고 했다. 얼음이 얼고 갈대가 우거진, 동네 산모퉁이 개울가로 나오라고 했더니 그녀는 진짜로 나왔다. 설마 나올까 했는데, 멀리서 걸어오는 그녀의 모습을 보자 세상의 가슴은 떨리기 시작했다. 무슨 말부터 해야 할지 생각하는데, 아무 생각이 떠오르지 않았다. 한겨울인데 그녀는 빨간 반바지를 입고 노란 머플러를 둘렀는데, 겨울여자답지 않았다. 수줍게 다가오는 그녀의 얼굴엔 사과와 앵두가 달려 있었다. 눈은 차마 바라볼 수 없어서 무슨 느낌인지도 몰랐다. 새로 산 듯한 구두엔 먼지가 뽀얗게 묻어 있었다. 갈대밭을 걸어오느라 그랬다고 생각했다. 산등성이에서 나무를 베는 동네 아저씨가 보였다. 졸업을 앞둔 중학생들끼리 서울로 가기 전에 만난 거였다. 마주 보고 웃기만 하다가 말을 꺼냈다. 아무래도 내가 먼저 말을 하는 게 예의인 것 같고 도리라고 한세상은 생각했다.

"서울로 가면 연락하기가 힘들 것 같아서. 미안해. 나와 줘서 고맙고."

"바보야. 고맙긴. 내가 더 고맙지. 난, 장위동으로 갈 거야."

"그래? 난 어디 있을지 아직 몰라. 일단 서울로 갈 거야."

"고등학교는 어디로 갈 건데?"

"아직 몰라. 이미 첫 번째 학교는 떨어졌는데, 2차 학교는 다음 주에 시험이 있긴 있는데, 좀 그래."

"아무 데나 가면 되지, 뭐. 그래도 서울인데."

그날 개울가에서 차마, 그녀의 입술에 대고 싶었던 세상의 입술은 닿을 수 없었다. 그때, 그녀는 한세상보다 두 살이나 많았지만, 그건 중요한 게 아니었다. 그리고 두어 달이 지난 후부터 두 사람은 서울운동장 빵집에서 자주 만났다. 그녀는 여상에 갔고, 한세상은 공고에 갔다. 어쨌거나 둘은 모두 서울에 있는 고등학교 엘 간 거다. 얼마나 좋았는지. 만날 때마다 돈 걱정을 하면서도 서로의 형편을 다 아는 사이니까 편했다. 두 집 모두 농사를 짓는다고 했지만, 그녀네 집은 한세상이네 집보다 부자였다. 그녀는 만날 때마다 옷을 갈아입고 나오는데, 한세상은 맨날 교련복 바지에 잠바만 걸쳤다. 너무 가난한 자신이 미웠지만, 청계천에서 구두를 닦는다는 이야기는 하지 않았다. 가끔 신문은 배달한다고 했다. 혹시나 거리에서 만날까 봐 눈치도 보았다. 그렇게 3년이 지날 무렵, 고향 친구들로부터 그녀의 소식을 들었다. 은행에 취직이 되었다고 했다. 세상은 그제야 연락이 뜸해진 이유를 알 것 같았다. 하기야 신사복을 입은 은행원들 사이에서 일을 하니, 공장에서 기름 냄새 맡으며 일하는 세상이가 눈에 들어올 리가 있을까? 차츰 멀어지는 느낌이었고, 세상을 잊기로 한 거라고 믿었다. 그렇게 몇 년이 가고, 두 사람은 스무 살에 다시 만난 거였다. 한세상은 그녀가 자신을 싫어하는 줄 알았다. 그래서 포기했는데. 세상은 바보였다. 그날 두 사람은 진짜 사랑을 했다. 아주 오랫동안 깊은 곳으로 여행을 갔다.

***

"저, 반장님. 드릴 말씀이 있는데요."

"또 뭐야, 넌, 할 말이 있다고 하면 꼭 사고치는 거더라. 저리 비켜 임마. 나, 바빠."

"저, 그게 아니라. 제가 말입니다. 제가 회사를….."

복수를 하고 싶었다. 세상이만 보면 "미친 새끼"라고 불러 주는 그놈에게, 그리고 지랄 같은 세상과 자신의 운명에게 복수를 해야 했다. 그래서 3년 동안 모든 수모와 창피와 망신을 당하면서 참았던 거다. 이젠 대학이 목표가 아니다. 더 큰 세상에서 뭐든지 해 보고 싶었다. 한세상은 이 세상에서 마음만 먹으면 자신이 원하는 대로 살 수 있다는 걸 알았다. 뭐든지 할 수 있다는 걸 직접 깨닫고 겪었던 거다. 누군가 세상에게 교만하다고 해도 할 수 없고, 거만하다고 욕을 해도 어쩔 수 없다. 마음이 그렇다. 세상은 생각했다. 먼 훗날, 세상이 자신을 사랑하게 될 거라고. 그동안 한세상 자신이 가장 미워했던 자신의 운명을 세상은 반드시 사랑하게 될 거라고. 두고 보라고.

"반드시. 언젠가는, 기필코."

사표를 내고 공장 정문을 나오는데 한세상은 눈물이 흘렀다. 자꾸만 흘렀다. 참으려고 했지만, 막을 수 없었다. 아니 그냥 흐르게 내버려 두었다. 3년 동안 밀린 눈물이다. 다 삭아서 쉰 냄새가 나는 눈물인 거다. 사표 쓰는 법을 제일 먼저 배운 곳이 여기다. 사직서에 도장을 찍으면서 눈물 몇 방울을 흘렸다. 그걸 보고 있던 공장장이 한세상의 손을 잡아 주었다.

"한세상 군, 내가 자네 그럴 줄 알았네. 기특하네. 장하군. 너는 멋쟁이 대학생이다. 공부 열심히 해서 다시 우리 회사에 들어와라. 건강하고. 알았지? 여기서 서운했던 일 다 잊고, 저기 저 새끼, 저, 김 반장 나쁜 놈, 참 좋은 놈이다. 알지? 원래 착한 놈이거든. 네가 이해해라."

"공장장님, 고맙습니다. 작년에 청계천에 데리고 가서 사 준 책, 암기하겠습니다. 그리고 김 반장님, 지난달, 화장실 뒤에서 맞은 거, 평생 기억하겠습니다. 두 분 모두 건강하십시오."

"미안하오."

한세상은 잠시 놀란 채로 김 반장을 바라보았다. 그가 눈물을 글썽이고 있었다. 천하의 김 반장이 사과를 하다니? 상황이 이해가 가지 않았다.

"나에게 미안하다니? 뭐가 미안한 건데? 아니 김 반장이, 그런 거지새끼 같은 반장이 나에게 '미안하오'라고? 웃기는 얘기다. 개 같은 폭력배 김 반장이 처음으로 나에게 존댓말을 하다니? 이게 무슨 경우지? 이래도 되는 건가? 이런 일도 있는 건가?"

김 반장은 한세상 손을 잡으며 눈물을 흘렸다. 욕쟁이 남자들이 어찌 그리 눈물이 많은지 한세상은 이해할 수 없었다. 이 공장 사람들은 전부 울보다. 미친놈들이다. 욕하고 때리고 할 땐 언제고, 간다고 하니까 손잡고 눈물 흘리고, 우는 척하는 건지 모르겠다. 진짜 우는 건지 알 수 없었다. 바보들. 나쁜 놈들. 착한 사람들. 착하고 나쁜 것도 한끝 차이라는 거, 세상은 이제 알았다. 성공과 실패가 한끝 차이인 것처럼, 때로는 미웠다가 때로는 그리운 게 사람인 거다. 미움과 그리움도 한끝 차이다. 사랑과 원망도 한끝 차이인 것처럼, 죽음이나 삶이나 마찬가지다. 만남도 헤어짐도 한끝 차이다. 그동안 여기서 배운 게 얼마이고, 깨달은 건 또 얼마나 되며, 받은 돈은 또 얼마인지 세상은 알 수 없었다. 계산은 할 필요가 있을까? 아니다. 그런 건 계산하는 게 아니다. 그냥 모든 게 고맙기만 하다. 고마운 건 계산하는 게 아니다. 잊지만 않으면 된다. 잊으라고 해도 잊을 수가 없다. 그걸 어찌 잊을 수 있을까?

***

"아버지, 드릴 말씀이 있습니다. 정말 죄송합니다."

"왜, 무슨 일 생겼냐? 어디 다쳤냐? 그러길래 내려오라고 하지 않았냐?"

"그게 아니고, 아버님, 제가요. 글쎄요. 그게 말씀입니다."

차마 전화로 등록금을 보내 달라고 말씀드릴 수는 없었다. 한세상은 불광동으로 가서 집으로 가는 시외버스를 탔다. 시골 가는 버스는 세 번이나 갈아타야 한다. 터덜거리는 버스와 덜컹거리는 합승을 타고 임진강을 건너면 한세상이 사는 마을이 보인다. 38선이 보이고, 군인들이 검문을 하는 초소를 세 곳이나 지나서, 개울을 건너야 한세상의 집이 보인다. 그 개울엔 고기도 많고, 장마 때는 북한에서 돼지도 떠내려 오고, 개울가 숲 속에는 지뢰도 있고, 깊은 산 속에는 폭탄도 있었다. 장마철에 북한에서 떠내려 온 발목지뢰나 볼펜지뢰를 밟거나 잘못 건드리면 죽거나 크게 다치기도 했다. 꼴을 베어 오는 길에 소나 사람이 지뢰를 밟으면 터져서 발목이 잘려 나가고, 아이들이 볼펜을 주워서 뚜껑을 빼면 폭탄이 터지면서 손목이 날아가기도 했다. 미군들이 보리밭에 탱크를 들이대고 며칠간 사격 훈련을 하고 가면, 아이들은 밭에 묻어 놓은 음식물 쓰레기를 파내어, 초콜릿과 버터, 치즈, 빵과 커피를 쓸어 담았다. 형제들이 많은 집은 바구니를 서너 개씩 들고 와서 보따리보따리 싸 갔다. 그걸 많이 먹으면 이빨이 썩는다고 어른들이 뺏어 먹었다. 원래 어른들은 초콜릿이나 미군 빵은 먹지 않는 줄 알았는데, 그게 아니었다. 하지만 한세상의 아버지 어머니는 보리밭에서 캐 온 과자나 껌은 손도 대지 않았다. 두 분은 그저 아이들이 최고라고, 뭐든지 애들이 하고 싶은 대로 할 수 있도록 내버려 두었다.

"아버지, 어머니, 드릴 말씀이 있는데, 다름이 아니고….”

"전화 받았다. 금호동 작은아버지가 그러더라. 너 대학 갔다며? 나는 모른다.”

"아이고, 장하구나. 내가 너, 그럴 줄 알았다!”

아버지는 거칠게 말을 던지고 방문을 열고 후다닥 나갔다. 엄마는 눈물을 흘렸다. 집을 나간 아버지는 밤중에 대문을 박차고 들어오더니, 방문을 열자마자 봉투를 던지며, 큰 소리를 지르셨다.

"옜다, 더 이상 돈 얘기는 꺼내지도 말아라. 이게 끝이다. 망할 놈.”

술 냄새 나는 아버지는 담뱃대를 마당에 던졌다.

"에이, 더러워. 이놈의 세상. 담배도 끊어야겠다.”

"당신은 그게 뭐요? 나가서 씻고 오세요. 에고, 언제나 이 꼴을 면할지.”

엄마는 세상을 원망하며 이불 속에서 울고 있었다. 아니 어쩌면 한세상 때문에 우는지도 몰랐다.

"내 이름은 바보 같은 미친 새끼다. 망할 놈이다. 내 이름은 길다. 착하고 여린 엄마까지 울렸으니 내 이름은 더 길어진 거야.”

***

"내가 이런 말을 할 입장인지는 모르겠으나, 자네는 그러면 안

115

되네. 어떻게 농사짓는 아버지에게 대학을 간다고 등록금을 달라고 하나? 자네는. 그러면 못쓰네. 우리 애들처럼, 그냥 여기서 농사짓고, 면사무소 가서 일하고 하면 얼마나 좋은가? 대학 나온다고 누가 알아주는 것도 아니고, 대학 등록금도 적지 않을 텐데. 내가 자네를 위해서나, 자네 아버지를 위해서 하는 말이네, 괜한 짓하지 말고 그냥 여기서 살게나. 웬 고생을 그리 사서 하려고 그러는지? 그 속을 알 수가 없네 그랴."

어느 날 아랫집 아저씨가 한세상을 마을회관으로 오라고 하더니 동네 아저씨들 앞에 앉혀 놓고 긴 연설을 했다. 한참 동안 듣는 척했지만, 말도 안 되는 훈시는 세상에게 들리지 않았다. 세상은 아랫집 아저씨의 마음을 훤하게 알 수 있었다. 아저씨가 떠들어대는 훈계는 되지도 않는 잔소리였으며, 자기과시였다. 그런 말이 세상이 귀에 들어올 리가 없다. 바보들. 한세상은 속으로는 비웃으면서, 겉으론 묵묵히 그의 말을 듣는 척했다.

***

잠시 들러 본 대학 캠퍼스엔 봄비가 내리고 있었다. 개강을 할 때까지 일주일이 남았다. 실컷 놀아야 한다. 이렇게 멋진 캠퍼스에서 즐겨야 한다. 한세상에게 지금까지 이렇게 기분 좋고 신나는 시간은 없었다. 아니 책부터 사야 한다. 종로를 또 가고 싶다.

이제 청계천 사람에서, 종로사람으로 바뀌고, 공장 노동자에서 공부하는 대학생으로 바뀐 거다. 냄새도 바뀌고, 옷차림도 바뀌고, 들고 다니는 가방도 바뀌고, 가방 안에 들어있던 망치는 책으로 바뀌었다. 무엇보다도 꿈이 바뀌었다. 기능공에서 기술자로 바뀌고, 잘하면 선생님도 될 수 있을 것 같았다. 종로는 예나 지금이나 북적거렸다. 식당이나 다방이나, 거리의 가로수도 훨씬 더 복잡한 거 같았다. 가는 곳마다 사람들로 가득하다. 대로변이나 뒷골목이나 온통 장사꾼들만 있는 듯하고, 다니는 사람들은 모두 정신없이 바쁜 척하는 것 같았다. 한세상도 여유 있게 천천히 걸으면 안 될 것 같아서 빠르게 걸었다. 급한 것도 없으면서 급한 척했다. 바쁜 척하고 5층까지 뛰어 올라갔다. 무슨 책을 사러 온 것도 아니고, 누굴 만나러 온 것은 더욱 아니지만, 그냥 좋았다. 그래서 온 거다. 책 구경을 실컷 할 수 있다는 것만으로도 한세상은 기뻤다. 시간도 많고 돈도 좀 있고, 호기심도 있으니 갈 곳은 여기밖에 없었다. 청계천을 가고 싶은 마음은 추호도 없다. 거기는 절대로 안 가기로 했다. 죽을 때까지 가지 않을 것이다. 공고 때 실습 나갔던 공장에 가 보고 싶은 마음도 있었지만, 그 사람들이 모두 그 공장에 그때 그대로 일하고 있는지 궁금하지만 아니, 무작정 찾아가서, "나 대학 갔어요."라고 소리치고 싶지만, 그러면 못쓴다. 사람이 그러는 게 아니다. 참아야 한다. 그래서 종로로 온 거다.

9

불법과외 여자들

한세상은 세상대학교, 전자계산과 학생 2학년이라고 자신을 소개했다. 정확히 말하면 '컴퓨터공학과'다. 한국에 몇 개 되지 않는 학교에만 있는 전공이며, 공대생은 취직이 잘 된다는 말도 곁들었다. 컴퓨터 전공이라고 하니까 학생 엄마는 더욱 반가운 기색이었다. 한세상 학생은 논리적이라나 어떻다나. 머리가 좋겠다는 둥, 예리하게 생겼다는 둥, 수다를 떨었다.

"우리 애가 이번에 꼭 그 대학을 가야 해요. 여기 두 달치 먼저 드릴게요. 그리고 입학하면 두 달치를 더 드릴게. 잘 부탁해요. 학생은 돈 걱정하지 말고, 우리 쟤, 대학만 보내 줘요. 그러면 뭐든지 해 드릴게. 만일에 6개월 동안 가르쳤는데, 아무런 변화가 없고 실력이 나아지지 않으면, 우리 딸의 앞날은 학생이 책임져야 합니다. 각오하세요."

대학생 자녀를 둔 엄마처럼 보이지 않는 아니, 나이든 대학생처럼 보이는 혜영이 엄마는 동생 같은 자기 딸을 반드시 그 대학에 입학시켜 달라고 애걸했다. 부탁인지 명령인지 알 수 없는 목소리로 애원을 하면서 떠들어 댔다. 혜영이 아빠는 어느 대학교 부속병원 원장이라고 했지만 관심도 없는 듯이, 남 얘기하듯이 넘겼다. 말하는 투나 앉아 있는 태도는 그냥 평범한 주부 같지는 않았다. 교양 없는 여자가 상스러운 권력을 누리는 것처럼 보였다고나 할까? 뭔가 독특한 일을 하는 여자처럼 느껴지기도 했다. 설마 술집 여자는 아니겠지. 집 안 곳곳에는 방금 뿌린 듯한 향수 냄새가 진하게 났다. 아무 곳에서나 느낄 수 없는 그 향수는 왠지 싸게 느껴지지 않았다. 어쩌면 남대문에서 섞어 파는 싸구려 향수인지도 모르겠지만, 나쁘진 않았다.

그날 이후, 항상 속옷 같은 차림으로 나타나는 엄마는 딸 방에 들어올 때는 매일 과일이나 과자, 떡을 가득 담은 접시를 들고 들어왔다. 거울을 보면서 흥얼거리며 사과를 깎는 모습은 아름답다가도 입을 열면 싸구려 냄새가 물씬 풍겼다. 이 집에서 가장 맛있는 건 커피였다. 집 안에 뿌린 향수보다 커피향이 제격이었다. 태어나서 처음 마셔 보는 향이라서 더욱 맛이 있었다. 세상에서 가장 비싼 거라고 했지만 그건 세상이가 알 바 아니었다. 커피잔을 받쳐 온 접시는 비싼 도자기인 듯했다. 테이블을 닦으면서 커피잔을 옮기는 그녀의 손에는 굵은 보석이 두 개나 끼워져 있었다. 한세상 엄마의 새까만 손가락엔 아무 것도 없이, 늘 호미자루만 쥐어져 있었다. 엄마와 비교하니 갑자기 슬퍼졌다.

"이런 집구석에서 얘를 가르쳐야 하나? 어떻게 같은 인간의 팔자가 이렇게 다를 수 있을까?"

엄마는 딸에게 엄격한 말투로 지시를 했다. 편한 옷으로 갈아입고, 얌전하게 앉아서 똑바로 정신 차리고 잘 배우라고 큰 소리로 떠들었다. 딸에게 하는 말인지 한세상 들으라고 하는 얘기인지 알 수 없었다. 그렇지만 그녀의 큰딸은 듣는 둥 마는 둥, 입을 삐죽거리며, 밥상보다 큰 책상에 아무렇게나 앉았다. 아무렇지도 않게 들어 넘기는 혜영이 옆에서 사모님은 다시 수다를 떨기 시작했다. 쓸데없는 말만 30분 동안 떠들고 나가면서 남은 시간 잘 가르쳐 달라고, 특별히 부탁한다는 말을 했다. 공부 시간의 반은 엄마가 떠들고, 남은 시간은 딸이 떠들고, 혜영이가 먼저 머리를 흔들었다.

"우리 엄만 못 말려. 미친."

느낌은 사실보다 강한 거다. 설명으로 듣는 사실은 직접 보는 사실보다 약하다. 직접 보고 느끼는 감정이 가장 강한 법이다. 재수생 혜영이는 키가 크고 날씬했지만 도통 공부와는 관계없이 사는 학생인 듯한 느낌이었다. 그녀의 엄마를 본 느낌과 그 엄마의 딸을 본 느낌은 다른 듯하면서 묘하게 닮은 곳이 있었다. 적어도 한세상은 그렇게 생각했다. 여자들을 보는 남자들만의 느낌이 있다.

영자신문 사설을 읽어 보라고 주었더니 의자 밑으로 던져 버리고 천장만 바라보는 재수생이 어찌 그리 귀여운지. 영어책도 읽을 줄 모른다는 재수생의 목덜미는 하얗고 가슴골이 뽀얗게 열려 있었다. 그런 모습을 보자면 한세상의 가슴은 주책없이 뛰기 시작했다. 그렇다가도 시키는 대로 하지 않고 틱틱거리는 모습을 보이면 가르치다가 말고 연필을 던져 버리거나 책으로 머리라도 쥐어박고 싶었다. 차라리 세상이가 울고 싶은데, 그 학생이 먼저 울려고 했다. 같이 울고 싶었다. 하지만 아래층에 울음소리가 들리면 큰일 난다. 공부 때문에 우는 건 있을 수 없는 일이다. 한세상은 이 세상에 공부를 싫어하는 사람이 있다는 걸 이해할 수 없었다. 원세상에나? 공부를 싫어하는 사람이 있다니? 그런 말도 안 되는 사실이 이 집에선 현실이었다. 세상이가 그동안 알고 있던 진실이, 여기서는 통하지 않았다. 요지경이었다.

혜영이 엄마가 갑자기 문을 열고 들어왔다. 세상은 지은 죄도 없는데 움찔하면서 얼떨결에 목소리가 커졌다. 과자접시를 내려놓는 혜영이 엄마를 보니 공부하는 거보다 먹는 게 훨씬 더 중요한 거라는 생각이 들었다. 먹는 것은 이곳에서 세상이가 누릴 수 있는 호사 중 하나였다. 어차피 돈은 항상 먼저 주니까 신경 쓸 필요는 없었다. 그러나 마냥 이 집에서 제공하는 호의를 당연한 듯이 누리느냐 하면 그건 또 아니었다. 세상은 을이니까. 두 사람 모두 한세상의 등록금과 연결이 되어 있는 것이다. 2학기가 시작되기 전에 사야 할 책도 적지 않으니, 더 잘 가르쳐야 하는 거였다. 그건 과외선생님의 선택이 아니라 두 여자의 권리였다. 과외선생은 선택할 권리가 없는 노예였다. 그렇지만 이 정도의 위치에서 이런 자유를 가진 노예가 세상에 또 있을까?

"오늘은 엄마가 안 계신 것 같은데. 어디 가셨니? 혼자 있니?"

"네, 아빠 엄마 모두 일본 갔어요. 다음 주에 오신대요. 동생 화영이는 학교에서 경주로 수학여행 갔는데, 이틀이나 있다 온대요. 우리 아빠는요. 의사예요. 3층에 사는데 밥 먹을 때만 내려와요. 엄마는요. 맨날 안방에서 혼자 자요. 우리 집, 웃기지요? 우리, 오늘은 공부하지 말고 놀아요. 내일부터 더 열심히 할게요."

"그러지 말고, 우선 공부를 하자, 조금이라도 하고 쉬자."

"아니에요. 그럴 필요 없어요. 어차피 저는 대학 안 갈 건데요. 선생님은 아직도 제 마음을 모르세요? 저, 공부는 딱 질색입니다. 공부, 얘기도 꺼내지 마세요."

얘기를 하다 말고 화장실로 뛰어간 혜영이가 오줌을 누는 소리가 들렸다. 망할 것. 문이라도 닫고 누지. 나도 남자인데. 오줌을 누는 변기가 막힌 것 같았다. 바가지로 물을 떠서 몇 번 쏟아 붓는 듯했는데 중얼거리는 소리가 들렸다.

"에이, 시팔, 이게 뭐야? 미치겠네."

물이 넘치는가 보다. 치마를 걷어 올리지도 않고 나오는 혜영이
팬티는 노란색이었고, 고무줄이 끊어지진 않았지만, 늘어진 듯 했
다. 억지로 잡아당긴 혜영이의 팬티는 긴 양말에 간신히 붙어 있
었다. 공부는 온데간데없이, 밤새도록 같이 놀고 싶었다. 넓고 큰
2층, 일본식 다다미방에서 단둘이 놀고 싶었다. 냉장고엔 먹을 게
가득하고, 다섯 개나 되는 침대는 열 명이 자도 남을 것 같았다. 전
축 틀어 놓고 춤이라도 추고 싶었다. 혜영이가 라면을 먹고 싶다고
해서, 라면을 끓여 먹자고 했더니 밖으로 나가고 싶다고 했다. 그
렇겠지. 이렇게 좋은 기회에 방구석에서 공부만 하고 싶겠어? 시장
골목으로 라면을 먹으러 갔다. 혜영이는 떡라면이 먹고 싶다고 했
다. 떡라면은 라면보다 더 비쌌다. 눈치를 보았다. 큰일 났군.

"아줌마, 여기 떡라면 두 개, 오뎅 세 개, 오징어 튀김 다섯 개만
싸 주세요."
"난, 여기서 간단히 라면만 먹고 싶은데, 나 빨리 가야 되는데."
"그러지 말고, 그냥 우리 집에 가서 저녁도 먹고 가세요. 밤에
자장면도 시켜 드릴게요. 그런데, 선생님은 가난해요? 왜, 집에서
대학 공부는 하지 않고 저를 가르쳐요?"

"혜영아, 그런 거 묻는 거 아니란다. 그냥 공부만 잘하면 되지. 내가 돈이 많으면 학생들 가르치러 다니겠니? 다 알면서 왜 물어보니?"

"재미있잖아요. 한 가지만 더 물어봐도 돼요? 선생님은 저를 좋아해요? 사랑해요? 미워해요? 한 가지만 골라 주세요."

그날 밤, 탕수육과 자장면은 아무도 보지 않는 곳에서, 단둘이 TV를 보면서, 이런 저런 얘기를 하면서 천천히 먹었다. 공부에는 관심도 없는 재수생은 냉장고에서 와인도 꺼내 오면서 또 수다를 떨었다.

"근데, 우리 엄마 웃기지요? 동생을 데리고 이 집에 들어온 여자예요. 동생은 예쁘지는 않지만, 공부도 잘하고 조용하고 순해요. 저는 떠벌이지요? 우리 엄마는 아빠랑 나이 차이도 열 살이 넘어요. 아마 선생님하고도 별로 차이가 나지 않을 겁니다. 그런데, 저여자가 선생님을 좋아하는 것 같아요. 여자는 여자를 알거든요. 저렇게 친절한 모습은 처음 봐요. 에고, 가식덩어리. 웬수. 내 진짜 엄마는 3년 전에 아빠와 이혼했어요. 그런데 아빠는 지금 엄마를 별로 좋아하지 않아요. 새로 온 엄마는 제가 공부 싫어하는 거알면서 억지로 시키는 거예요. 저도 공부는 하는 척만 하면 되거든요. 우리 아빠는 저에게 관심도 없어요. 포기한 것 같아요. 그렇지만 저는 아빠를 좋아하고 이해해요. 남자는 다 그런 거 아닌가요? 선생님도 그렇지요? 지금은 저를 좋아하시지요? 선생님이 저를 좋아하는 게 아니라 사실은 제가 더 선생님을 좋아하거든요. 그거 알고 계셨지요? 선생님, 바보 같아요. 진짜 바보."

"아, 그랬군. 그랬나? 마음고생이 많았겠네."

"그런데요. 제가요, 사실은 다른 일을 하고 싶거든요. 가수도 되고 싶고, 배우도 되고 싶고, 탤런트도 되고 싶어요. 공부는 진짜 진짜, 정말 정말 싫거든요. 아빠는 제 마음을 알지만, 가짜 엄마는 저를 괴롭히기 위해 공부를 시키는 거예요. 제가 죽도록 밉겠지요. 지가 데리고 들어 온 딸보다 제가 예쁘잖아요. 그러니 어찌 저를 미워하지 않겠어요. 핑계는 공부지만, 저를 죽이고 싶은 겁니다. 그걸 엄마라고 불러야 하는 제 마음, 선생님은 모릅니다. 근데요. 저 한 번만 안아 주면 안 돼요?"

"아, 그래. 미안해. 지금은 아니야. 취한 것 같아."

"그런데, 그런데요. 선생님, 저 여자와 저와, 누가 더 예뻐요? 솔직히 말해 봐요. 저 여자는, 아니지. 우리 엄마는 선생님을 좋아하지만, 선생님과는 어울리지 않아요. 절대로. 절대로 그래요. 그렇지요? 내 말, 맞지요? 말해 보세요. 말해 줘요. 솔직히, 명확히 말해 주세요. 오늘 그 대답 하지 않으면, 오늘 밤에 여기서 못 나가요. 선생님은 제 겁니다. 아셨죠? 바보 선생님."

혜영은 혼자 수다를 떨더니 소파에 쓰러질 듯, 세상이 어깨에 비스듬히 기대어 앉았다. 주절주절 자신도 무슨 말을 하는지 모르

게 속에 있는 말들을 쏟아 내는, 밤늦게까지 술 취한 재수생의 수
다를 듣는 것도 나쁘진 않았다. 대답할 틈도 주지 않고 혼자 재잘
거리면서 목적 없이 떠드는 여자애와 대화를 하는 법을 세상은 그
날 배웠다. 그냥 귀담아듣기만 하면 되는 거다. 듣는 척만 해도 된
다. 진심으로 들어 주는 게 더 좋지만 그것이 쉽지 않다면 그저 많
은 말을 하지 않고, 하고 싶은 말을 참고, 대꾸하고 싶어도 일단 눌
러둔 채 들어 주면 된다. 여자는 그런 남자를 좋아한다는 얘기를
들은 적이 있다. 바보 같은 남자들은 여자의 말에 대해 따지고 덤
비고, 계산을 하면서 산통을 깨 버린다. 그런 남자는 여자의 사랑
을 얻지 못할 것 같았다. 취해서 중얼거리는 여학생은 너무 예뻤
다. 약간 취한 듯한 세상이 눈에 예쁘지 않은 여학생이 어디 있을
까? 그날 밤, 한세상은 술 취한 여학생을 살포시, 부드럽게, 천천
히, 따뜻하게, 밤새도록 안아 주고 싶었지만 참았다.

***

일주일 후, 한세상은 또 돈을 벌러 그 집에 갔다. 일주일에 두
번을 가르치고 그렇게 큰돈을 버는 것은 쉬이 여길 일이 아니었
다. 그런 돈은 시골에서 얼마나 일해야 벌 수 있는 건지 셈이 되지
않을 정도였다. 그 여학생이 아무리 공부하는 게 싫다고 하고, 머
리가 나빠도 과외선생에게는 큰 은인이다. 아니 학생이 공부를 못
할수록 선생님은 좋은 거다. 오랫동안 가르칠 수 있으니까. 그래

서 열심히, 아주 정성껏, 최선을 다해야 하는 거다. 공부든지, 뭐든지.

"아이고, 학생. 오늘은 아주 일찍 오셨네. 어서 들어와요."
"아, 네. 고맙습니다. 오늘은 앞 시간 강의가 휴강이라 조금 일찍 왔습니다. 혜영이는 어디 갔나요?"
"네, 걔는 오늘 몸이 아프다고 약 먹고 아빠 방에서 자요. 곧 잠들었으니 두어 시간을 푹 자게 내버려 둬야지요, 뭐. 신경 쓰지 말고 오늘은 차나 한잔하고 가세요. 괜찮아요. 이리 들어오세요."
"괜찮습니다. 그냥 돌아갔다가 내일 다시 올게요."
"아니, 학생은 어째 사람이 그래요? 어른이 하라면 하는 거지. 빨리 들어오세요."

학생 엄마는 과외선생님의 팔을 끌면서 안방 옆 작은 방으로 들어가자마자 한세상을 침대 옆 탁자와 의자 사이로 밀어 넣었다. 한세상은 못 이기는 체하고 얌전하게 앉았다. 이 방에서 풍기는 향수 냄새는 또 달랐다. 슬쩍 눈앞의 학생 엄마를 바라보니 빨간 스웨터 가운데는 푹 패었고, 하얗고 풍성한 가슴은 반쯤 열려 있었다. 짧은 치마는 벌어질 듯 감추어진 모습이 매혹적이었다. 이런 때, 남자는 어떻게 해야 하는 건지 지금까지 배운 적이 없고 들어 본 적이 없었다. 이런 곳에 처음 왔으니까. 이런 여자는 처음이니까.

"학생, 여기서 끝나면 어디 갈 데 있어요? 와인이나 한잔할까 하고. 괜찮지? 나이도 좀 있는데 뭐. 내가 준비해 올 테니까, 피곤할 텐데, 거기 누워 있어요."

침대로 쓰러뜨리듯이 선생을 밀어 넣고, 거실로 나가는 그녀의 뒷모습은 정말 아름다웠다. 싸구려 여자도 이렇게 아름다울 수 있다는 걸 세상은 그날 느꼈다.

"학생, 사실은 말이야. 오늘 혜영이가 동생이랑 여행을 갔어. 동생 화영이랑 나이가 다섯 살이나 차이가 나잖아. 눈치챘지? 늦둥이야. 그래서 대화가 잘 통하지 않아. 그래서 내가 오늘은 돈을 좀 주고, 강릉에 가서 둘이 놀다 오라고 했어. 둘이서 이야기하면서 좀 친해지게 만들고 싶어. 천천히 실컷 놀다 오라고 했어. 내가 우리 애들을 얼마나 사랑하고 아끼는지 알겠지?"

세상에나, 와인을 그렇게 빨리 마시는 여자는 처음 봤다. 한 잔을 두 번에 막걸리 마시듯이 마시는 여자는 무슨 작정이라도 한 듯했다. 병장들이 한 잔에 털어 넣는 소주도 아니고, 술집 여자들끼리 원샷으로 넘길 수 있는 맥주 아닌, 예의와 멋을 내면서 천천히 마셔도 시원치 않은 고급 와인을 게눈 감추듯이 마시다니.

"그런데 말이야. 처음에 얘기할 때 알았지만, 학생은 사회생활

경험도 있다면서? 너무 모른 척하지 말고, 우리 집에 오면 편하게 해요. 누나처럼 친구처럼. 내 말 무슨 뜻인지 알겠지? 여러 번 와 봐서 알겠지만, 나도 애들 아빠랑 별로 사이가 좋지 않아요. 처음엔 돈 보고 결혼했는데, 살아 보니까, 그게 아니더라고. 학생도 여자 고를 때, 잘 골라. 나도 남자 고를 때, 잘 골랐어야 했는데. 실망이야, 실망. 그리고 한 가지, 꼭 부탁하고 싶은 게 있는데, 나? 우습게 보지 마. 분명 좋은 일이 있을 거니까. 알았어요? 학생, 명심하라고."

혼자 마시고, 혼자 떠들고, 혼자 취하고, 멍하니 바라보는 그녀의 눈에는 눈물이 고였다. 무슨 애꿎은 사연이 있는 듯했다. 적당히 듣는 척하기엔 아까운 시간이지만, 그렇다고 장단에 맞추다가 아저씨라도 들어오면 끝장이 나는 거였다. 혜영이가 나타나도 진짜 끝이다. 그러면 학교 생활도 끝이 날 수 있는 거다. 이렇게 좋은 돈벌이 과외가 어디 또 있겠나? 이만큼 대우를 해 주고, 이렇게 편하게 해 주고, 이렇게 깔끔한 집이 또 있을까 싶었다. 정신 차리고 선생 노릇 잘해야 하는 거였다. 흔들리지 말아야지. 넘어가지 말아야지. 모든 거 참아야지.

기다리고 참는 데는 선수니까.

정신 차리고, 옷매무새를 단정히 하고, 껌을 두 개나 씹으면서 골목길을 나오는데 여학생 두 명이 걸어오는 게 어렴풋이 보였다. 백 미터 저기쯤에. 얼른 다른 골목으로 몸을 숨기고 그녀들이 집 안에 들어가는 것까지 확인을 하려고 했다. 가까이 오는 걸 보니까, 그들은 화영이와 혜영이가 아니었다. 진짜로 강릉에 간 것 같았다. 밤이 너무 늦었다. 그래서 뛰었다.

"그래, 뛰는 거야. 달리는 거야. 나는 천천히 걸어 다닐 팔자는 아니야."

10

노조가
원수

"저를 채용하고 싶으면, 부대로 와서 면접을 보세요."

제대를 두어 달 남겨 놓고, 여유 있는 고참생활을 하고 있을 무렵이었다. 알지도 못하는, 들어 보지도 못한 회사에서 부대로 전화가 왔다. 부대장이 직접 바꿔 주었지만, 그 앞에서 전화를 받는 한세상 병장은 마음이 편치 않았다.

"요즘 전산 전공자가 드물어서 그런데, 우리 회사에서 신입사원을 뽑고자 합니다. 혹시 평일에 외출이 되면, 다음 주에 회사로 면접 보러 와줄 수 있나요?"
"그건 안 됩니다. 시내에서 멀지 않지만, 군복무 규칙에 어긋납니다. 저를 채용하고 싶으시면 주말에 면회실로 오시면 됩니다."

부대장의 눈치를 보면서 전화를 끊자, 부대장은 웃으면서 면접을 보러 갈 수 있도록 편의를 봐줄 수 있다고 했다. 그러고 싶었지만, 이왕 꺼낸 말, 주워 담고 싶지는 않았다. 일주일 후, 인사부장과 전산실장이 부대 면회실로 와서 면접을 보았다. 회사를 소개하는 인사부장의 얼굴은 무서웠다. 어딜 가나 인사부장은 무서운가 보다. 부대 바로 위층의 군 인사부도 무서운 사람들만 있다. 눈빛도 무섭고 걸음걸이도 무겁고, 어깨엔 힘이 들어간 듯하고, 이마는 넓었으며, 구두는 항상 빛났다. 인사부는 원래 그런 거다.

"우리 회사로 말할 것 같으면, 국내엔 본사만 있고, 해외 15개 국가에 지점이 있고, 전 직원은 540명이며…."
"오늘부터 월급을 주면, 그 회사로 입사하겠습니다."

갈 만한 회사는 어디든지 많을 것 같았지만, 이달부터 월급을 준다고 해서 고용계약서에 사인을 했다. 들어갔다가 마음에 들지 않으면 언제든지 옮길 수 있도록 했다.

"그까짓 것 뭐. 취직이 어려운가? 남들이 하지 않는 독특한 전공을 공부했고, 기사자격증도 있고, 군대생활 2년 반 잘 마쳤고, 속이나 겉이나 모두 건강하고, 열심히 일할 준비 되어 있고, 졸병 노릇 잘할 자신 있고, 더 힘든 일도 많이 해 봤고, 까짓 것 뭐. 시켜만 줘 봐, 뭐든지 할 테니. 일주일 야근하고 주말마다 철야하는 거야 뭐, 새 발의 피지 뭐. 그 회사가 국내 최고의 기업이며, 어느 대기업보다도 좋은 회사이며, 신(神)도 모르는 회사라는 걸 어떻게 믿겠어? 그렇지만 월급을 지금부터 준다고 하잖아? 제대를 하려면 아직도 두어 달이 남았는데 군 복무 중에 월급을 준다면 정말 좋은 회사이 겠지."

두 달 후에 출근한 그 회사의 신입사원은 달랑 네 명이었다. 입사동기 중에 대학 동창도 한 명 있었다. 싱싱한 젊은이들, 갓 제대해서 짬밥냄새가 펄펄 나고, 머리는 아직도 까까머리이며, 군복 냄새가 가시지 않은 두 명은 군기가 바짝 들어 있었다. 전산실에 있는 여직원들은 촌스럽기 그지없는 신입사원들에게 친절했다. 커피도 타 주고, 점심도 사 주고, 야근을 할 때는 더 가까이 다가왔다. 오랜만에 맡아 보는 민간인의 향수는 장미보다 향기로웠다. 한 가지 불행한 것은, 컴퓨터가 발전하기 시작한 초기인지라 모든 업무를 전산화하는 과정에서 야근이 많다는 점이었다.

컴퓨터 자체가 고장이 날 때도 있고, 마감을 앞두고 프로그램이 오류가 나서 며칠씩 밤을 새워야 할 때도 많았다. 특히, 업무부서 사원들과 함께 개발해야 하는 시스템은 한 명만 없어도 프로그램의 오류를 찾아낼 수 없고, 하루만 늦어져도 대차대조표나 손익계산서 숫자가 맞지 않아 마감을 하지 못하는 일이 비일비재했다. 특히 전산업무는 전산기술만 알아서는 안 되고, 해당 업무의 처리 흐름이나 방법을 상세히 알아야 하는 거였다. 그러다 보니 관련 부서를 쥐구멍 드나들 듯 해야 했고, 그런 과정에서 전산실 직원과 해당 업무부서 직원들은 자주 싸우고, 말다툼도 하고, 때로는 언쟁을 일삼다가 친해지기도 했다. 인사업무 시스템을 맡은 한세상은 인사과를 자주 내려가고, 직원들은 물론 임원들의 신상명세와 인사기록까지 전산시스템에 입력하다 보니 자연스럽게 인사과 직원들과 친해지게 되었다. 그날도 인사자료에 오류가 생겨 예사롭지 않은 문제가 터졌던 거다. 인사과 조 대리가 울며불며 올라와서 항의를 하고, 당장 수정을 하라며 곁에서 지키고 있었지만, 점 하나 잘못 찍은 것을 찾지 못해 자정을 넘기고 있었다.

"도대체, 이게 무슨 일인가요? 자정이 넘었으니, 차도 끊기고, 움직일 수도 없는데, 제가 자료를 확인해야 내일 아침에 임원실에 보고를 할 수 있습니다. 인사과 사무실엔 사람도 없고, 아이참, 미치겠네. 자료는 언제 나오나요?"

"그걸 왜, 나한테 그러십니까? 내가 그걸 알면 여기에 왜, 있습니까?"

"아니, 전산 담당자가 모르면 어쩌겠다는 겁니까? 지금, 싸우자는 건가요?"

"그게 아니라, 최선을 다하고 있잖습니까? 내가 더 미치겠습니다."

"최선을 다한다고 대답만 하면 뭡니까? 정확한 자료가 나와야지요."

군대에서 쓰던 "다, 나, 까" 말투는 아직 바뀌지 않았다. 조 대리는 어쩔 수 없다는 듯, 회의실에 있는 침대로 가서 벌렁 누운 채로 책을 읽고 있었다. 시계는 새벽 두 시를 가리키고 있었다. 세 시쯤 자료가 나왔는데, 회의실에 가 보니 그녀는 치마가 뒤집어진 줄도 모르고 코를 골며 자고 있었다. 화장이 얼룩진 얼굴은 귀엽고, 두 다리 사이로 벌어진 치마 속으로 노란 팬티는 반이나 보였다. 한 세상은 야근할 때 덮는 담요를 가져다가 덮어 주었다. 소리 나지 않게, 바람이 느껴지지 않도록, 조용히 살며시, 아주 조심스럽게 천천히, 살그머니, 고양이가 쥐를 잡으러 다가가듯이, 독수리가 참새를 낚아채기 위해 침착하게 집중하듯이, 가까이 다가가, 그녀의 얼굴을 바라보며, 눈빛을 살펴 가며, 소리 나지 않게 가슴까지 덮어 주었다. 그녀는 집인지 사무실인지 모르는 듯, 날씬한 몸을 반 바퀴나 돌리더니, 엉덩이를 들었다가 허리를 오그리며, 다시 모포를 당겨 머리까지 뒤집어썼다. 이때, 바로 그런 순간에, 자료가 나왔다고 잠을 깨우는 남자가 어디 있을까? 몇 분 동안 곁에 서서 멍하니 바라만 보다가, 점잖은 척하고, 컴퓨터 앞으로 왔다. 신문으로 얼굴을 가리고 세상이도 자는 척했다.

"이것들 야근한다더니, 이게 무슨 짓이야?"
새벽같이 출근한 김 과장 목소리에 놀란 조 대리는 후다닥 일어나더니, 한세상부터 깨우는 척하면서 눈을 비비며 한마디 했다.

"자료 다 나왔어요?"

지긋지긋할 수 있는 야근도 한세상의 의욕을 꺾지는 못했다. 처음엔 힘들다고 생각되었지만 자신의 힘을 바쳐 일한다고 생각하니 오히려 좋아졌다. 한세상은 수시로 야근이 기다려졌다. 일부러 야근거리를 만들었다. 하루가 멀다 하고 인사과 직원들은 전산실로 올라와 밤을 새웠다. 그것이 일상이 되었다.

***

"당신이 지금 여기가 어디인 줄 알아?"

"어디긴 어디야. 노사협의회 자리지. 당신이 뭔데 나더러 당신이라고 해?"

"저 새끼가 정신이 있는 거야, 뭐야?"

"저 새끼라니? 내가 당신 새끼냐?"

"그만들 하시오. 지금 어른들 앞에서 뭣들 하시는 겁니까? 오늘 회의는 여기서 마칩시다."

노사협의회를 하다 말고 노조원들끼리 언쟁이 붙었다. 부사장을 비롯한 전무와 상무 등 회사 측 임원은 모두 밖으로 나갔다. 노조 부위원장과 사무국장이 한세상을 부르며 따라오라고 했다. 공고 다닐 때, 뒷산 비탈에서 선배 얼굴을 담뱃불로 지진 적이 있는 한세상은 두려울 리가 없었다.

"당신들 지금, 내가 공고 나왔다고 무시하는 거야 뭐야?"

"그게 아니라 임마. 노사협의회에서 당신 누구 편을 들고 있는 거야? 당신 어용이야?"

"어용이라니? 나도 노조 간부야. 어떻게 그럴 수 있어? 그러나 그러면 안 되지. 되지도 않는 말로 부사장한테 대들면 되는 거야? 그게 맞는 말이야?"

"야, 이 새끼야. 원래 노조는 그런 거야. 모르면 조용히 떡이나 먹고 구경이나 해."

"노조? 웃기고 있네. 깡패 같은 놈들이 무슨 노조라고? 지랄들 하고 있네."

그날, 한세상은 노조 사무실로 끌려가서 선배한테 몇 대 맞았다. 세상은 맞을 짓만 하고 다니는 거였다. 어딜 가나 맞을 소리만 하는 것도 재미있었다. 어려서부터, 청계천에서부터 얻어맞는 게 습관이고 시흥바닥에서 쥐어 터지는 게 버릇이었던 한세상이다. 영등포에서 매 맞는 건 일도 아닌 거다. 모든 게 익숙해졌다. 입사하자마자, 신입사원 교육을 받는 과정에 노조교육이 있었다. 노동조합 사무국장이라는 사람이 나이도 어린 듯한데, 신입사원 직무교육을 하는 강의실에 들어와 개폼을 잡고 강의를 하는 꼴이 사나워, 한세상은 몇 마디 했다가 노조에 제일 먼저 가입했다.

"우리 노동조합으로 말할 것 같으면, 노동조합법에 의하여, 법적으로 설립되고 법적인 보장을 받는 기구로서, 과장 이하 모든 사원은 의무적으로 노조에 가입해야 하고, 노동조합비를 내야 하며, 이는 급여에서 자동으로 공제되고, 노조의 역할과 활동은 국가 발전과 회사의 미래를 책임질 것이며…."

한세상은 노조간부들이 무슨 소리를 지껄이는지 하나도 이해할 수 없었지만, 잘 알아듣는 척하고, 노조의 어떠한 지시와 명령에도 복종하겠다는 서약서까지 쓰고 사인을 했다. 그리고 2년 후, 대리가 되자마자 노조 간부가 되었다. 무슨 홍보문화부장이라나 뭐라나. 노조에서는 간부들을 수시로 불러 댔다. 밤에도 집으로 전화를 하고, 업무시간 중에도 비상소집이라고 노조사무실로 부르더니, 주말에도 단합대회라고 여기저기 데리고 다녔다. 회사에서 정해준 직책은 아랑곳하지 않고 아예 무시하는 듯했다. 노조 위원장 밑에는 부위원장과 사무국장, 그리고 모두가 부장이었다. 노동조합법, 노동쟁의 조정법, 남녀고용평등법뿐만 아니라, 법 시행령, 시행규칙과 예규 판례 등을 들먹이며, 노동가를 불렀다. 재미도 있고, 홍미도 있으나, 조금 지나지 않아 한세상은 노조활동이 지루해졌다. 국가를 위해, 노동자를 위해, 사회를 위해 단결해야 한다고 부르짖는 모습들이 꼭 깡패집단 같았다. 세상이 성질에 맞지도 않았고, 회사 측과 마주 앉아, 임금인상과 근로조건, 사내복지기금 등에 대한 지원과 협력에 대해 밀고 당기는 모습들이 마땅치가 않았다. 한세상 체질에는 그런 자리에서 그런 이야기하는 게 맞지 않은 거였다. 뭐 이런 것들이 다 있는지, 창피하다는 생각도 들기 시작했다. 그러다가 결국 한바탕 벌어진 거다.

그로부터 한 달 후, 한세상은 인사과로 발령이 났다. 그는 분명히 말했다. 인사부장과 인사담당 상무에게 빌었다. 자신은 공대를 나왔고, 전공은 인사 경영과는 관계가 없는 전산이며, 근로기준법이나 노동조합법은 읽어 본 적도 없고, 노동쟁의조정법이나 국가유공자 예우에 관한 법률의 시행령이나 시행규칙 등은 들어본 적도 없다고 말했다. 그랬는데도 인사발령은 취소할 수 없다며 한세상을 인사과로 내려가라고 했다. 노조사무실에서는 노조 임원들의 긴급회의가 열렸다. 어떻게 전산실에 있는 대리가 인사과로 갔느냐는 거였다. 한세상 대리가 노조의 스파이였으며 낙하산으로 취직을 했다는 소문이 빠르게 퍼져 나갔다. 한세상은 아버지는 농사꾼이고 자신은 공장에서 일하던 사람이라는 말은 죽어도 하기 싫어서 뭐든지 모르는 일이라고 했다. 정말 모르는 일이니까. 하지만 그렇게 저렇게 주먹구구식으로 꿰어 맞춰 가며 일을 하는 데는 한계가 있었다. 모르는 걸 아는 체하는 게 얼마나 힘든 일인지. 인사 노무 업무를 하면서 나 자신이 무식한 것을 도저히 참고 견딜 수가 없어 한 대리는 야간대학원을 들어갔다. 민법과 근로기준법도 공부를 해야 하고, 경영학과 보험도 공부하고 싶었다. 또다시 주경야독(晝耕夜讀)이 시작되었던 거다. 옛날부터 잘 거 다 자고,

놀 거 다 놀 팔자는 아닌 것 같았다. 잠도 못 자고, 놀지도 못하고 맨날 돈에 찌들려, 가난에 찌들어 살 팔자라고 생각을 했다.

"그래도 할 수 없지 뭐. 그게 어때서. 다 그런 거지. 괜찮아. 남들도 다 그렇게 살아. 아마 그럴 거야. 그렇게 몇 년을 더, 꾹 참고 일을 해야지. 뭐든지 열심히 해야지. 나는 뭐든지 열심히 할 수밖에 없는 팔자니까."

사흘 후, 노사협의회가 다시 열렸다. 이번 회의는 해장국과 소주로 시작되었다. 청진동 골목은 예로부터 해장국으로 유명한 골목이다. 일본 사람들이 한국으로 해장국 관광을 온다고 소문이 자자한 곳이다. 청진옥, 부여옥, 공주댁, 마산집 등 다양한 해장국, 그중에서도 선짓국과 뼈다귀해장국이 일품이었다.

해장국 한 그릇씩 놓고 소주는 각 1병씩 맡았다. 부사장부터 파도타기를 했다. 소주 한 잔이 아니라 소주에 맥주를 섞어, 도수를 알 수 없는 술로 파도를 타는 거다. 몇 바퀴가 돌았는지, 몇 잔을 마셨는지 셀 수 없을 때쯤, 박 상무가 노조부위원장에게 제안을 했다.

"가자 북창동으로~!!"

북창동은 국내 최고의 술집들이 모인 곳이었다. 술집만 최고가 아니라, 그 안에 있는 사람들 역시 최고들이라고 했다. 남자고 여자고, 색시고 심부름꾼이고, 모두가 최고라고 했다. 모두들 잘

생기고 서비스 좋고, 영어와 일본어는 기본이라나 뭐라나. 늘 가던 그곳으로 갔다. 술집 카운터는 그곳에서 제일 예쁘고 나이 많은 여자가 기다리고 있었다. 예닐곱 명의 남자들이 들이닥치니 그날 저녁 최고의 손님이었던 거다. 그 술집에서 가장 깊은 곳에 있는, 가장 큰 방에, 가장 좋은 술이 세 병이나 들어왔다. 안주는 세계에서 제일 좋은 과일과 오징어 땅콩, 그리고 초콜릿과 과자가 섞여 있는 쟁반 안주 두 개였다. 카운터에 앉아 있던 마담이 방으로 들어와 노조부위원장 옆에 얌전하게 앉았다. 앉자마자 허리를 굽혀 인사를 하는 마담의 가슴이 훤하게 펼쳐졌다. 한세상 대리도 최 마담과는 알고 지낸 지가 꽤 되었다. 인사과로 와서 임원들 술시중 들 때부터 친해졌다. 술집에서는 어딜 가든 계산하는 사람이 최고다. 제아무리 직급이 높고 권력이 있어도 팁과 서비스 봉사료 등을 담당하는 손님이 최고다. 그래서 최 마담은 한 대리를 좋아하는 척했다. 술집 여자들이 한 대리를 사랑한다고도 했지만, 그걸 믿을 사람은 이 세상 어디에도 없다. 마담이 방문 밖으로 큰 소리를 질렀다.

"얘들아, 뭣들 하고 있니? 어서 들어와 인사 드려라."

우르르 들어오는 아가씨들을 보는 순간, 한세상은 자신의 눈을 의심했다. 맨 끝에 들어오는 아가씨 얼굴이 낯익은 거였다. 그녀가 더 놀란 듯했다. 처음이 아닌 얼굴이었다. 둘은 서로 아무 말도 하지 않았다. 눈치 빠른 마담이 눈을 찡긋했다.

"얘가요, 글쎄. 어제 새로 왔는데, 이곳 물정을 모르니, 잘 봐 주세요. 너는 뭐하니? 여기 인사과 한 대리님에게 인사 올리지 않고."
"저, 미란입니다. 잘 부탁합니다."

그녀는 얼떨결에 한세상에게 먼저 인사를 했다. 아무렇지도 않은 듯이.

회사발전과 노사관계에 관한 협의는커녕 세상 돌아가는 불평불만만 떠들어 대고, 되지도 않는 말싸움만 하면서 자정이 넘었다. 다들 거나하게 취한 걸 보면서, 적당히 끝내자고 한 게 자정이 지나 새벽 2시가 넘었다. 택시 잡아서 노조위원장 먼저 태워 주고, 박 상무와 김 이사가 택시 잡는 것을 보고, 노조 사무국장이 눈치를 보고 있길래, 먼저 가라고 손짓을 하고, 한세상은 혼자 뒷골목으로 갔다. 골목으로 간 게 아니라 숨은 거다. 아니나 다를까? 10분도 되지 않아 미란이가 옷을 갈아입고 나왔다.
한세상은 뛰어나가 그녀의 손목을 잡았다.

"혜영아, 어찌 된 일이니?"
"저는 혜영이가 아닙니다. 미란입니다. 저는 혜영이 모릅니다. 이런 곳에서는 과거를 묻는 게 아닌 거 아시잖아요? 촌스럽게."

"그게 아니라. 어떻게 이곳에 있느냐 말이다."

"아, 글쎄. 더 이상 묻지 마세요. 저 그럼, 그냥 갈래요."

여기서 그녀를 그냥 보내는 건 죄다. 차비는 물론이고, 봉사료까지 챙겨 줘야 하는 거다. 아주 충분하게. 그게 인사과 대리의 임무이며 한세상의 사명이다. 또 다른 서비스가 기다리고 있을지도 모르는 일이다. 시간도 충분하고, 장소도 딱 맞는 곳인데 망설일 게 없다. 다들 취해서 갔지만, 어디로 갔는지, 누구랑 갔는지 여기서는 묻는 게 아니다. 궁금하지도 않다. 내일은 쉬는 토요일이니까, 오늘은 한세상 자신만 즐거우면 된다. 이제부터는 한세상의 세상이다. 아니 그녀와의 세상이다. 부러울 게 없다.

"대통령 나오라고 해! 나보다 행복하냐고 묻고 싶은 거야, 지금."

심장의 피가 역류하며 쿵쾅쿵쾅 뛰었다. 술기운 때문인지 머리가 어지러웠다. 내가 지금 똑바로 생각을 하고 있나? 미란이는, 혜영이는 왜 여기에 있나? 아니, 다 필요없다. 이 순간에는 우리 둘만 있는 거다.

"선생님, 제발 촌스럽게 굴지 말아요. 저는 혜영이가 아닙니다. 제발. 제가 꼭 그 이야기를 해야 돼요? 씨발."

"얘야, 그래도 그게 아니란다. 지금 너는 뭔가 해서는 안 될 일을 하고 있는 거야….”

“선생님, 지금 훈계하는 겁니까? 돌아가세요. 저도 갈랍니다. 오래간만에 만나서 반가웠는데, 지금 무슨 말씀 하시는 겁니까? 제발 참으세요. 제가 오늘 밤 기쁘게 해 드릴게요. 바보야.”

예쁜 혜영이는 울고 있었다. 흑석동 혜영이네 집으로 끌고 가고 싶었다. 그런데 한세상의 발은 다른 곳을 향하고 있었다. 미친놈. 나쁜 놈.

***

“선생님, 오늘은 언니가 없어요. 집에 아무도 없어요. 그래도 잠깐 들어오실래요? 커피 한잔하고 가세요. 언니가 집을 나갔는데, 연락이 안 돼요. 아빠가 경찰에 언니 가출신고를 하고 부산에 출장을 갔어요. 엄마는 미국에 사는 이모네 갔는데 다음 주에 오신대요. 저는 이제 어떻게 해요? 무서워요.”

곧 울음이 터질 것 같은 화영의 동그란 눈에는 벌써 눈물이 고여 있었다. 안아 줄 생각도 하지 않았는데, 그녀는 한세상에게 안겼다. 여고생을 안아 본 건 처음이었다. 울지 말라고 하면서 조금 더 울리고 싶었다. 어깨를 토닥거리며, 현관으로 들어가면서, 눈물을 닦아 주는 척하고 볼을 만져 주었다. 그녀는 갑자기 흐느끼기 시작했다. 여자는 우는 얼굴이 더 예쁘다. 더 울리고 싶어졌다.

"가만히 앉아 봐. 화영아. 그런데 말이야. 언니가 바보는 아니거든. 별일 없을 거고 곧 돌아올 거야. 돈도 없이 나간 애가 며칠이나 버티겠니?"

"아니에요. 선생님이 몰라서 하는 얘기입니다. 우리 언니는 단순해요. 무슨 일을 저지를지 몰라요. 무서운 여자예요. 저는 안 그렇거든요."

"알아. 나는 화영이와 대화를 나눈 적은 없고, 스치듯이 한두 번밖에 본 적이 없지만, 사람은 느낌이 있는 거야. 화영인 착하고 똑똑하고 지혜롭지. 언니 걱정하지 말고, 고등학생이 해야 할 것만 충실히 준비해요."

"그건 더 말도 안 돼요. 모르면 가만히 계세요. 아, 참, 내 정신 좀 봐. 선생님. 저녁 드시고 가세요. 제가 차려 드릴게요."

"아니? 내가 어떻게 여고생이 차려 주는 저녁을 먹니? 그냥 갈게."

"그건 아닙니다. 엄마가 그랬어요. 집에 오는 손님은 그냥 보내는 게 아니라고."

"내가 손님이니? 그냥 편하게 해 주었으면 좋겠는데…."

"아닙니다. 선생님. 진짜 드리고 싶은 말씀도 있고, 여쭙고 싶은 고민도 있었거든요."

여고생이 차려 주는 저녁을 먹은 건 처음이다. 반찬이라고 해야

거우 김치찌개와 포장해서 파는 김 몇 장, 그리고 마늘장아찌와 깍두기였다.

"찬은 없지만 많이 드시고, 천천히 쉬었다 가세요. 제가 요즘, 정말 고민이 많답니다. 아시죠? 선생님, 어서 식사부터 하세요. 입에 맞으실지 모르겠어요. 사실, 우리 집, 정말 웃기는 집이랍니다. 아빠는 저를 좋아하지만, 저는 아빠를 벌레 보듯이 하고, 언니는 나만 보면 구박하고 질투하고, 엄마는 제가 불쌍하다고 하면서 언니를 구박한답니다. 그게 어떤 건지 아마, 선생님은 모를 겁니다."

길지 않은 17년을 살았다는 아이가, 처음 겪어 보는 일이 이렇게도 많을 줄은 미처 몰랐다. 여고생의 고민이 그렇게 많을 줄도 미처 몰랐다. 시골 여자 애들은 이런 생각을 하기나 할까? 어린아이가 이렇게 고민이 많고 걱정이 많아서야 어떻게 입시공부를 하고, 우등생이 될 수 있을지 한세상은 걱정이 앞섰다.

아빠 엄마 사이에서 느끼는 자식들의 갈등, 자신들이 해결할 수 없는 가족 간의 고민에 자기도 짐이 된다는 걸 알고 있는 사춘기 소녀, 이상한 성격을 가진 여선생님 때문에 영어공부는 하기 싫어졌고, 정문에서 기다리는 남학생이 무서워서 날마다 후문으로 드나드는 게 너무 멀고 힘들었고, 언니의 질투와 시기로 인해 날마다 받고 있는 상처는 아물기도 전에 터질 것 같고, 데리고 온 딸이라고 무시하는 듯한 아빠의 눈빛이 무섭고, 되지도 않는 말로 간섭하고 닦달하는 엄마의 잔소리는 들리지도 않는다는 화영이는 갑자기 울음보를 터뜨리며 한세상에게 기대더니 10분도 되지 않아 잠이 들었다. 많이 힘들군. 어린애가.

*　*　*

그날 회의실은 어느 때보다 살벌했다. 인사위원회가 얼마나 무서운 건지, 회의석상에 직접 참석해 보지 않은 사람은 모른다. 승진심사를 위한 인사위원회는 아주 드문 일이지만 그리 부담스럽거나 힘든 점은 없다. 그러나 사원 징계를 위한 회의나 직제개편, 해고 대상자 선발을 위한 기준 마련 등 특별한 사안에 대한 협의를 하고 결정을 하기 위한 인사위원회를 개최할 때는 긴장하지 않을 수 없다. 여기저기서 큰 소리가 나고 임원들끼리 싸우기도 한다. 오늘 참석한 임원은 부사장과 전무, 상무 등 너댓 명뿐이었다. 사장은 이미 사표를 내고 나갔고, 직원 중에는 인사부장인 한세상만 참석했다.

"참 미안한 이야기지만, 임원들 그리고 한세상 인사부장. 똑바로 들으시오. 나도 어쩔 수가 없소. 위에서 지시가 내려왔고, 형식적이든 명목적이든 직원을 솎아 내야 한단 말이요. 인사부장은 내일까지 명단을 적어서 공지하시오."

"부사장님, 그건 불가능합니다. 노조가 가만히 있지 않을 겁니다."

"여보시오. 인사부장. 지금 회사가 유지되느냐, 날아가느냐는 판국에 무슨 노조를 이야기하는 겁니까? 당신, 정신이 있소 없소?"

"그게 아니라, 명예퇴직 대상자 선정과 퇴직금 지급에 관한 기준이 마련되지 않았고, 그리고 사실은 그게, 노사합의 사항이며…."

"인사부장, 나가시오. 어찌 그리 내 말을 알아듣지 못하시오? 당신 공고 나왔다며? 그래서 그렇군. 저 녀석, 누가 뽑았어요?"

그날 저녁, 한세상은 자기도 모르게 또 북창동으로 향했다. 청진동 해장국집은 보는 눈이 많아서 혼자 갈 수가 없었다. 택시를 타고 곧장 달려갔다. 그렇다고 초저녁부터 그 집으로 들어갈 수는 없었다. 호텔 뒤 후미진 구석에 있는 작은 선술집으로 들어갔다. 허리를 구부리고, 양쪽 눈치를 살피며, 아줌마와 눈인사를 나누고, 낙지 한 접시와 소주 한 병을 시켰다.

힘들 때, 괴로울 때, 죽고 싶을 때, 자신이 싫어질 때, 사표 내고 싶을 때, 임원한테 깨지고 퇴근할 때, 부하직원의 잘못으로 임원실에 불려 갔다 나올 때, 토요일 늦게까지 일하고 퇴근할 때, 고객들 앞에서 임원한테 꾸중 들을 때, 야근하고 퇴근하는 새벽 5시에, 그럴 때는 소주가 생각나는 거다. 그냥 소주가 아니라 곱창에 소주,

파전에 막걸리, 맥주에 닭볶음이다. 우선 목을 축이고, 위가 놀라지 않게 예고를 하고, 뒤틀린 낙지다리 한 개를 상추에 싸서, 상처난 상추 잎에 된장을 조금 바르고, 마늘 반쪽을 얹어서, 왼손에 들고, 오른손에 들었던 두 번째 소주잔을 입에 털어 넣고, 안주를 구겨 넣는 거다. 인생에 눈물을 넣고 땀에 비벼서 주먹으로 밀어 넣듯이, 된장국에 피눈물을 서너 방울 넣고, 땀방울을 띄워 밥을 비벼먹듯이 시큼한 김치조각에 두부 한 조각 얹어서 눈물을 흘리며 소주를 마시는 거다.

"견뎌야지. 기다려야지. 참아야지."

그렇게 두어 시간 마시고 나니 소주병은 세 병이나 되었다. 발가락부터 취기가 올라온다. 머리끝이 하얗게 되면 한세상에게 딱 맞는 주량이 된 거다. 얼마나 지났을까, 속이 쓰릴 때쯤, 신호가 왔다. 이제 시간이 된 거다. 그 집이 문을 열 시간이다. 혼자 가기엔 약간 쑥스럽지만, 그까짓 것 돈만 내면 되니까. 지난주에 맡겨 놓은 양주는 먼저 마시는 놈이 임자다. 아무도 기억하지 못할 테니까, 아니 기억하지 않도록 해 놓았으니까. 또 누구를 불러서 옆에 앉혀 놓을 필요도 없다. 딱 한 시간이면 충분하다. 무슨 짓을 하든 한 시간이면 충분한 거다.

"최 마담, 그 애가 안 보이네. 어디 갔나?"

"아이고, 그걸 아직도 모르세요? 그 계집애가 사흘 전에 날랐어요. 우리 집 다 망쳐 놓고 도망갔다니까요. 그 계집애 연락처 알면 알려 주세요."

"뭐라고? 걔가 도망을 가? 어디로? 그럴 리가."

"아이고, 말씀도 하지 마세요. 여기 아가씨들 돈 다 떼어먹고 죽으러 갔대요."

11

해고자 선정 기준

한세상은 입사하자마자 강력한 노조 간부들의 권유로 노조에 가입해서 3년도 되지 않아 대리로 승진이 되었다. 곧바로 노조 간부를 맡게 된 한세상은 또, 한 성질부리며 깐깐하게 노조발전을 위해 발 벗고 나섰다. 유능한 홍보문화부장직을 맡았다. 웃기는 일이며 대수롭지 않은 일이라고 생각했지만, 노사협의회에 참석할 때는 진지하고 신중했다. 가끔은 노조 선배에게 대들고 따지다가, 임원들 대변인 노릇까지 했다. 때로는 회사를 위한 발언도 하고, 무서운 노조위원장 앞에서 겁도 없이 대들었다. 세상은 원래 겁이 없긴 없었다. 세상을 살아가려면 겁을 먹고, 용기를 잃으면 견딜 수 없는 거다. 세상은 옛날부터 그랬다. 한세상은 인사부로 오자마자 몸담았던 노조를 탈퇴하고, 반역자가 되어, 어용으로 몰리기도 하면서, 맡은 게 그런 일이니, 노사협의회를 한답시고 노조 간부들을 쫓아다니며 임금협상 자료 만들고, 단체협약 문안 고치고, 밤에 쓴 글 낮에 고치고, 낮에 한 말 밤에 수정하면서, 말장난과 글재주 부리며 장난도 많이 치면서 바쁜 척했다. 임금 인상률을 조정한다며 소수점 올렸다가 내렸다가 다시 원점으로 돌아가기도 했다. 아마도 회사 임원들이나 노조 간부들은 임금 인상이 중요한 게 아니라, 임금 인상을 한답시고 술 한 잔 얻어먹고 싶었는지도 모른다. 직원들의 권익을 위한 중요한 정책을 만들기 위해 회사와 밀고 당기는 척하는 모습을 노조원들에게 보여 주고 싶었을 거다. 회사 측 임원들 역시 회사를 위해 밤새워 일하며 노조원들과 협상하느라 머리가 아픈 척하면서 사장한테 잘 보이고 싶기도 했다. 그런 걸 한세상이 모를 리가 없다. 알면서 모르는 체 따라다니며, 좋은 생각이나 아이디어가 있어도 말하지 않아야 한다는 걸 한세상은 배웠다. 굳이 말해서 미움 받을 필요가 없다는 것도 알게 되었다. 눈치도 없는 세상이가 세상의 이치를 배우다니. 고맙기만 할 뿐이다. 막후협상 한답시고 노조 간부들 하늘처럼 떠받들며, 술 따라 주고, 안주 받쳐 주고, 택시 잡아 주고, 과음해서 음식물 토하면 걸레까지 대 주었다. 그런데 결국, 그런 직장생활을 끝내고 싶은 거다.

이렇게 끝나야 하는 건가?

구조조정. 쉽게 말해서 인원감축, 감원(減員)의 다른 말이라는 거, 한세상 부장도 알고 있다. 명예롭게 퇴직을 시키기 위해 퇴직금 조금 더 주고 속아 내는 거. 해고나 명예퇴직이나 그냥 퇴직이나 마찬가지인 걸 모르면 바보이고 알았으면 직무유기(職務遺棄)다. 직원을 솎아 내는 방법 중에 가장 쉬운 건 바로, 자기 손에 피를 묻히지 않는 거다. 임원들을 모아 놓고, 함께 일하고 싶은 부장들을 고르라고 한다. 마음에 드는 부장, 일을 잘하고 능력이 있고, 충성스러운 부장들을 고르는 기준은 대부분 같다. 출퇴근 시간 따지지 않고 시키기만 하면 무엇이든지 해내고, 문제가 생기면 앞서서 해결하며, 밤낮없이 죽도록 일하는 사람들을 고르는 거다. 술이 취해도 술잔을 잘 받아 마시고, 택시비는 항상 먼저 내는 사람이 일을 못해도 귀여운 거다. 그래서 우수인재를 고르다 보면 중복되어 선택된 사람이 있고, 아무도 찾지 않고 누구도 원하지 않는 부장들이 있다. 어느 누구도 찾지 않은 이들이 바로 쓸모없는 부장들이다. 어느 임원도 함께 일하고 싶어 하지 않는 간부사원이 해고대상자이다. 다음엔 부장들을 모아 놓고 직원 명부를 나누어 준다. 직원들 중에 함께 일하고 싶은 최소한의 직원을 선발해서 데려다 쓰라고 하면, 마찬가지로 함께 일을 해서 성과가 날 만한, 똑똑하고 바지런한 직원을 고르게 되어 있다. 이때, 일을 맡겨야 하나 말아야 하나 고민하는 직원들, 일만 시키면 집안일 있다고 빠져나갈 궁리만 하고, 등산이나 경조사에는 이 핑계 저 핑계 대면서 참석하지 않는 직원들이 있다. 퇴근시간에 퇴근하는 직원을 뽑으면 그게 해고대상자다. 이런 직원들은 즉, 어느 부장에게도 선택되지 않는 직원들은 바로 무능하고 쓸모없는, 쓰레기라는 거다. 분명한 것은 잘라 낼 사람을 고른 건 아니라는 사실이다. 임원과 부장들이 필요한 인원을, 쓸 만한 인재를 고른 거다.

해고대상자 선정과 해고명령, 얼마나 쉬운가?

아무에게도 선택되지 않은 사람들 모두를 걸러 내면 아마도 전 직원의 반 정도는 될 거다. 이들을 해고하면 간단하다. 얼마나 쉬운 일인가? 이유는 딱 한 가지, 아무도 그들을 원하지 않았다는 거다. 누구도 잘라 내려고 한 게 아니고, 해고시킬 사람들을 솎아 낸 게 아니고, 아무도 그들을 원하지 않았다는 거, 그건 분명하다. 근거가 분명하면 죄는 아니다. 더욱 중요한 점은 그 반대도 가능하다는 거다. 직원들로 하여금 함께 일하고 싶은 부장을 고르라고 하거나, 부장들에게 함께 일하기 좋은 임원을 선택하라고 한 후, 나머지를 잘라내면 되니까. 이 얼마나 흥미롭고 재미있는 일인가? 한번 시험 삼아 해 봄직한 일이 아닐까? 바로 그럴 때 또 어려운 점이 있다. 막상 해고 대상자 명단을 작성해서 통보할 경우, 예측했던 문제가 반드시 발생하기 마련이다. 이런 일을 처리하는 기준이 틀렸다는 등, 이런 원칙과 절차는 회사 경영에 바람직하지 않은 일이며, 부당하다는 등, 회사 정책과 방침을 거부하는 직원들이 있다. 특히 노조간부들 중에 회사 정책을 반대하는 노조원들이 있다. 또는 반드시 함께 일하고자 했던 우수한 인재가 먼저 나가려고 할 때 문제가 생긴다. 회사가 어렵거나 위기에 빠졌을 때, 꼭 필요한 인재들은 먼저 나가려고 하고, 쓸모없는 인재들 아니, 쓰레기들은 어떻게 해서든지 남아 있으려고 한다. 이런 건 노사 간에 합의한 원칙이나 기준에 의해 처리하려고 할 게 아니라, 정치로 해결하는 거다. 정치의 기술(Political Skills), 얼마나 멋진 말인가? 정치(Politics), 얼마나 유용한 방식인가? 불행하게도 유능하고 순진한 직장인들은 정치를 모른다. 정치란, 원칙과 기준을 만들어 놓고, 그대로 하지 않거나 오히려 그 반대로 일을 처리하는 용기를 말한다. 정치인들이 국가를 살릴 거라는 착각을 하거나, 위대한 정치는 위대한 국가를 만들어 갈 거라는 기대를 하는 게 우매하고 미련한 백성들의 생각이다. 모든 걸 직접 겪어 봐야 알 수 있는 건 아닌데, 일과 업무 성과에 집중하는 우수인재들은 그런 정치에 관심이 없다.

이런 식으로 일을 해 놓은 인사부장은 회사에 계속 남아 있을 자신이 있을까? 정치를 모르는 공돌이가 정치적으로 일을 하면서, 시키는 대로 일을 해 놓고, 자유롭고 떳떳하게 회사를 다니는 게 옳은 일인가? 한세상은 고민하지 않을 수 없었다. 그래서 그날 밤, 한세상 부장은 사직서를 내기로 결심했다.

평생 후회를 할 수도 있겠지만.

**

한 부장은 직원 한 명이라도, 누군가 볼까 봐, 사직서를 몰래 프

린트해서, 회의실로 갖고 들어가, 문을 잠그고, 손으로 싸인을 하면 예의가 아닌 것 같아서, 중학교 졸업 기념으로 후배들에게 받은 인감도장을 솔에다 깨끗이 문질러 씻고는, 인주를 꽉 눌러, 떨리는 손에 힘을 주어, 힘 있게 찍었다. 인감도장을 찍은 사직서를 수첩 사이에 끼워서 임원실로 들어갔다. 대책 없이 용감한 척하고, 쥐뿔도 없으면서 잘난 척하면서 사표를 던지는 기분, 누가 알까? 한세상은 인사담당 상무에게, 직접, 사직서를 공손히 제출했다. 태어나서 두 번째 내는 사직서였다. 사표는 던지는 거고 사직서는 제출하는 거다. 그럼 사직원은 뭘까? 그게 뭐 중요해? 그냥 다 던지는 거다.

"야, 임마. 네가 회사를 그만두면 어떻게 해? 고용보험 신고해야지, 조직 재편성해야지, 인사발령 다시 내야지, 명예퇴직금 계산해야지. 인사부장이 할 일이 얼마나 많은지 알아? 너, 나보고 엿 먹으라는 얘기야? 안 돼 임마. 더 다녀. 나가고 싶으면, 나 나간 다음에 나가."

김 상무는 한세상을 세워 놓고, 소리소리 지르며, 사직서를 찢어서, 코를 푼 휴지를 구겨서 버리듯이 바닥에 내던졌다. 한세상역시, '드리고 싶은 말씀'은 많았으나, 눈도 마주치지 못하고, 한 마디 대꾸는커녕, 가타부타 대답도 못 하고, 흘깃흘깃 눈치를 보면서, 한 번만 더 말려 주고 잡아 주기를 바라면서, 찢어진 사직서를 주섬주섬 주워서 들고 조용히 나왔다. 멍청한 것.

"맞아. 여기서 물러서면 안 되지. 내가 여기서 그 꼴을 또 당하고 살라고? 아니야. 참아야 해. 여기를 어떻게 들어왔는데? 아무나 들어오는 곳이 아니잖아. 그리도 멀고 먼 길을 돌고 돌아, 가시밭길과 가시덩굴을 헤치며, 진흙탕에 빠졌다가, 지옥과 천당을 오르내리며 여기까지 왔는데, 제 발로 나간다고? 미쳤군. 이런 회사가 아무 데나 있나, 있다고 갈 수 있나? 다시는 이런 기회 없을 건데. 어떻게 하려고? 가벼운 행동, 그만해. 미쳤니? 제발 정신 좀 차리자. 아니야. 기회는 항상 많아. 설마 이보다 못하겠어? 지금까지 쌓아 놓은 모든 경험들을 합하면 어딜 가도 무시당하진 않을 거야. 공부하고 배운 게 얼만데? 아니야. 해 놓은 게 뭐가 있다고. 아직도 갈 길은 구만 리인 걸. 나이를 생각하고 애들을 생각해. 너만 사니? 맞아. 나에겐 나를 기대고 나를 바라보는 식구가 있잖아. 시골 부모님, 당장 가르쳐야 할 아이들도 둘이나 있고. 그들을 대학까지는 보내 줘야 하잖아. 이런 건, 그리 쉽게 결정하는 게 아니야. 아니야. 얼마나 고민을 했는데. 며칠 밤을 새워서 결정한 건데. 정말이지 못 할 일은 없어. 뭐든지 해서 먹고살 수 있을 거야. 아니야. 먹고사는 게 문제가 아니라, 어떻게 어떤 모습으로 사는가도 중요해. 그래도 그렇지. 정말 그럴 거니?"

한세상은 사표인지 사직서인지 모를 깨끗한 종이 한 장을 다시 쓰고, 인감도장을 다시 말끔히 씻어서, 이름 옆, 하얀 여백에 정성 들여 잘 찍어서, 평생 후회할지도 모른다는 불안에 떨면서, 슬금슬금 직원들 눈치를 보면서, 살그머니 부사장실로 들어가, 공손한 자세로 사직원을 다시 제출했다. 뒤도 돌아보지 않고 나오는 한세상을 부사장은 말리지 않았다. 말하지 않아도 아는 사이다. 부사장은 대학 선배로 자주 속말을 하고, 깊이 있는 이야기를 해 오던 터였다. 온갖 줄과 빽을 동원해서 들어온 사람들이 많지만, 이 회사에 같은 대학 출신은 부사장과 한세상 딱 두 명이다. 한세상이가 이 회사에 입사할 때도 아마 부사장이 인사부장으로 있을 때 힘을 쓴 듯했다. 그래서 더욱 친하지만 이번 사건 같은 경우엔 부사장도 한 부장을 말리고 싶지 않았다.

한세상은 자리로 돌아와 짐을 정리하기 시작했다. 서랍을 열어 보니 쓰레기가 가득했다. 지하 쓰레기장으로 조용히 내려가 작은 상자를 하나 주워 왔다. 지하 쓰레기장의 쓰레기나 한 부장 서랍의 쓰레기나 다를 게 없었다. 회사를 나가야 하는 인간쓰레기나 보물처럼 서랍 속에 감추어 둔 쓰레기나, 지하 주차장 구석진 곳에 있는 쓰레기나 모두 마찬가지다. 누구나 버려지면 쓰레기가 되고, 누군가 버려도 쓰레기가 된다. 어떻게 자기가 매일 쓰는 서랍을 이렇게 지저분하게 해 놓고 일을 해 왔는지 한세상은 알 수 없었다. 거기에서 참신한 보고서가 나오고, 창의적인 문서를 작성했다는 건 거짓말이다. 책상 옆에 있는 소중한 연필꽂이, 잉크 병, 빨간 꽃병 등 여러 집기들과 서랍에 넣어 놓은 서류들이 이젠 모두 쓰레기다. 올리다 만 결재서류나 몇 달 전에 고객이 주고 간 싸구려 볼펜이나, 생일이라고 여직원들이 준 손수건이나 이젠 모두 쓰레기일 뿐이다. 4년 전에 우수사원이라고 받은 표창장이나, 런던 출장을 다녀오면서 사 온 열쇠고리도 전혀 쓸모가 없다. 그래도 집으로 가져가서 쓸 수 있는 짐을 챙기고 싶었다. 집에 있으면 볼펜 한 자루가 얼마나 아쉬울까? 몇 가지 크고 작은 짐을 챙겨 쓰레기 상자에 넣으며 하얀 종이에 눈물이 떨어지는 걸 팔꿈치로 닦았다. 쓰던 치약과 칫솔, 수건, 수첩과 탁상 달력 등을 넣으며 더 담아야 할 게 없는지 세밀하게 살펴보았다. 혹시 필요할지 모르니, 볼펜 몇 자루와 스테이플러, 흰 종이도 한 묶음 넣었다. 이런 걸 훔쳐 간다고 뭐라는 사람이 있으면 가만두지 않겠다고 다짐하면서 온갖 쓰레기도 소중하게 담았다. 이럴 때 곁에 와서 뭐라고 말 한마디 하는 사람 있으면, 귀싸대기를 올리든지, 주먹이라도 날릴 기분이지만, 꾹 참고 웃어야 한다고 생각했다. 아주 부드럽고 태연하게 인사를 하는 게 나을 거다. 입사할 때부터 고이 모셔 두었던 회사 배지, 몇 년 전 우수사원 상으로 받은 노란 시계, 쓰다 만 회사수첩도 빠뜨리지 않았다. 쓸모없는 보고서와 낡은 문서는 모두 쓰레기통에 잘게 찢어서, 구겨 넣었다. 다시는 안 볼 거니까. 두 번 다시는 오지 않을 거니까. 아니, 한 번도 안 올 거니까.

"제가 좀 도와 드릴까요?"
"아니야. 이건 내 개인적인 물품이니 신경 쓰지 말고, 당신 일이나 해요."

"이제 뭐 하실 건가요?"

"설마 놀겠어? 바보야, 울긴 왜 우니? 누가 죽었니? 나가면 더 잘 살 거야. 내가 누군데."

"울긴 누가 운다고 그러세요? 아무렴, 그러셔야지요. 그러실 거라 믿어요."

조 대리가 눈물을 닦으며 한세상에게 다가왔다. 그녀의 눈물을 닦아 주고 싶었지만, 그녀의 뺨에 손을 댈 자신이 없었다. 그때와 다르니까. 그땐, 젊고 자신 있는 대리였지만, 지금은 늙은 실업자다. 어떻게 감히 그녀의 살에 손을 댈 생각을 할 수 있을까? 한세상도 눈물이 맺히는 느낌이 들었지만, 용감하게 웃으며, 안 그런 척했다. 둘이서 마주 보며 웃었다. 아무도 눈물을 닦지 않았고 닦아 주지도 않았다. 여자의 눈물은 닦는 것보다 흐르게 내버려 두는 게 훨씬 예쁘다. 두 볼에 흐르는 그녀의 눈물이 화장을 지우면서 입술까지, 천천히 내려오는 걸 보는 것도 예술이다. 손으로 눈가를 훔칠 때 까맣게 묻어나는 마스카라 자국은 또 다른 느낌으로 한세상을 유혹했다. 슬픈 눈물이 아름답다는 건 겪어 보지 않으면 이해할 수 없다. 조 대리가 한 부장에게 하고 싶은 말이 무엇인지, 한세상은 알고 있다. 한세상과 조 대리만 알고 있는 아니, 둘이서만 알아야 하는 이야기가 있다. 조 대리는 밖으로 나가더니 한 부장이 사무실을 나올 때까지 나타나지 않았다.

"부장님, 짐은 제가 들어다 드릴게요. 많은 건 아니지만, 이러는 게 아닙니다."

"괜찮아. 너무 걱정하지 마, 설마 내가 이 나이에 실업자가 되겠어? 어서 올라가."

"이건 제가 드리는 선물입니다. 버리지 마세요. 지루하거나 심심하실 때 펼쳐 보시면 도움이 되실 겁니다."

한 부장은 오 대리가 주는 선물을 쓰레기통에 던져 버리고 싶었지만, 고마운 척하고 받았다. 한세상이 교회 다니지 않는 걸 알면서, 오 대리는 빨간 성경책을 세상이의 손에 쥐어 주었다. 인사부로 올 때부터 상냥하고 친절했던 오 대리는 한 부장을 유난히 좋아하고 따랐다. 키가 작고 행동이 빠른 그는 한 부장을 좋아하는 척하고, 힘든 일이 있으면 앞서서 해결해 주는 체도 했다. 눈치 빠르고 민첩한 오 대리가 밉진 않았다. 그래서 어딜 가나 곰보다 여우가 낫다고 했다.

한세상은 운전석에 앉아, 안전벨트를 매고 시동을 걸고 의자를 뒤로 젖히고 누웠다. 모든 걸 잊어버리고, 잠이나 한숨 잤으면 좋겠다고 생각하는데, 누군가 차 문을 두드렸다.

"아저씨, 남의 회사 주차장에서 뭐 하시는 겁니까? 시동을 끄고 계셔야지요. 지하에 매연이 심합니다."

인사부장이 아저씨로 바뀌었다.

사직서를 내고 퇴직을 하면 그날로 회사에 등록된 자동차 표식을 떼도록 한 규정이 있다. 회사규정은 야박한 게 아니고 틀린 게 아니다. 한세상이가 인사과장이 되자마자 온갖 법령과 판례, 사례와 예규 지침 등을 검토하고, 여러 가지 근거조항을 바탕으로, 정확하고 치밀하게 생각해서 만든 회사 규정이다. 일주일이라도 여유를 둘 걸.

이대로 차를 빼서 집으로 갈 수는 없었다. 벌건 대낮에 퇴근할 수도 없지만, 딱히 갈 곳도 없다. 시동을 끄고 잠시 누워 있다가, 다시 시동을 켜고 천천히 차를 몰아 주차장 밖으로 나왔다. 바쁜 척하고 달리고 싶었다. 하늘은 어느 때보다 맑고 높다. 비라도 쏟아지든지, 눈이라도 펑펑 오든지, 바람이라도 세차게 불었으면 좋겠다. 눈은 꼭 겨울에만 와야 하고, 비는 여름에만 오라는 법은 없는데, 겨울에도 피는 꽃이 있고, 겨울에도 비는 내리는데, 어찌 눈은 겨울에만 오는지 이해할 수가 없었다. 어찌 이런 날은 이렇게 맑고 밝은지. 또 눈물이 핑 도는 걸 한 부장은 느낄 수 있었다. 이유도 없는데. 그러지 않아도 되는데, 갑자기 후회가 된다. 하루도 지나지 않았는데. 아니, 한 시간도 지나지 않았는데 반성을 하는 건지, 후회를 하는 건지 알 수 없었다.

"올라가서 사직서를 도로 뺏어 올까? 돌려 달라고 하면 돌려줄까? 장난 하니? 미쳤군. 큰 실수를 한 건가? 잘못이 뭐지? 진짜 잘못한 일일까? 무슨 죄를 지었나? 죄를 지은 이유가 있나? 아니지. 잘못한 건 아니지만, 그냥 싫은 거야. 그거 알지? 그냥 싫은 거. 그런 거 있잖아. 어딜 가든 싫은 게 있어. 사람이나 집이나. 회사나. 그냥 싫어. 그냥 미운 사람도 있듯이. 그거 있잖아. 지나가는 남의 개도 갑자기 미워질 때가 있고, 아무 말 없이, 살금살금 눈치를 보면서 곁을 지나가는 고양이도 발로 차고 싶은 거. 지금 그래."

얇고 낡은 지갑을 뒤적이며 한세상은 적당한 곳을 생각했다. 역시 터미널이다. 집에서 가깝고, 싼 술집이 많고, 오가는 길에 혼자 먹는 사람들도 많다. 강남터미널, 용산역 뒷골목, 영등포역도 좋다. 서울역은 사람들이 너무 많다. 이제부터는 주차료도 생각을 해야 한다. 아파트 근처 주차장에 차를 대고 터미널로 가는 게 제일 좋을 것 같았다.

"그러다가 혹시 누구 만나면? 만나면 어때? 내가 무슨 죄를 지었나? 웃겨 정말."

깔끔하고 멋진 회사 로고가 들어가 있고, 색깔이 점잖고, 직함과 이름이 명확히 쓰여 있는 명함을 넣고 술집을 드나드는 것과 명함 없이 술집에 들어오는 건 다르다. 뭐가 다른지 모르지만, 생각과 마음이 다를 거다. 눈빛도 다르고 아줌마를 보는 것도 다르고, 안주를 시키는 목소리도 다르고, 술잔을 드는 손가락의 힘도 다를 거다. 주변을 두리번거리며 예쁜 여성들이 있는지 없는지, 눈알을 굴리던 얼굴은 어느새, 혹시 아는 사람이 있을까 봐 두려워진 낯빛으로 바뀌었다. 직장을 다닐 때는 혼자 마시러 가도 힘 있게 문을 열고 큰소리로 주문을 했지만, 지금은 기어 들어가는 목소리로 아줌마 눈치부터 살피는 자신의 모습을 보고 한 부장도 놀랐다. 혹시, 혼자 온 손님을 괄시할까 봐 구석진 곳을 찾아 들어가 조용히, 아주 착한 얼굴로 앉았다. 그리고 용기를 냈다. 아주 작은 목소리로.

"혼자 왔는데, 미안하지만, 삼겹살 2인분, 그리고 또… 소주 한 병만 부탁합니다."

"아니. 그런데, 내가 왜, 음식을 시키면서 미안해해야 하는 거지? 진짜 미안한 건가? 소주를 사서 마시는 사람이 부탁을 하는 게 맞는 건가? 도대체 내가 무슨 죄를 지었기에 음식을 시키면서 미안하고 죄송해야 하는지 알다가도 모를 일이군. 실업자는 죄인인가? 아니면 실업가는 대장인가? 실업자나 실업가나 똑같은 사람인 것을, 일만 주어지면 무슨 일이든 할 수 있는 내가, 뭐가 무서워 벌벌 기면서 다닌단 말인가? 웃기는 일이지."

술잔을 들다 말고 오 대리가 준 성경책을 펼쳤다, 세상에 좋은 말은 다 있는 게 성경이라는데, 한번도 읽어 본 적이 없는 이 책을 왜 이제야 펼쳐 보는 건지 한세상은 알 수 없었다. 배울 건 있을까? 느낌은 다르겠지. 한번 다 읽어 볼까? 그럴 시간이 있으면 잠이나 자는 게 낫지 않을까? 김치를 비벼 섞은 삼겹살이 익을 동안 몇 줄을 읽어 봤다.

"시작은 미약하였으나, 그 끝은 창대하리라."
"사람 함부로 판단하지 마라. 네가 판단받을 지니라."
"네가 대접받고 싶은 대로 그들을 대접하라."

웃기는 개소리.
새빨간 거짓말.

12

라스베가스 임시직

남들이 다들 어렵다고 하고, 국내에 컴퓨터도 몇 대 되지 않아, 취직도 쉽지 않을 거라는 편견과 소문을 무시하고, 한세상은 용감하게 전자계산학을 공부했다. 컴퓨터를 배웠다는 이유로 쉽게 입사한 한세상은 전산실에서 코볼과 포트란 프로그래밍부터 데이터베이스 설계, 시스템 디자인까지, 닥치는 대로 날이나 밤이나 일만 했다. 그런데 갑자기 선배들 꼬임에 넘어가 노조에 가입하고, 잘난 체 몇 마디 했다가 노사협의회 위원이 되고, 어린 노조 간부가 대들었다는 이유로 인사과로 갔다가, 무슨 죄를 지었길래 어찌 어찌하여, 인사부장까지 되어 '직원의 반을 명예롭게 잘라내는 명예퇴직' 업무를 담당했는지, 그 이유를 한세상은 아직도 모른다. 어차피 그런 이유나 저런 핑계나 마찬가지였을 거다. 결론은 마찬가지다. 그거나 저거나 이거나, 그게 뭔 대수겠어? 지금 이 모습이 결론이다. 아니다. 아직 결론은 나지 않았다. 이 세상은 죽어야 결론이 나는 거다. 한세상 인생의 결론은 그렇게 쉽게 나지는 않을 거 같다. 아무리 생각해도 그렇다. 그게 쉽겠어?

　한세상이 처음에 상상한 대로, 앞으로 컴퓨터 시대가 오면, 누구보다 빠르게 승진하고, 어딜 가든 인정받는 전문가가 되겠다고 장담을 했다. 아무도 택하지 않는 전공을 택했고, 어느 대학도 갖지 않은 학과를 선택했다고, 가는 곳마다 자랑하고, 만나는 사람마다 알아듣지 못하는 용어를 쓰면서, 대단한 기술자처럼 지껄이고 다녔다. 기술 자격증도 있고, TOEIC 시험 점수도 있으니, 언제든지 좋은 회사 취직할 수 있다고, 10년만 근무하고 나오면 내 사업을 해도 떼돈을 벌 수 있을 거라고, 벤처기업 사장이 되고 대기업 임원이 되면, 시골 부모님 모셔다가 해외여행 시켜 드릴 거라는 꿈을 꾸었었다. 현업 부서에 가면, 무슨 신이라도 되는 듯이, 알아듣지도 못하는 전문 용어로 설명을 하고, 그림을 그려 가며 잘난 체를 했는데, 잘만 하면 전산담당 임원으로 고속 승진할 거라는 꿈도 꾸었는데, 무슨 귀신이 씌었길래, 그 좋은 전공을 내던지고 엉뚱한 인사부로 갔는지 한세상은 아직도 모른다. 공대를 갈 때도 딱히 공대가 좋거나 적성에 맞아서 골라 간 게 아니라, 공장에서 일하다 보니, 현장에서 일하는 기능공들이 같은 공학 계열로 진학을 하면 얼마간 혜택을 준다기에, 얼씨구나 하고 덤벼든 거다. 그냥 풍족하게 공부를 할 수 있었더라면 아마도 문예창작과나 국문학과를 갔을 거였다. 아니 법대나 정치학과를 갔어도 좋았을 거다. 아니, 그때, 카이스트 떨어졌을 때, 재수를 해서라도 꼭 카이스트를 가야만 했다. 카이스트를 나와 미국으로 가서 박사학위까지 받고 왔으면 국내 최고의 석학이 될 수도 있었을 거다. 한세상이 정말 후회를 하면서 아직도 알 수 없는 건, 카이스트 간다고 『과학의 역사(The History of Science, Paul Mason)』를 두 번씩 읽었는데도 떨어졌다는 사실이다. 아마도 야간공고를 나와서 기초과학 실력이 부족했던 게 이유라면 이유일까? 진짜 억울했다.

"그러면 뭘 해? 지금 이 꼬라지인걸, 바보야. 아니, 어쩌면 고시공부를 했어도 좋았을 텐데. 하필이면 아무도 모르는 컴퓨터를 공부한다고 했는지. 알다가도 모를 일이야. 아니지. 나는 법과 정치는 어울리지 않아. 약아빠지지도 않고, 약삭빠르지도 않고, 눈치도 없고, 비비고 아부할 줄은 전혀 모르고, 미련하고 답답하니 누가 써 주겠어. 겨우 이상한 돈 심부름이나 하다가 감옥에 갈지도 모르지. 엉뚱한 사람 대신 일을 맡았다가 검찰에 불려 다니기 십상인 걸. 나도 나를 잘 모르니까. 알다가도 모를 일이 어디 한두 가지인가? 인간관계나 남녀관계나, 일이나 지식이나 경험이나 모두 알 듯 말 듯, 모를 듯 알듯. 그래서 문명이 발달하는 거라고 어떤 미친놈은 말했어. 그걸 철학이라고 떠들면서 철학자인 척하는 사람은 또 얼마나 많은지. 그렇게 해야 먹고 사니까 그런 거 나도 알긴 알아."

알기만 하지.

***

"헬로우, 익스큐즈 미."

인천공항에서 라스베가스(Las Vegas)까지 14시간의 항공로는 멀었다. 회사에서 보내 준 연수 덕분에 공부한답시고 뉴욕에 잠시머문 적이 있었다. 그때는 정말 화려한 시절이었지만, 지금은 아니다. 화려한 도시에 왔는데 화려한 게 아니라 더럽고 지저분한기분, 누가 알까? 한세상의 라스베가스는 더 이상 빛나는 꿈의 도시가 아니다. 기분도 더럽고 마음도 지저분하고, 앞날은 캄캄했다. 미국이 낯선 곳은 아니지만, 목적이 다르니 느낌도 다르다. 공부하러 오는 미국과 일자리를 찾으러 오는 미국은 다른 거다. 입사할 회사가 정해진 것도 아니고, 채용을 기대할 만한 것도 아니고, 할 일이 정해진 것도 아니고, 무슨 일을 하게 될지도 모르고, 얼마 동안 머물게 될지도 모르고, 어디로 가야 할지도 모르면서, 카지노를 하러 온 것도 아니면서 라스베가스 공항에 내렸다. 모르는 것과 불확실한 건 다른 거다. 불확실한 것에 덤비는 것은 도전이지만, 모르는 것을 하려고 하는 건 무모한 짓이다. 도전이나 무모한 짓이나 별 차이는 없다. 잘 되면 성공이고 못하면 실패다. 성공과 실패는 한 끗 차이다.

세계에서 제일 화려한 도시 중에 한 곳이 라스베가스다. 뉴욕, 파리, 런던 등 그 어느 곳을 가 봤지만, 여기만큼 화려한 곳이 없다. 카지노를 하고 싶어 돈 많은 사람들이 몰려온다는 라스베가스로 한세상은 이력서를 들고 왔다. 1999년에서 2000년으로 넘어가는 순간에 컴퓨터가 오류를 낸다고 떠들썩한 Y2K를 해결한답시고 비행기 타고 온 거다. 모든 '99'를 '00'으로 바꾸는 작업인데 그것보다 어려운 건 바로 이곳 미국인들, 현지인들과의 의사소통일 거다. 컴퓨터 일을 한 지 10년이 넘었는데, 영어 좀 된다고 까불었다.

시내 한가운데 벨라지오 호텔 정원에서는 아름다운 물쇼를 하고, 조금 북쪽으로 가는 길옆의 노란 미라지 호텔에서는 불쇼가 이어지고 있었다. 물과 불로 쇼를 하면서 세계인들의 이목을 끌어 모아 카지노 게임에 돈을 뿌리게 하려는 전략이다. 한세상은 어쩌면 남은 인생의 똬리를 이곳에 틀 수도 있겠다는 상상을 했다. 예약한 빌라로 얼른 들어가서 짐을 풀어 놓고 쉬고 싶었지만, 주변을 둘러보고 발길을 멈추지 않을 수 없었다. 작은 빌라로 들어가는 길목 주변은 옛날의 영등포나 청량리 뒷골목을 생각나게 하는 장면이 눈에 들어왔다. 이렇게 화려한 도시에 이렇게 더러운 곳이 있다니. 다 허물어진 술집 앞에 쓰러질 듯한 간판은 녹이 슬어 글씨는 보이지 않고, 길옆에 내놓은 의자는 한쪽 다리가 휘었고, 속이 다 보이는 치마를 입은 하얀 여자는 야한 눈빛으로 헤픈 웃음을 지으며 한국말로 "아저씨"라고 불렀다. 그 옆에는 시커먼 흑인 청년 두 명과 할머니 한 명이 담배를 피우며 한세상을 쳐다봤다. 눈이 마주칠까 겁이 나서 얼른 고개를 돌렸다. 길거리 쓰레기통엔 온갖 깡통과 종이 박스가 넘치고, 먹다 버린 햄버거와 과자 부스러기가 길거리에 널브러져 있다. 길거리에서 나누어 주는 명함 크기의 카드에는 얼굴 사진과 금액이 쓰여 있었다. 몇 장을 주워 읽어보니 재미있는 표현도 있다. 기본 한 시간 120달러에 10분당 10달러씩 더 받는다는 서비스비용, 재미있는 일이겠다. 당장 오늘 저녁에 불러서 놀아 보고 싶은 충동이 일어났지만, 형편을 생각해야지. 한세상은 상상만 했다.

세상 어디에도 없는 게 없다는 게 바로 이런 걸 말하는 거다. 남자가 있는 곳에 여자가 있고, 여성이 있는 곳에 남성이 있고, 술집이 있는 곳에 잠자는 곳이 있고, 잠자리 옆에 술집이 있다. 누가 먼저 왔는지는 중요하지 않다. 오면 따라가고, 가면 쫓아오고, 이런 게 없어지면 그것도 없어지는 거다. 그런 게 생기면 이런 것도 생긴다. 세상 구경하면서, 해외출장을 다니고 연수를 다녀올 때마다, 세상 사람들이 모두 다르게 사는 것 같아 놀라기도 했는데, 자세히 보면 모두들 비슷하게 사는 것 같아 세상은 또 한 번 놀랐다.

"여기도 그렇군. 참 신기한 일이야. 여기서 몇 달이나 머물지 모르지만, 아마도 서너 번은 그녀들과 놀지도 모른다는 예감이 들어. 혹시 동두천이나 의정부에서 일하던 여자를 만날지도 모르겠네."

한세상은 가까운 슈퍼에 가서 식빵과 치즈, 계란을 사다 냉장고에 집어넣었다. 일주일은 편히 먹을 수 있겠다는 생각이 들었다. 우선 양말을 빨아 널고, 셔츠 두 벌을 다려 놓았다. 잠시 TV를 보다가 알아듣지도 못하는 개그가 재미없어 커피 한 잔을 끓여 마시고, 소파에 벌렁 누웠다.

다음 날, 어제 빌려 온 빨간 차에 시동을 걸고 한세상은 영문 이력서를 몇 번 더 읽어 보았다. 하필이면 여기까지 왔는데 이제야 틀린 글씨가 보일 게 뭐람? 문법은 맞는지도 모르겠다. 중천에 뜬 태양을 바라보며, 차를 몰고 시내로 갔다. 무료한 시간에는 드라이브가 최고다. 어느 호텔이 가장 좋을까? 높고 푸른 하늘에는 서울로 가는 비행기가 날아가고 있었다. 한세상은 비행기가 구름 속으로 사라질 때까지 멍하니 바라보았다. 갑자기 저 비행기를 타고 서울로 가고 싶었다.

호텔 안은 바글거리는 사람들로 발 디딜 틈이 없었다.

아니 원, 세상에나. 대낮에도 이렇게 많은 사람들이 이런 곳에 와서 하루 종일 놀음을 하고 있다니? 할 일도 없나? 얼굴 색깔도 수십 가지는 될 듯하다. 아프리카 남자부터 북극에 있는 여자까지, 이 세상 모든 인종이 모여 있는 것 같았다. 아이들부터 백발노인에 이르기까지 연령층도 다양했다. 영어는 물론, 일본어, 중국어 이탈리아어, 라틴어까지 들리는 듯했다. 문 앞에서 뭔가를 뚫어지게 바라보는 여자는 까만 미인이고, 쓰레기통을 들고 분주히 뛰어다니는 뚱보 아줌마는 동남아에서 온 여자처럼 보이고, 커피 쟁반을 들고 여기저기 커피를 따라 주는 아가씨는 남미에서 온 미인같이 보였다. 호텔 정문에서 대기 중인 택시를 불러 문을 열어 주고 짐을 실어 주는 청년은 2~3분에 몇 달러씩 돈을 버는 것 같왔다. 빨간 머리의 아가씨는 가슴이 다 보이는 티셔츠를 입고 하릴없이 호텔 로비를 돌아다닌다. 화장실 앞에서는 노인네 남녀가 키스를 하면서 얼굴을 어루만지고, 술 취한 신사는 비틀거리며 기계를 만지면서 중얼거린다. 이런 곳에 하루 종일 머물면서 여기에 돈을 집어넣는 사람들은 도대체 무얼 하는 사람들일까? 빙빙 돌던 한세상도 한 자리를 잡고 앉았다. 이곳에 뭘 하러 왔는지 잠시 잊은 채, 지갑을 열어 몇 달러를 코인으로 바꾸었다. 돌리고 당기고, 당기고 돌리면서 한 편의 만화영화를 보는 듯했다. 한세상은 정신을 잃고 희망을 꿈꿨다.

"딱 한 번이면 되잖아. 딱 한 번만. 제발 한 번만. 3억만 붙어라. 아니 1억만 떨어져도 고맙지."

까만 눈동자의 까만 아가씨가 까만 커피를 따라준다.

"공짜예요?"
"물론이지요."

***

"멀리서 오느라 수고 많았습니다. 편히 앉으시지요."
"감사합니다. 덕분에 잘 도착했습니다."

"할 수 있는 일의 종류를 설명하시고, 당신이 갖고 있는 기술적인 특징과 자신의 특성을 설명해 보시지요."

짧은 스커트를 입고 책상 위에 비스듬히 앉아 다리를 꼬고 있는 그녀는 인사담당 매니저라고 했다. 뚱뚱하기로 말하면 우리 시골에서 제일 큰 돼지보다 더할 것 같고, 키로 볼 것 같으면 웬만한 농구선수 저리 가라 할 정도의 하얀 여성이 야한 미소를 띠며 징그렇게 쳐다보면서 몇 가지 질문을 했다. 대답을 준비해야 하는데 잠깐 딴 생각이 들었다.

"어쩔 수 없잖아. 그래도 예쁜 걸 어떻게 해? 아니, 그러면 안 되지. 지금 내가 어떤 입장인데."

한세상은 공손히 앉아서 얌전히 대답을 하면서, 영어단어가 틀리거나 엉뚱한 표현으로 망신을 당할까 봐 작은 목소리로 대답을 하면서, 조심스럽게 그녀의 눈을 바라보았다. 커피를 두 잔이나 마시고, 덤으로 과자까지 건네주는 그녀와의 인터뷰는 진땀만 흘리면서 한 시간이 넘어 끝났다.

"다음부터 외국인과 대화를 할 때는, '영어를 못해서 미안하다.'는 말을 할 필요가 없어요. 그냥 하면 됩니다. 잘하시는데요 뭘. 다음 주 월요일부터 출근하세요."

칭찬인지 조언인지, 꾸중인지 모르지만, 듣기는 좋았다. 일단 합격은 한 거니까. 원했던 대답을 듣는 순간의 기쁨은 표현하고 싶지 않았다. 일단 출근하는 대로 사무실과 책상을 정해 준다고 했다. 한세상은 자신이 임시직인지 계약직인지 인사담당 매니저에게 묻지 않았다. 물을 만한 자격이 있는지도 모르는 거였다. 급여가 얼마인지, 시간당 얼마를 줄 건지, 주급인지 월급인지도 모르는데 상여금이 있는지 어떻게 물어볼 수 있을까? 근로조건을 대충 알고 왔다고 아는 척을 하거나, 근무 방식에 대한 질문을 했다가 망신을 당하거나 인터뷰조차 할 기회가 없어질지도 모르는 일이다. 그냥 조심스럽게, 눈치만 보면서 그녀의 입술만 뚫어지게 바라보면서, 한세상을 가엽게 쳐다보는 듯한 그녀의 순간적인 눈빛도 놓칠 수 없었다. 진짜 보고 싶은 부분은 쳐다볼 수 없었다. 얼굴과 눈빛, 입술만 쳐다보면서 아니, 집중해서 바라보니 빨갛고 두꺼운 입술에서도 매력이 느껴졌다.

아직도 해는 중천에 떠 있었다. 이틀이나 남았는데, 무엇을 해야 할지 몰라서 한세상은 잠시 머뭇거렸다. 화장실을 들러 주차장으로 나오는데, 바로 인터뷰를 했던 매니저가 주차장에서 시동을 걸고 있었다. 한세상은 그녀를 아는 체하려다가 외면했다. 차를 끌고 나오자마자 무조건 달렸다. 네바다주 모하비 사막을 향해 북쪽으로 서쪽으로 달렸다. 한 시간쯤 달리다 보니, '죽음의 계곡(Death Valley)' 이정표가 보였다. 하필이면 죽음의 계곡이라니? 그냥 가서 죽으면 되는 곳인가? 이왕 달리기로 한 거, 마냥 더 달렸다. 정말 더운 곳이다. 새로 만든 자동차가 얼마만큼의 더위에 견딜 수 있는지 시험을 하는 곳이라고 했다. 사막이 시작되는 길옆에 차를 세우고 잠시 들어가 보니, '뱀과 전갈 주의' 표시가 있었다. 진짜 뱀이나 전갈을 보고 싶은데. 그 뱀에 물려서 죽으면 좋겠다는 생각도 들었다. 물려도 죽지 않는 뱀이 있다는 건, 어렸을 때 모를 내다가 뱀에 물린 적이 있어서 알고 있다. 뱀보다 전갈의 독이 더 독하다는 말도 들은 적이 있다. 라스베가스 전갈은 어떤지 궁금했다.

숙소로 돌아오는 길에 소나기가 쏟아졌다. 쉴 새 없이 쏟아 붓는 비를 피해 식당에 들러 빵을 주문했다. 식당주인은 할머니인지 아주머니인지 모르겠지만, 친절했다. 배고프다고 하니 감자튀김을 한 접시 가득 주면서 서비스라고 했다. 한세상이 불쌍해 보인 모양이다. 세상이 엄마도 그랬다. 훈련 끝내고 가는 군인들이 들어와서 물을 달라고 하면 밥까지 챙겨 주고, 김치 좀 달라고 하면 김치 항아리까지 주셨다. 고추장을 달라는 군인에게는 간장을 덤으로 주고, 미군이 들어오면 무섭다고 하면서도 다가가서 인사를 하고 뭔가 주고 싶어 안달을 하셨다. 남은 감자튀김을 싸 갖고 오고 싶었으나 차마 그런 말은 나오지 않아 조금 남겼다. 배고프지 않은 척, 남기는 게 예의일 듯해서 그랬는데, 조금이라도 갖고 올 걸 하는 후회가 들었다. 잠시라도 머리를 식히고 싶어서 한세상은 식당 옆에 있는 작은 목장을 구경하러 갔다. 하얀 얼굴에 주근깨가 많은 아가씨가 말에게 물을 뿌리며 목욕을 시키는 듯했다. 다가가서 인사를 건네니 수줍은 얼굴로 도망가듯이 사라졌다. 한세 상은 나쁜 사람 아닌데, 서툰 영어가 불안해 보였나 보다.

밖으로 나오니 아직도 소나기는 멈추지 않았다. 도로는 넘쳐흘 렀고, 떠내려가는 승용차도 있었다. 아니 무슨 이까짓 비에 차가 떠내려가다니. 웃기는 도시다. 다시 식당으로 들어가서 비가 멈추 기를 기다리며 한세상은 주인아주머니에게 말을 걸었다.

"여기는 하수도 시설이 없어요. 이렇게 소나기가 내린 건 30년 만이라고 하는데, 큰일 났습니다. 슈퍼에는 우산도 팔지 않아요. 이곳 사람들은 비 구경을 못 해서 아마도 전부 비를 맞으러 거리 로 나왔을 겁니다."

식당에 있는 TV 뉴스는 '라스베가스 장마 피해'를 보도하고 있 었다. 겨우 50mm가 내렸다는데.

* * *

"이틀을 굶었습니다. 도와주십시오. 아이들이 기다리고 있습니 다."

'죽음의 계곡'을 구경하고 돌아오다가 한세상은 후버댐을 보려고 남쪽으로 차를 몰았다. 한참을 달리다 보니, 사막 한 가운데 사거리에, 작은 종이조각에 "도와달라."는 글씨를 써서 목에 걸고, 서 있는 사람이 있었다. 키도 크고 잘생겼다. 여기에도 이런 사람이 있다니 참, 웃기는 상황이다. 세계 최대의 강대국 미국에도 거지가 있다니. 겉으로 보기엔 멀쩡해 보이는데. 이런 뙤약볕에 사막 한가운데서, 모자도 쓰지 않고, 하루 종일 저러고 있다니. 무슨 일을 하던 사람일까? 문득 한국에 있을 때 담배를 구걸하던 청년이 생각났다. 멀쩡한 허우대와 경제적 자립 능력은 아무런 상관관계가 없는 것일까? 어떤 사연이 있겠다 싶었다. 회사를 그만두고 나왔는데, 일자리를 쉽게 얻지 못했을 수도 있다. 가까이라도 있으면 동전이라도 넣어 주고 싶지만, 아니 한세상 형편도 그보다 나을 건 없지만, 그래도 그렇지. 어떻게 그냥 지나칠 수가 없었다. 차를 세우고 지갑을 꺼내려는데, 뒤에 따라오던 차가 클랙슨을 울리는 바람에 한세상은 정신을 차리고 다시 출발했다. 인생은 운도 있고 팔자도 있다. 세상이 다 그런 거다.

"미안해 거지야. 나도 거지야."

***

어둠이 깔린 저녁. 돌아오는 길에 호텔로 가서 카지노 게임을 하고 싶었지만, 돈만 날릴 것 같아 한세상은 그냥 집으로 향했다.

누구든지 카지노에 들어가면 돈을 잃는다고 했다. 행운의 여신은 자주 오지 않기 때문에 늘, 그런 유혹에서 벗어나야 한다고. 라스베가스를 간다고 하니까 친구가 말해 줬다. 돈만 많이 있으면야 조금 놀 수도 있지만, 언제 다시 돈을 벌 수 있을지 정해지지 않은 상황에서는 한 푼이라도 아껴야 하는 거 잊지 않아야 한다. 부자들도 카지노 와서 재산을 날린다는 이야기는 귀 따갑게 들었다. 제 아무리 인내심이 강해도 게임기계 앞에서는 참을 수가 없으니 아예 근처도 가지 말라고 했는데, 여기는 가는 곳마다 카지노 투성이니, 어찌 눈 뜨고 다니란 말인지 한세상은 알 수가 없었다.

한세상은 어제 저녁에 길에서 봤던 아가씨들 중에 한 명을 집으로 불렀다. 그냥 노닥거리면서 여자와 놀고 싶었다. 작달막하고 예쁘장한 20대 초반의 여자인 듯했다. 까무잡잡한 얼굴에 까만 눈동자가 매력적이었다. 여자는 문을 열고 들어오면서 방 안을 살피더니 멈칫멈칫 했다. 가재도구도 없고, 살림도 없는 거실에 딱 하나 놓여 있는 여행 가방이 낯설어 보였나 보다. 그렇겠지. 여행자들이 많이 오는 지역이지만, 천연덕스럽게, 아주 자연스럽게 놀러 오라고 한 나를 차마 여행객인 줄 알았을까? 이런 때 국적을 묻거나 나이를 묻는 건 촌스러운 일이다. 어디서부터 무엇을 해야 할지 몰라서 앉을까 말까 망설이는 그녀에게 한세상은 선 채로 맥주 한 잔을 권했다. 한세상이가 그녀에게 원하는 건 딱 한 가지뿐이다. 그냥 앉아서 노닥거리며 대화하는 거다. 그게 마음에 들지 않

으면, 그냥 편히 쉬었다 가라고 했다. 어떻게 해야 할지 모르는 그
녀에게 그냥, 편히 앉아만 있으라고 의자를 권하고 식탁 위에 맥주
잔만 채워 주었다. 한세상은 외투를 벗으려고 하는 그녀에게 가까
이 다가가서 그냥 앉으라고 했다. 편히 앉아서 이야기를 하라고 했
다. 무슨 이야기든지 하고 싶은 대로 하라고 했다. 그리고 음악을
틀었다. 세상이가 제일 좋아하는 파가니니 바이올린 협주곡이다.

　10분도 되지 않아 그녀는 울기 시작했다. 한세상은 그녀에게 왜
우느냐고 묻지 않았다. 그냥 바라만 보았다. 울고 있는 그녀가 더
욱 예뻤다. 옷을 벗기고 싶었지만 참았다. 스스로 벗으려고 하는
그녀에게 어깨만 두드려 주었다. 벗지 않아도 되니까 가만히 있으
라고 했다. 그게 목적은 아니었다. 아무리 한 달을 굶어도 참을 수
있는 게 또 남자다. 그녀는 아프리카에서 왔다고 했다. 묻지 않은
말에 대답하는 게 우습기도 했지만 귀여운 그녀의 울 듯한 미소가
더욱 예뻤다.

　"저는 아프리카 난민입니다. 아빠는 여기 근처 호텔에서 청소하
고 있습니다. 엄마는 3년 전, 배를 타고 도망을 나오다가 지중해에
서 빠져 죽었습니다. 오빠는 바로 이 옆에 있는 호텔 유리창을 닦
다가 떨어져 죽었습니다. 저는 오늘 선생님을 사랑해야 합니다."
　"아, 그래요? 힘들었군요. 사랑은 나중에 해도 되요. 급하지 않
아요. 이렇게 예쁜 아가씨."

"그런데요. 저는 아저씨가 이상해요. 왜, 저를 불러 놓고 이야기만 해요? 저는 이런 사람, 처음 보았어요. 남자 맞아요? 돈은 있어요? 뭐 하시는 분인가요? 차라리 저를 괴롭히세요."

"아, 그렇군요. 돈 먼저 드릴게요. 미안해요. 그냥 조금 기다려 주실래요?"

"그게 아니라, 돈 얘기가 아닙니다. 제가 기분이 좀, 그래요. 저도 여자입니다. 그런데 당신은 왜, 저를 친구처럼 대하시나요? 저는 당신의 친구가 아닙니다."

한세상은 고정약진(Fixed Drug Eruption)이 있어서, 피린이나 설파, 박트림, 겐타마이신 등 특정의 항생제를 먹으면 금방 죽을 수도 있으며, 그래서 성병에 걸리면 안 된다는 설명을 할 수는 없었다. 회사를 다닐 때, 노사관계 업무를 맡아 정신적인 스트레스를 받아 대상포진이 왔고, 치료를 하는 과정에서 약물에 이상이 생겨 특이체질로 변했다는 걸 영어로 설명할 수 없었다. 한세상은 여기에 취직하러 왔다는 말은 더욱 하기 싫었다. 한국이 어디에 있는지도 모르는 어린 아가씨에게, 우리나라가 경제 위기에 빠져 IMF로부터 돈을 빌렸으며, 세상이의 회사에서도 직원들을 잘라 내고, 자신은 구조조정을 당해서 사표를 내고 이곳으로 일자리를 구하러 왔다는 말을 할 필요는 없었다. 미국으로 이민을 오고 싶다는 말도 절대로 하고 싶지 않았다. 아니, 할 필요도 없는 말이다. 영어가 짧아서가 아니라, 무슨 말인지 이해를 할 수 없을 거니까.

여자들은 남자들의 문제점이나 깊은 속을 이해하지 못한다. 남자가 여자를 이해하지 못하듯이. 아니, 인간이 사람을 이해하지 못하듯이. 같은 말을 하는 사람들끼리도 오해를 하고 싸움을 하고, 별 거 아닌 일로 갈라서듯이, 상대방을 이해한다는 건 위험한 일이기도 하다. 제대로 알지 못하면서 아는 척하는 건 더욱 위험한 일이다. 어쩌면 서로 이해하지 못하는 게 더 나을 수도 있을 거였다. 아마도 이해하지 못하기 때문에 언어가 발달되었는지도 모른다. 서로 이해하고 싶지 않은 관계가 살아가는 데 있어서 훨씬 쉬울지도 모른다. 그래서 동물들은 말을 하지 못하고 글을 쓰지 못하는 것 같다. 그게 더 편하니까. 서로 이해를 하려고 하지 않으니까. 그런 생각도 하기 싫을 거다. 먹을 게 많고, 그냥 살아 있기만 하면 되니까. 말이 필요 없고 생각이 불필요한 동물의 세계가 한세상은 부러웠다. 지금 그런 거다. 그런데 한세상은 지금까지 그게 싫었다. 그냥 살아 있는 것에 만족하면서 살기 싫었다. 그래서 여기까지 온 거다.

그런데 지금 한세상은 그렇게 살기가 싫은 거다. 이런 얘기를 어떻게 이 여자에게 말로 할 수 있을까? 어차피 옷을 벗길 것도 아니면, 그냥 앉아서 바라만 보는 게 더 낫겠다는 생각이 들었다. 바라만 보면서 상상하는 것도 얼마나 좋은지 오늘 알았다. 맞다. 사랑은 서로 바라만 봐도 되는 거다. 꼭 섹스를 해야만 하는 건 아니다. 하지 않아도 되는 걸 하면서 헤어지고 멀어지는 사람들이 얼마나 많은지. 말도 그렇고, 행동도 그렇고, 그것도 그렇다. 해서는 안 되는 거, 하지 않아도 되는 거, 참을 수 있는 거, 필요하지 않은 거를 해서 멀어지고 싸우고, 헤어지는 사람들도 얼마나 많은지. 해서는 안 될 말을 하거나 보내지 않아도 되는 글을 보내서 피해를 보는 사람이 얼마나 많은가? 국가도 그렇고 가족도 그렇고, 한세상도 여러 번 그랬다. 그래서 한세상은 바보가 아닌 줄 알고 살아왔다. 그런 바보가 지금 여자를 앞에 두고 밤늦게까지 바라만 보고 있으니, 말도 통하지 못하는 아이랑. 한세상은 바보다.

이런 상황에서는 서로 사랑하지 않아도 된다고 이야기할 뻔했다. 사랑은 몸으로만 하는 게 아니라고 설명해 주고 싶었다. 그러나 이미 그녀는 한세상에게 호기심을 갖고 있고, 그녀는 한세상을 좋아하는 것 같았다. 여자를 불러 놓고 맥주만 마시며 수다를 떠는 남자가 궁금할지도 모르지. 흑인도 아니고 백인도 아닌 그녀의 하얀 이빨과 까만 입술은 매력적이었다. 한세상도 그녀의 모든 게 궁금했다. 태어나서 이렇게 예쁜 여자는 처음 보는 것 같았다. 그냥 바라보기만 하는 데도 불끈 달아올랐다. 밤새도록 할 수 있을 것 같았다. 특히 그녀의 까만 이마와 곱슬머리는 인간의 모든 매력을 보여 주고 있었다. 아마 깊은 숲길도 그럴 거라는 상상이 충분했다. 그러나 그녀는 너무 어렸다. 밤이 깊어지기 전에 돌아가라고 했다. 돈 몇 푼 쥐어 주고 나가라고 하는 게 미안했지만, 집이 어디인지, 사는 곳이 어떤지 한세상은 그녀에게 묻지 않았다. 알아도 소용없는 질문은 할 필요가 없는 거다. 쓸데없는 질문을 형식적으로 묻는 건 고문이다. 반드시 물어보아야 할 질문이 있고, 묻지 않아야 할 질문이 있다. 질문의 수준이 그 사람 수준이라고 배웠다. 알면서 물어보는 질문은 나쁜 질문이다. 묻지 않아야 하는 질문을 묻는 것은 인간에 대한 예의가 아니다. 묻지 않아야 하는 질문은 묻지 않는 게 예의라고 했다. 한세상은 그녀에게 예의 있는 사람으로 인정받고 싶었다. 그 밤중에 그녀에게, 다시 보지 않을 그녀에게 그런 질문을 하는 건, 인간에 대한 폭력이다. 여성에 대한 폭력은 성폭력만을 말하지 않는다. 언어폭력도 폭력이다. 어쩌면 언어는 칼이나 총보다 아니, 성폭력보다 더 강할지도 모른다. 그걸 참을 수 있는 게 인격이다. 지금 인격을 생각할 때니? 바보. 그래도 한세상은 참았다.

섹스 앞에서도 인격은 있다.

***

한세상이 월요일부터 출근하는 회사는 네바다주의 전기를 공급하는 작은 전력회사였다. 인도와 중국, 필리핀 등 여러 나라에서 온 사람들이 제각각의 발음으로 영어를 하면서 일을 하는 것 같았다. 임시직, 계약직, 시간제 근로, 정규직 등 다양한 직종의 사람들이 각자 다른 입장에서 일을 하고 있다고 했다. 나이나 국적을 묻지 않으며, 종교와 직무도 각자 다르니, 서로 신경을 쓰지 않는 듯했다. 맞아. 이렇게 사는 게 편한 거다. 초면에도 불구하고, 만나기만 하면, 나이 묻고, 고향 따지고, 교회를 다니냐, 성당을 다니냐고 묻고, 출신학교와 전공까지 묻는가 하면, 이혼한 여성에게 왜 재혼은 하지 않느냐고 도움도 되지 않는, 오히려 불쾌감을 주는 질문을 서슴없이 하는 민족은 아마도 한국인밖에 없는 것 같았다. 여러 직원들과 함께 점심을 먹으러 갔는데, 어느 여자 두 명은 포크나 나이프를 사용하지 않고, 음식을 손으로 먹기도 했다. 맞아. 그런 게 편한 거다. 그게 문화라면 어쩔 수 없다.

두어 달이 지날 때쯤, 하얀 얼굴의 인사담당 매니저가 아닌 다른 남자가 한세상을 불렀다. 뚱뚱하고 시커먼 그는 찢어진 청바지를 입고 있었다. 여기가 회사인데 이렇게 입어도 될까 하는 의심도 들었다. 인사도 대충 하고 다가온 그는 험상궂은 얼굴로 억지의 웃음을 지으며, 한세상에게 서류 한 장과 봉투 한 개를 내밀었다.

"미안하지만, 여기에서는 오랫동안 일할 수 없을 것 같습니다. 그동안 일하신 급여와 교통비 및 몇 가지 수당은 포함되었습니다. 여기 있습니다. 다른 질문이 없으시면 돌아가시지요."

급여를 봉투로 주다니? 그러는 게 이상했다. 현금인지 아닌지 열어 보고 확인하고, 계산하면서 따지고 싶었지만, 한세상은 대답도 하기 싫었고, 말도 걸기 싫었다. 오늘 인터뷰는 짧았다. 또 한

번 잘리는 데 무슨 할 말이 있겠나 싶었다. 고맙다는 말도 못 하고 사무실을 나오는데 누군가 문을 열어 주었다. 아침마다 인사를 건네던 절름발이 수위 아저씨였다. 한국 미군부대에서 근무하던 중 지뢰를 밟아 발을 다쳤다고 했다. 한국으로 돌아가게 되었다고 하니까 그는 서랍에서 과자 한 봉지와 사진 한 장을 주며, 자기를 잊지 말아 달라고 했다. 한세상은 갑자기 눈앞이 깜깜해지는 걸 참을 수 없어 눈을 비볐다.

"이제 다시 가야 하나? 어디로 가지? 갈 곳이 있나? 뭐 하지? 진짜 시골에 갈까? 다시 취직을 해야 하나? 한국엔 일자리가 없는데, 뭐 하지? 서울갈 차비는 남았나? 진짜 차비는 준 건가? 월급이라고? 왜, 월급인지 주급인지 시급인지 묻지도 않았지? 처음부터 계약서라도 쓸 걸. 아이들에게 뭐라고 말하지? 낯선 여행, 잘 다녀왔다고 해야지."

자신의 인생은 참으로 빙빙 돌아가는 인생인 듯싶다. 어려서부터 지금까지 고생만 해 왔다. 보상은 적었다. 그래도 한세상은 다시 살아가야 한다.

한세상은 곧바로 공항까지 내려와서 한국으로 가는 비행기표 예약을 했다.

내일 저녁엔 집에서 잔다.

13

행복과 불행의 이중창

정말 이럴 수가 있을까? 그래 그럴 수도 있지. 방금 타려고 했던 서울행 비행기가 고장이 났다(malfunction)는 방송이 나왔다. 그렇다고 비행기가 못 뜨나? 다른 비행기로 대체를 하지도 못하나? 여기가 미국이라고? 선진국이라고? 웃기는 일이다. 세상에는 웃기는 일이 참 많다. 10년 전에 배운 기술을 써먹겠다고 여기까지 오는 거나, 영어도 못하면서 취직하고 싶다고 미국으로 오는 거나, 그렇게 많은 비행기와 공항을 갖고 있는 미국에 비행기가 없다고, 비행기 대신 숙박비를 준다고 하는 거나, 모두 웃기는 일이다. 그래서 세상이 재미가 있는 거라고 한세상은 생각했다. 슬플 때도 웃음이 나오고, 기쁠 때도 눈물이 고일 때가 있다. 너무 기뻐서 울기도 하고, 너무 슬퍼서 웃기도 한다. 지금은 웃어야 하나, 울어야 하나, 주저앉아야 하나? 다시 일어서야 하나? 힘차게 일어나서 손을 털고 만세를 불러야 하나? 내일 집에 도착한다고 했는데. 어쩌나?

제 시간에 뜨지 못한 비행기에 대한 책임으로 1인당 100달러씩 나누어 준다는 방송이 나온다. 설마 100달러를 카지노에 쓰라고 일부러 비행기가 고장이 났다고 하는 건 아닐 테지. 호텔까지 지정해 주었지만, 호텔마다 카지노가 있다는 건 다 안다. 항공사와 호텔이 협력해서 사업을 하는 건 아니겠지? 카지노에 들어가면 100달러만 뿌리겠어? 아마, 홀랑 털리고 집에 가지 못하는 사람들도 있을 거다. 라스베가스는 가는 곳마다 게임 기계가 있다. 아주 다양한 모양의 카지노 기계들이 놓여 있다. 호텔에만 있는 게 아니라, 길거리에도 있고, 슈퍼마켓에도 있고, 식료품점에도 있다. 미친 나라다. 웃기는 일이다. 맞다. 미친 짓이 웃기는 거다. 이런 걸 보고 웃긴다고 보는 게 미친 거다. 정답이 없다. 인간 역사에 정상이 있었는가? 무엇이 정상인지 누가 아는가? 비정상이 정상일 때가 얼마나 많고, 정상이 비정상으로 보이는 건 또 얼마나 많은지, 한세상은 온갖 묘한 생각을 다 했다. 쓸모없는 잡념들로 가득했다.

이런 공돈이 생긴 상황에서 호텔 방으로 일찍 들어가 잠을 잘 사람은 없다. 한세상은 절대 그럴 사람이 아니다. 1층 로비에 있는 작은 기계 앞에 섰다. 주변에 누가 있는지 두리번거리면서 천천히 지갑을 열었다. 언제부턴가 눈치를 보는 습관이 생겼다. 한세상은 원래 눈치가 없는 사람인데, 얼마나 힘들게 살았으면, 눈치가 이 수준까지 발전했는지 자신도 모르는 일이다. 눈치 빠르고, 약삭빠르고, 아부도 할 줄 알고, 냉정한 마음을 가졌다면 아마도 벌써 출세를 했거나, 고관대작이 되었을지도 모르는 일이다. 그래서 아내는 한세상에게 늘 말했다. 눈치 좀 보고 살라고. 한세상 엄마도 그러셨다. 너는 눈치가 너무 없어서 이 다음에 고생 좀 할 거라고. 그래서 지금 한세상은 고생을 하고 있는 거다.

한세상은 아주 조용히, 천천히, 소리 나지 않게 코인을 넣었다. 10분이 지났을 때쯤, 아니? 이게 무슨 날벼락인가? 800달러 코인이 쏟아진 거다. 이럴 때는 어떻게 해야 하는지 모르겠다. 정말. 어떻게 해야 할지 망설이며 눈치를 살피는데 어디선가 까만 원피스의 아가씨가 다가오더니, 갑자기 축하한다면서 한세상에게 악수를 청했다. 이게 악수할 정도로 축하할 일인지 세상은 아직 모르겠고 그냥 어안이 벙벙할 뿐이었다. 그녀는 이상하게 생긴 핀을 기계에 꽂아 놓고 현금 800달러를 한세상에게 쥐어 주었다. 아마도 100만 원 가까이 되는 듯 했다. 비행기 놓치고, 호텔 잡아 주고, 100만 원 벌게 해 주고. 행운이다. 이런 상황에서 이런 행운이 오다니? 한세상은 자신이 행복한 사람이라고 생각했다. 불행하지만, 행복한 놈이다. 아니다. 행복과 불행을 겹으로 갖고 다니는 사람이다. 불행 중에도 행복을 느끼고, 행복하다가도 불행해질 때가 있다. 불행과 행복의 경계를 모르는 사람이거나 그 경계를 넘나드는 사람이 한세상이다.

그래서 한세상은 이대로 잠을 잘 수 없었다. 까맣고 가느다란 그 소녀를 다시 불러 볼까 하고, 호텔 뒷골목으로 돌아서는데, 갑자기 한세상 어깨를 툭 치는 사람이 있었다. 깜짝 놀라 뒤돌아보면서 곧바로 놀랐다. 아뿔싸. 이럴 수가? 바로 그 여자였다. 과외학생 집 엄마, 야하고 예쁘고 친절한 그 아줌마였다.

"여보세요. 혹시, 흑석동에 사는 학생 아닌가요?"
"아니, 사모님께서 어떻게 여기를? 여기서?"
"왜, 여기는 뭐 별 곳인가요? 내가 눈썰미가 있지요. 뒤에서 보니 걸음걸이가 딱 맞던데 뭐."
"아니 그런데 여기는 무슨 일이신가요? 여행 오셨나요?"
"그게 아니라. 내가 서울에서 벤처 사업을 하려고 하는데, 마침 지금 이곳에서 글로벌 벤처기업 포럼이 열리잖아요. 그래서 투자자를 구해 보려고 왔어요. 저녁에 별일 없으면 맥주나 한잔하실까요?"

뜻밖의 전개되는 상황에 한세상은 당황한 마음을 감출 수가 없었다. 이런 식으로 얽히는 경우도 있나? 한세상과 다르게 아줌마는 별로 놀란 기색도 없이 한세상이의 대답을 기다리고 있었다.

"오늘은 좀 그렇고, 서울 가서 찾아뵙겠습니다."
"무슨 찾아뵙는다고? 그냥 놀러 오는 거지. 오늘 같은 만남, 쉽지 않으니, 일단 한잔합시다. 사업 이야기도 좀 하자구요."

이런 만남이 또 이루어진다고 상상해 본 적이 없는 한세상은 이 것이 우주가 정해 준 운명인가 싶었다. 그 부잣집 마나님을 이런 곳에서 이런 상황에서 만나게 되다니? 벤처사업인지 도박기업인 지 알 수 없으나, 어쩌면 운명을 고치게 될 기회가 온 것인지도 모른다고 생각했다. 순간적으로 머리는 빠르게 돌아갔다. 이런 기회를 놓치는 건 바보다.

한세상은 알겠다고 대답하고 아줌마를 따라 식당으로 향했다. 두 사람은 밤새도록 사업 이야기를 하면서 대망의 꿈을 꾸었다. 꿈으로 끝나지 않길 바라면서 침대 위에서 설계도를 그리고, 미래의 그림까지 그렸다.

서울로 날아가는 비행기를 탈 시간이 조금 남았다. 한세상은 어젯밤 그 아줌마 아니, 과외수업 사모님과의 대화가 지워지질 않았다. 잘하면 벤처기업 경영자가 될지도 모르겠고, 혹시 벤처협회 부회장이 될 수도 있을 듯했다. 이러다가 장관이 될지도 모른다. 상상과 망상, 꿈과 희망은 한 끗 차이라고 했다. 진한 커피나 한잔 하려고 공항 라운지 커피숍을 찾다가 서점을 발견했다. 두리번거리며 책 구경을 하는데 특별한 책 한 권이 한세상의 눈에 띄었다. 책 제목은 『성공의 법칙(Law of Success, 나폴레옹 힐 지음)』이었다. 두꺼웠다. 1,500페이지 정도 되는 듯했다. 머리말만 읽어야지 하다가 목차까지 읽고 샀다. 백 달러도 더 될 줄 알았는데, 겨우 19달러였다. 80여 년 전에 나온 책인데, 겉보기에도 예사롭지 않았다. 어서 빨리 읽어야지. 이 안에 뭔가 있을 것 같았다. 벤처사업가와 이 책을 동시에 만난 건 무슨 징조같이 느껴졌다.

"제발 이 비행기가 지금 이대로 태평양 바다에 떨어지기를 원합니다. 4억 원이면 충분합니다. 그 정도면 저희 가족이 얼마간 먹고살 수 있을 것입니다. 그게 아니라면, 제발 그 아줌마의 사업 투자가 잘 이루어져서 제가 벤처기업가로 성공할 수 있도록 도와주시기 바랍니다. 신의 은총을 기원합니다. 저는 지금까지 다른 사람에게 해를 끼친 적이 없으며, 이웃을 불행하게 만든 일이 없습니다. 좀 이기적인 면은 있었고, 나 자신만의 성공을 위해 독단적으로 살아오긴 했지만, 게으른 적은 없었고, 늘 부지런했고, 성실하게 살아왔습니다. 신이시여, 은총을 내려 주옵소서."

서울로 돌아오는 비행기가 태평양 상공을 날아갈 때 한세상은 간절히 기도했다. 인천공항에 내리면서 또 결심했다. 한세상의 결심은 한두 번이 아니다. 날마다 결심하고 날마다 후회하고, 날마다 반성하니, 얼마나 재미있는 '날마다 결심'인가?

***

집에 도착하자마자 한세상은 가방을 풀어 책을 꺼냈다. 나폴레옹 힐의 『성공의 법칙(Law of Success)』. 두툼한 책이 어쩐지 신뢰감을 준다. 책은 밥 한 끼 먹을 돈도 없던 나폴레옹 힐이 앤드류 카네기를 찾아가서 사정을 말하면서, 도움을 받고자 했다는 이야기로 시작했다.

"힐, 당신이 제가 아니라도 못 할 일이 있겠소만, 지금부터 제 말을 잘 들으시오. 이 지구상에는 성공한 사람과 실패한 사람이 반반이오. 성공한 사람도 실패한 적이 있고, 실패한 사람도 성공한 때가 있소. 하지만, 당신이 할 일은 성공한 사람 500명을 선정하여, 그들의 공통점을 찾아내는 것이오. 반드시 공통점이 있을 거요."

그로부터 나폴레옹 힐이 20년 동안 성공한 사람들을 만나고 연구하고, 정리해서 쓴 글이 이 책이라는 거다. 딱 한 줄의 글이 인상적이었다.

"당신이 할 수 있다고 믿으면 할 수 있다.
(You can do it if you believe you can.)"

한세상은 생각했다.

"그래, 뭐든지 생각하기 나름이야. 내가 이렇게 간절한데, 최선을 다한다면 안 될 일이 있겠어? 이건 기회야. 신이 내게 내려 준 기회. 이걸 살린다. 그리고 나는 다시 일어서는 거야!"

14

벤처 사업가의 몰락

한국에 돌아온 지 사흘 후, 한세상은 과외수업 아줌마 아니, 벤처사업가를 만나러 갔다. 그녀는 정말 많이 변해 있었다. 한세상이 학생들을 가르치려고 드나들던 흑석동의 아줌마가 아니었다. 더욱 예뻐졌고, 날씬해졌고, 화장이 더 진해졌다. 온몸으로 "나를 사랑해 달라."고 말하는 듯했다.

"저, 사모님, 제가 드릴 말씀이 있습니다."

"제발, 그러지 말라고 했지요? 사모님은 무슨 사모님. 회장님으로 부르세요. 이제 나는 회장이고, 당신은 부회장입니다. 촌스럽게, 그렇게 이야길 해도 알아듣질 못하시나. 제발 촌티 좀 벗으세요. 좀 고급스럽게 행동하세요. 옷 입는 것도 그게 뭡니까? 촌놈처럼. 예나 지금이나 눈치가 없군."

"그래도 그게 아니지요. 사모님."

"그게 아니긴 뭐가 아닌가? 어른이 시키면 시키는 대로 하면 되지."

"아, 네. 알겠습니다. 회장님, 그런데… 얼마면 되나요?"

한세상은 조마조마한 마음으로 가장 중요한 질문을 던졌다. 뭐든지 성공하려면 종잣돈이 있어야 하기 마련이다. 씨앗 없이 나무가 클 수는 없다. 사모님, 아니 회장 아줌마는 말했다.

"내가 한세상 부회장에게 현금을 대라고 하는 게 아닙니다. 나도 그 정도쯤은 있으니, 돈 걱정하지 말라고. 다만, 이번에 벤처기업 투자자들 끌어 모으려면, 예금에 등록된 자금 즉, 자산이 기본적으로 얼마는 있어야 하고, 이에 대한 보증이 필요하니, 적당한 부동산이나 땅 좀 있으면, 3개월간 명의만 빌려주면 될 겁니다."
"그거야 어렵지 않지요. 금액은 얼마나 되는지요? 저도 서울 집 말고, 시골에 땅이 좀 있습니다. 아직은 부모님 소유로 되어 있지만, 제가 장남이니까, 서류로 처리하는 건 걱정하지 마세요."
"금액은 염려하지 않아도 돼. 어차피 임시로 계약하는 거니까."
"그래도 좀 알아야 하지 않을까 해서요."
"한 부회장, 자네는 아직도 나를 믿지 못한다는 건가? 이 사람아, 돈은 있다가도 없고, 없다가도 있고. 그런 말 모르나? 이 참에 큰돈 벌게 해 줄 테니 나만 믿으라고. 우리가 어떤 사인가? 자네가 한창 힘들 때, 우리 집에 들어와서 애들 가르칠 때, 내가 어떻게 해 주었는지 벌써 잊었나? 과외비도 두 배씩 주고, 철이 바뀔 때마다 옷 사 주고, 용돈도 넉넉히 주고, 또 더한 것도 많이 주지 않았나?

참, 답답하네 그려."

"아닙니다. 절대 그렇지 않습니다. 제가 어떻게 사모님, 아니 회장님의 은공을 잊겠습니까? 잘 알았습니다. 걱정하지 마십시오."

한세상은 이제 벤처기업의 부회장이다. 더 이상 따지고 고민할 겨를이 없고, 다른 생각할 여지도 없다. 저지르는 거다. 덤비면 된다. 이리 재고 저리 따져서 되는 일이 없다. 지금까지는 너무 따지고 재고, 눈치 보면서 사느라고 좋은 기회 다 놓친 것이다. 어서 빨리 일을 저질러야 한다.

한세상은 양주 두 병을 사고, 소고기 여섯 근을 사고, 양담배도 사고 곧바로 시골로 갔다. 노인정에 계신 아버지와 아버지 친구분들께 양주를 따라 드리고, 담배를 나누어 드렸다. 해가 지도록 동네 어른들이 마시고 놀 수 있도록 소주도 두 박스를 더 사서 넣어 드리고, 서둘러 집으로 돌아와서 외양간 구석에 감추어 둔 아버지 인감도장을 꺼냈다. 부리나케 면사무소로 달려가 인감증명을 떼고, 김장독과 함께 땅 밑에 감춰 둔 등기권리증을 훔쳤다. 다음 날, 고향친구 두 명을 다방으로 불러내어 사업 보증이야기를 꺼내니 펄펄 뛰면서 놀라는 거였다. 그러나 한세상이 누구인가? 어려서부터 착실한 모범생으로 인정을 받고, 공부만 하면서 착실하게 살아온 걸 모르는 친구는 없다. 그런데 지금, 착한 친구들에게 아쉬운 부탁을 하게 된 거다. 최악의 조건은 아니었다. 친구들을 한참 설득한 끝에 아래위로 거짓말을 하는 한세상에게 친구들은 연대보

증만 서 주기로 했다.

일주일은 쏜살같이 흘렀다. 서울에 오자마자 다시 사모님을 만나서 서류를 건네주고, 또 좋은 시간 보내고. 그렇게 그렇게 두어 달의 세월은 꿈처럼 흘렀다. 꿈 같은 세월이었고, 평생 맛보기 힘든 시간이었다.

시청 앞 호텔 세미나실에서 개최한 벤처기업 포럼에서 사회를 보고 진행을 주도한 한세상은 많은 투자자들의 주목을 받으며 그녀와의 동업계약서에 사인을 했다. 한국에 돌아와, 일자리를 구하러 다녀야겠다는 걱정은 어느새 사라지고, 한국 벤처기업의 성공모델을 그리기 시작했다. 홍콩과 인도네시아, 미국과 프랑스를 연결하는 '글로벌 벤처기업', 얼마나 멋진 말인가? 꿈을 그리며 망상하는 것이 아니라 실제로 사업계획서를 쓰느라 날마다 밤을 새웠다. 가까운 곳에 멀쩡한 집을 놔두고, 시내 호텔에 묵으면서 해외사업가들과 토론을 하고 논쟁을 하면서 그림을 그리고 계산기를 두드리는 일은 한세상이 생각해 본 적도 없는 세계였다. 그런데 지금 한세상은 그것을 바꿀 일을 하고 있는 거다. 벤처기업 회장은 수시로 호텔을 들락거리며 한세상이 하는 일을 검토하고, 확인하고, 고객명단을 체크했다. 가끔은 호텔에서 한세상과 식사를 하고, 때로는 자고 갔다. 호텔에서 잠을 잘 때는 꼭 와인을 마시자며 한세상을 방으로 불렀다. 그런 시간이 나쁠 리가 없는 한세상은 적당히 즐기는 척하면서도 예의를 갖추었다. 회장은 회장이고 부회장은 부회장이다. 돈줄과 의사결정권은 항상 회장이 쥐고 있었다. 한세상은 심부름꾼이다. 그러나 이 또한 엄청난 기회가 될 것을 한세상은 짐작하고 있었다. 전 세계를 돌아다니며 벤처사업가들과 글로벌 기업을 엮어서 최고의 기업군(群)을 만드는 거다. 영어 한마디가 된다는 게 또 얼마나 다행인지. 평소에 영어공부를 좋아했던 한세상 부회장은 날아갈 듯이 기뻤다.

***

"앗, 부회장님, 이상합니다. '창(CHANG)'에 이상한 사람이 나타났습니다."

"그래요? 김 부장 다시 확인해 봐요. 우리 회원이 아닙니까?"

"아닙니다. 처음 보는 노인입니다. 한국인은 아닌 것 같습니다."

"그럴 리가? 창을 껐다가 다시 켜 보시지요."

5개국 현지인 책임자들과 인터넷을 통한 화상회의(On-Line Screen Meeting)를 하는 중에 이상한 사람이 들어왔다. '창(CHANG)'은 이번에 새로 개발한, 전 세계인들이 동시에 화상회의에 들어와서 영상으로 회의를 할 수 있는 최신의 인터넷 시스템이었다. 김 부장이 '창(CHANG)'을 껐다가 다시 켜자마자 또 놀란 얼굴로 소리를 질렀다.

"부회장님, 정말 이상합니다. 이번에는 어린아이가 들어왔습니다."

"여보시오, 김 부장. 지금 뭣 하는 겁니까? 애들 장난하는 거요?"

"부회장님, 제가 지금 여기가 어디라고 장난을 하겠습니까? 이리 와서 보십시오."

사실이었다. 창에 나타난 어린아이는 너댓 살 정도로 어려 보였는데, 제법 영어를 잘하는 거였다. 하지만 영어를 잘하고 못하고를 떠나서 보통 일이 아니었다. 국제적으로 회의를 하는 마당에 웬 어린아이가 멋대로 침입하다니? 당황한 한세상이 어떻게 대처해야 할지 모르고 머뭇거리는 동안 한쪽 모니터에 나타난 외국 사장이 불편한 표정으로 상황을 보고 있다가 딱 잘라 말했다.

"저는 인도네시아 사업부장입니다. 이번에 투자하기로 한 금액 20만 불은 취소하겠소."

한세상은 눈앞이 까마득해지는 것 같았다.

회원들 명단을 몇 번씩 확인하고, 정식으로 초대한 동업자들만 초대한 화상회의에 어떻게 낯모르는 이들이 불쑥 들어올 수 있단 말인가? 아무래도 해킹을 당한 것 같다는 생각이 들었다. 시스템을 껐다가 다시 켰다. 회의를 다시 시작하려고 하자 이번엔 예쁜 여성이 끼어들었다.

"안녕하세요? 저는 말레이시아 현지법인장 말레이입니다. 반갑습니다. 우리 회사 투자금액은 두 배로 올려 주시기 바랍니다."

사업과 관계없는 것처럼 보이는 사람들이 제멋대로 끼어들었다. 일시적인 시스템의 오류인지, 누군가 작전을 하는 것인지 알수 없었다. 도저히 있을 수 없는 일이다. 여러 나라 사람들이 모인인터넷 화상회의에서 망신을 당하게 생겼다. 한세상 부회장은 영상회의를 중단하고 사과문을 전했다.

회장이 한세상 부회장을 옆방으로 불렀다.

"어떻게 된 겁니까? 그게 있을 수 있는 일이라고 생각하세요?"

"아, 회장님, 저도 황당해서 이해할 수가 없습니다. 그럴 리가없습니다. 당장 시스템 개발업체에 연락해서 알아보고 조치하겠습니다."

"전 세계를 무대로 사업을 하겠다는 사람이 겨우, 시스템 고장으로 투자 회의를 망치다니 있을 수 없는 일이오. 혹시 고의로 그런 건 아닙니까?"

"아니, 회장님, 저를 어떻게 보시고 그런 말씀을. 하여간 저의불찰입니다. 내일 다시 개최하기로 하였습니다. 하루만 기다려 주십시오."

한세상은 얼굴이 똥빛깔이 되었다. 도저히 이해할 수 없었고,

어떻게 해야 할지 엄두가 나지 않았다. 시스템 개발 업체에 전화를 하니, 모두들 외근이라고 했다. 개발실에 있는 어느 젊은이가 전화를 받았는데, 한세상이 하는 말을 알아듣지 못하는 것 같았다. 개발 담당자는 해외출장을 갔다고 했다. 어찌해야 좋은가? 한세상은 앞이 캄캄해졌다가 노래졌다. 앉지도 못하고 서 있을 수도 없고, 안절부절하면서, 혼자 횡설수설했다.

"혹시 무슨 작당이 있는 거 아닐까? 혹시 회장의 짓은 아닐까? 그럴 리가 없다. 절대로 그럴 수는 없는 일이다."

불안과 초조, 온갖 망상에 빠져 가방을 챙기는 둥 마는 둥하고, 호텔 세미나실을 대충 정리하고 나와 화장실로 들어가는데 전화 한 통이 걸려 왔다. 알지 못하는 번호였다.

"여기 KK신용정보 회사인데요. 잠깐 만나 주실래요?"
"거기가 뭐 하는 곳인가요? 선생님, 누구신데요?"
"이 사람이 웬 말이 많아? 나오라면 나오는 거지."
"글쎄, 거기가 어디냐고?"
"야, 새끼야. 20억 원은 어느 집 개 이름이냐? 빨리 와서 갚으란 말이다. 미친놈아."

정신없이 대답을 해 놓고, 적당히 전화를 끊자마자, 또 한 통의 전화가 왔다.

"여기 경찰서입니다. 고소장이 접수되었으니, 내일 4시까지 신분증을 지참하시고, 방문해 주시기 바랍니다."

"경찰서? 내가 무슨 죽을죄를 지었나? 사기를 쳤나? 누가 나를 감히 고소를 해? 교통범칙금 위반이나 과태료는 조금 밀린 적이 있지만, 신호를 위반하거나 차선을 위반한 적도 있지만, 누가 나를 고소를 했다고? 고소야, 고발이야? 그게 무슨 차이가 있는 거지?"

한세상은 평생 경찰서는 서너 번 간 것으로 기억이 난다. 아버지가 동네 사람들과 싸우고 경찰서로 조사받으러 갔을 때, 큰아들오라고 해서 아버지를 모시고 경찰서를 갔었다. 항상 경찰서를 가면 공손하게 인사를 했다. 굳이 지은 죄가 없어도, 한세상은 경찰아저씨들에게 겸손하고 친절했다. 과태료가 밀려서 경찰서까지가서 직접 낸 적이 있다. 그때 커피를 타 주면서, "커피 천천히 드시고, 과태료는 조금만 내고 가세요."라고 친절을 베풀어 준 여자경찰을 잊을 수 없다.

평생 잊을 수 없는 경찰 조사는 대학생 때의 일이다. 20대 초반, 대학 3학년일 때, 군부정권을 비판하는 글을 신문에 실었다가 잡혀가서, 매 맞고 물고문 전기고문 다 당하고 일주일 만에 풀려난적이 있다. 그리고 바로 두 달 후, 광주에서 5.18민주화 운동도 일어났다. 한세상은 그때 쓴 글이 지금 읽어 봐도 틀린 데가 없다고 생각했다. 그땐, 그랬다. 그 시절은 그래야만 했다. 광화문에서 최루탄 던졌다고 맞고, 청와대 앞으로 화염병 던졌다고 잡혀가고, 시청 앞에 학생들끼리 모여서 떠든다고 매를 맞은 적도 있다.

경찰서에서 받는 문자가 좋을 리가 없다. 뭔가 새로운 일을 시작해도 시원치 않은 판에 정신을 혼란스럽게 하는 일이 바로 경찰서나 검찰에 끌려가는 거다. 온갖 궁금증과 불안이 머리를 스쳤다.

범인을 잡으면 가만두지 않겠다고 다짐을 했다. 다시 한번 경찰서로 전화를 걸었다.

"저, 혹시, 저에게 고소를 한 사람 이름을 알 수 있을까요?"

"당연히 알려 드리지요. 그는 마포에 사는 XXX입니다."

당장 경찰서로 달려갔다. 처음 보는 이름을 가진 사람이 제출한 고소장을 읽어 보면서 한세상은 세상을 한탄했다. 세상에나? 이런 일이 있을 수 있다니? 믿을 수 없었다. 고소장을 읽어 보니 이 정체불명의 인물이 누군지 알 수 있었다. 바로 회장이었다. 그년은 천재였다. 어떻게 한세상을 벤처기업의 대표이사로 등재를 해 놓고, 자기 자신은 경리담당 상무로 해 놓고, 모든 돈과 서류를 한세상 이름으로 등록을 하고, 그 많은 돈을 모두 다 한세상이가 빼돌리고 사기를 쳐서 도망갔다고 고소를 한 거였다. 얼마나 영특한 여우인지, 고소는 또 알지도 못하는 남자 이름으로 고소를 한 거다. 마포에 그놈이 누군지 알 리가 없는 한세상은 경찰에게 하소연을 하고 사정을 이야기했지만, 원칙주의적이고 정의로운 대한민국 경찰이 피고소인의 말을 근거 없이 들어 줄 리가 없다. 있을 수 없는 일이다. 누구를 탓하랴? 인감도장 주고, 인감증명서 떼어 주고, 땅 문서까지 준 바보가 문제지. 당장 그년에게 전화를 했다. 만나서 담판을 짓든지 머리끄덩이를 잡아채든지, 목을 비틀든지 해야 할 기세였다. 한세상 눈에 세상은 보이는 게 없었다. 이런 사기꾼은 한세상이가 아니더라도 죽여서 없애야 한다. 올바른 사회를 위해 정의롭게 살인도 할 수 있다고 생각했다. 안중근 의사가 이토 히로부미를 죽인 것만이 국가를 위한 일이 아니다. 당장 그런 년은 없애 버려야 한다. 씨종자를 말려야 한다. 받지도 않는 전화기를 내려놓으며 세상은 한숨만 쉬었다. 이제 어떻게 한다?

 "세상에나? 세상에! 그럴 수가 있구나. 맞아. 그럴 수도 있지. 그게 그렇게 된 거였군. 벤처사업 한답시고 별의별 사람 다 불러 모아 놓고, 시골 촌놈 땅 문서 가져다가 보증 세우고, 부회장이니 뭐니 직책을 준다더니, 인터넷 시스템 개발해서 화상회의를 한다고? 그때 눈치를 챘어야 했는데, 멍청한 놈아. 이제 어떻게 해결할 수 있을까? 비빌 언덕도 없고, 다시 재기할 시간도 없고, 누구에게 하소연하기도 창피하고, 가족들에게 말해 봐야 소용도 없을 거고, 찾아갈 선배도 없고, 이젠 그냥 죽는 게 가장 빠른 일이지. 어느 여배우의 영화 대사가 생각난다. '망해 보니까 알겠더라. 누가 친구인지.' 그년이 나를? 내가 사기를 쳤다고 나를 고소해? 미친년 같으니!"

한세상은 시동을 걸면서 하늘을 바라보았다. 이럴 때는 하늘이 노랗게 보여야 하고, 앞이 캄캄해야 한다고 들었는데, 한세상은 오늘따라 하늘이 더욱 푸르고, 앞은 환하게, 모든 게 멀쩡하게 보였다. 자신이 정상인지 비정상인지 알 수 없었다. 혹시 지금 미친 거 아닐까 생각했다. 뭐가 정상인지, 어떻게 해야 정상인 모습으로 살아갈 수 있을지 한세상은 알 수 없었다.

***

"내가 이런 말 하지 않으려고 했는데, 그래도 참을 수가 없어. 너를 위해서 하는 말이니, 야속하게 듣지 말고, 잘 이해하고 들어. 내가 처음 너에게 이런 말 한다. 너에게 돈을 빌려주지 않은 친구들을 서운하게 생각하지 말아. 그들은 너에게 잘못한 게 하나도 없어. 다 네 잘못인 거야. 그들에게 왜 그런 부담을 주었니? 그건 그들 잘못이 아니지."

일주일 후, 급한 돈을 빌려 볼까 하고 만난 고향 친구의 말이 끝나기 전에 이미 한세상은 야속한 마음이 들기 시작했다. 무슨 말을 하려고 하는지 다 알고 있었다. 미안하고 창피하고 쥐구멍에라도 들어가고 싶고, 여기서 그냥 뛰어내리고 싶었지만, 그러나 그럴 수는 없었다. 아무리 힘들어도, 공장에서 일하며 야간공고를 다닐 때도, 주머니에 돈이 마른 적은 없었던 한세상이었다. 학생들을 가르치며 대학을 다닐 때도 지갑은 항상 현금이 있었다. 해외연수를 발령 받고, 가족들과 함께 뉴욕 갔을 때, 센트럴파크 바로 옆, 가장 화려한 패션의 거리 5번가에서 쇼핑도 하고, 제일 좋은 호텔 플라자 19층에서 잠을 잔 적도 있는 한세상은 사실 대단히 철저하고 냉정한 꽁생원이었다. 얼마나 치열한 짠돌이로 살았는지, 엄마도 알고 친구들도 알고, 하늘도 알고 땅도 알고, 고향에 계신 이웃집 어른들도 알고 있다. 10원을 아껴 공책을 사고, 5원을 아껴 연필을 사고, 1원을 아껴서 도화지를 샀다. 100원이 없어 책을 못 산 적이 없고, 1,000원이 없어 등록금을 내지 못한 적이 없는 한세상이었다.

서울에서 제일 좋은 동네에 살면서, 아들 딸 모두 좋은 학교 보내고, 새 차가 나올 때마다 즉시 구매하기도 했다. 그 회사의 자동차가 새로운 브랜드를 만들 때마다 골고루 사서 탔다. 그 모든 게 가능했던 건 구두쇠처럼 한 푼 두 푼 모아 가며 인고의 세월을 견뎌 냈기 때문이었다. 하루 한 끼 아껴 가며 책 사고, 학원 다니고, 공부한 거, 친구들도 다 알고 있을 거다. 회수권을 반으로 찢어서 버스를 두 번 타려다가 안내양에게 걸려, 야단맞고 도망갔던 기억을 어찌 잊을 수 있을까? 그런 한세상이가 이렇게 되다니? 자신이 자기를 봐도 한세상은 불쌍하고 처절해 보였다. 남이 보는 한세상이 얼마나 더 가엾게 느껴졌을까? 세상이 이 꼴이 되다니. 어쩌다 여기까지 왔나?

공장에서 쥐약을 먹고 시도한 자살에 실패한 건 진짜 실패였다.

그날 그때, 그 길에서 갔어야 했다. 강물에 차가 빠져야 했고, 터널에서 트럭에 치어 죽어야 했다. 지금 여자 사기꾼에게 사기를 당한 건 한세상의 인생 최고의 실패다. 치욕이다.

포장마차에서 혼술을 하고 나와 한강변을 걸으며 세상은 가슴이 뻥 뚫린 것 같다고 느꼈다. 바람이 들어왔다가 나가면서 뭐라 형용할 수 없는 허무함이 두 눈의 눈물을 타고 흘러내렸다. 갑자기 텅 빈 가슴 안으로 뜨거운 무엇인가가 울컥 올라왔다.

"내가, 그렇게 열심히 살아왔던 내가 이 모양 이 꼴이 되다니? 이것은 도대체 누구의 탓인가? 그래, 나다. 내가 어리석어서 이렇게 되었다. 내가 지금 죽는다면, 살인범은 그 누구도 아닌 나일 것이다. 아무도 원망하지 말자. 오늘날의 내가 있기까지 수많은 고난이 있지 않았나? 나, 한세상은 그 고난을 모두 물리쳤다. 이번에도 다르지 않을 것이다. 아니다. 이제부터 자유다. 진정한 자유란 말이다."

그날, 한세상은 다시 결심을 했다. 사는 날까지 죽지 않기로, 죽기 전까지 더욱 열심히 살기로, 죽는 날까지 죽지 않고 살기로 했다. 그렇게 마음먹고 생각을 바꾸고, 결심을 하고 나니 무서운 게 없었다. 한세상의 모든 두려움은 사라졌다.

그날부터 한세상은 '보통인간'이 되어 가기 시작했다. 채권자가 전화를 걸어오면, 밝고 힘찬 목소리로, 반갑고 친절하게 받을 줄도 알고, 신용정보회사에서 연락이 오면 점잖게 야단도 칠 줄 알았다. 이자가 연체되었다는 전화가 와도, 전화요금이 밀렸다는 문자가 와도, 절대로 겁내거나 흔들리지 않을 수 있었다.

"그렇게 해서, 그런 짓해서 먹고사는 너희들은 또 얼마나 힘들겠니? 다 알았고, 다 알고 있으니 좀 기다려. 시간 충분해. 죽기 전까지 다 갚을게. 설령 좀 빚 좀 남기고 죽으면 어때. 빚이라고 꼭 갚아야 하고, 세금이라고 꼭 다 내야 하는 건 아니잖아? 바보들."

약속은 지키지 못할 수도 있고, 지킬 약속은 약속하지 않아도 지켜진다. 약속은 지켜야만 하는 게 아니다. 그냥 말뿐일 수도 있는 게 약속이다. 약속이나 법이라고 반드시 지켜야 한다는 법은 없다. 얼마 되지도 않는 공과금을 다 내라는 거나 기간이 지나면 이자가 늘어난다고 하는 것도 거짓말이다. 국가는 한세상이가 낸 세금만큼 세상에게 해 준 게 없다. 나라를 위해 무엇을 해줄 것인가를 생각하라고? 웃기는 소리다. 가장 쓸모없는 일이 쓸데없는 약속을 지키려고 노력하는 거다. 그보다 더한 건, 세금 꼬박꼬박 내고, 공과금 잘 내는 거, 이런 건 별로 중요한 게 아니다. 밀리면 밀린 대로, 없으면 없는 대로, 못 내면 못 내는 대로, 대충 사는 게 행복의 근원이다. 돈을 벌려고 아웅다웅할 게 하니라, 돈을 내지 않으려고 안간힘을 쓰는 것도 재주이고 기술이다. 채권자와 웃으며 악수를 할 수 있는 용기는 아무나 가르쳐 주지 않는다. 이렇게 소중한 걸 누가 가르쳐 줄까? 부모님도 가르쳐 주지 않고, 선생님 이나 교수도 가르쳐 준 적이 없다. 자식들에게도 가르쳐 줄 수 없 는 걸, 한세상은 그년에게 배웠다. 딱, 그년이다.

"내 눈앞에 걸리기만 하면 가만두지 않을 테다. 죽여 버려야지."

***

"선배님, 구좌번호 찍어 주세요. 지금 입금해 드릴게요."
"아니, 지점장님, 그건 안 됩니다. 개인 돈을 빌려 주신다고요?"
"아, 글쎄. 빨리 찍어 주세요. 이 다음에 생기면 갚으세요. 차용 증은 갚을 때 쓰세요."

대학 시절 친하게 지내던 후배를 은행에서 우연히 만나, 술 한 잔을 하다가 취한 김에 꺼낸 얘기를 듣더니, 그 후배가 흔쾌히 돈 을 빌려준다는 것이 아닌가? 이런 사람도 있다는 걸 알고 나서 한 세상은 또 인생이 더욱 값지게 느껴졌다.

"그래, 더욱 열심히 살아야지. 얼마나 고마운가? 이렇게 좋은 걸, 이렇게 어렵고 소중한 삶의 방식을 가르쳐 주었으니. 진작에 가르쳐 주지. 환갑이 다 되어 가르쳐 주다니. 그래서 나는, 나에게 잘못한 사람들을 모두 용서하기로 했어. 모든 걸 내려놓고, 주위의 모든 사람들에게 감사하며, 오늘만 잘 살기로 했어. 매일매일, 오늘만 잘 살기로 했지. 내일은 없어. 내일은 몰라. 내일은 생각하지 않는 거야. 이 얼마나 단순하고 명쾌한 논리인가? 논리인가 감정인가, 생각인가 마음인가? 그게 뭐 그리 중요한가? 오늘만 살면 되는데. 그리 생각하고 결심하니 뭐든 게 쉬워졌어. 간단해졌어. 글을 쓰든, 사람을 만나든, 밥을 먹든 오늘만 충실하면 되고, 지금만 최선을 다하면 되는 거야. 그게 인생이지. 무엇을 하든 그래. Carpe Diem~!!"

그렇게 저렇게 땅은 순식간에 날아가고, 집은 송두리째 날아갔지만, 한세상은 새로운 꿈을 틔우고 있었다. 콩나물시루에 콩을 얹혀 놓고 싹트기를 기다리듯이, 뭔가 도전할 수 있는 일거리가 있을 것 같은 희망을 만들었다. 이대로 망할 수는 없었다.

15

책의 맛 글의 멋

오랜만에 대학동창 친구들과 종로에서 만났다. 잘나가는 벤처 사업가도 있고, 명예퇴직을 하고 2년째 놀고 있는 친구도 있다. 부동산 사업을 하는 공인중개사도 있고, 영등포에서 포장마차를 하는 놈도 있다. 공사장에서 일당 받으며 벽돌을 나르는 친구도 있고, 10년째 택시운전을 하는 동창도 있었다. 거나하게 몇 잔이 돌면서 취한 김에 한세상이 입을 열었다.

"애들아, 들어서 알겠지만, 내가 한 번 집안을 말아 먹었다. 요즘 힘들게 버티고 있는데 말이야. 책이나 한 권 써 볼까 한다. 어느 대학에서 시간강사로 오라고 해서 그것도 생각 중이다. 어떨까?"

"미친놈, 네가 작가냐? 책을 쓰게. 책 써서 돈 번 놈 있냐? 요즘 누가 책을 읽냐? 그냥 나처럼 대리운전이라도 해라."

"솔직히 말해서, 너 박사학위도 없지? 그래서 어떻게 대학강사를 하니? 요즘은 해외박사들도 시간강사 얻기가 얼마나 힘든지,

세상물정을 모르는군."

"내가 할 말은 아니지만, 허황된 꿈 버리고, 시골 내려가서 농사나 짓는 건 어떻겠니?"

"야 임마. 너네들이 내 마음을 아냐? 미친놈들, 말을 꺼낸 내가 잘못이다. 그만하자. 나 먼저 갈란다."

기분이 상한 한세상은 술자리를 박차고 나와 지하철로 내려갔다가 반대편으로 다시 올라왔다. 조금 걷기로 했다. 아직 밤 10시도 되지 않았는데, 집으로 들어가기는 싫었다. 그렇다고 마땅히 갈 만한 곳도 없다. 먼저 다니던 회사 근처에 포장마차가 줄지어 있었다. 가장 손님이 적은 곳을 골라 들어갔다. 소주 한 병을 시키고, 김치파전을 시켰다. 혼자 생각에 잠긴다. 또 기와집을 짓는다.

"몸과 마음이 건강한 40대 남자가 1년 반을 놀면서 방황을 하고, 땅과 집을 다 날리고, 할 일 없이 거리를 쏘다니며 술통에 빠져 살다 보면, 무슨 생각을 못 할까? 정신과 영혼이 멀쩡한 사람이 일자리 구한다고 미국까지 갔다가 쫓기듯이 되돌아오고, 약속도 없는데 약속이 있는 척하고 강남으로 서대문으로 돌아다니고, 산에 갈 것도 아니면서 등산복을 입고 시내를 돌아다니고, 커피도 마시지 않으면서 커피숍 귀퉁이에 앉아, 읽지도 않는 책을 펴 놓고 졸고 있는 사람의 마음을 누가 알까? 돈도 벌지 못하면서, 있는 돈 없는 살림 다 까먹으면서, 뭘 해야 돈을 벌 수 있을지 고민만 하면서, 일자리 찾으러 간답시고 친구들 만나 노닥거리며 시간만 보내고 세월만 한탄

하면서, 산과 들로 헤매면서, 강과 바다로 뛰어들 상상이나 하면서 몇 달을 놀다 보면, 무슨 상상인들 못 할까? 벤처사업 하겠다고 없는 살림에 시골 땅과 집을 다 날리고, 거지가 된 주제에, 가는 곳마다, 만나는 사람들마다 붙잡고, 나라 욕하고 사회 불만 터뜨리고, 대통령 욕하는 재미가 결코 즐거운 기분에서 떠드는 넋두리가 아니라는 거 알지? 그렇지 않겠어? 없는 돈 원망하며 이 친구 저 친구한테 구걸하면서, 차비와 술값을 빌려 쓰면서, 날마다 죽어 버릴 유혹을 견디는 남자의 머릿속에 무슨 잡념이 부족하겠는가? 그러다가 생각한 게 겨우, 책이라도 쓰자고? 웃기는 짬뽕이다. 미친놈아."

***

어디든지 대놓고 떠들고 싶은 한(恨)이 있을 때, 무언가 내뱉고 싶은 불만이 있을 때, 생각과 의견을 글로 옮기고, 마음과 심정을 글로 써 보면 위로가 된다. 부르흐의 바이올린협주곡을 듣거나 쇼팽의 피아노협주곡을 들으면 글을 쓰고 싶고, 강물을 바라보다가도 글이 생각나고, 바하의 무반주 첼로독주를 들으면서 하늘을 바라보면 더욱 좋은 문장이 떠오르기도 한다. 봄이 여름으로 바뀌거나, 더웠다가 시원해지는 시간이 오면 쇼스타코비치의 왈츠를 들으며 글을 쓰고 싶은 거다. 키스를 하면서도 단어가 생각나고, 섹스를 하면서도 황홀한 제목이 떠올랐다. 한세상은 수필이 되었든, 소설이 되었든, 아니 그냥 잡문이라고 해도, 뭐든지 쓰고 싶었다. 시(詩)도 쓰고 싶고, 평론가가 되고 싶기도 하고, 소설로 등단도 하고 싶고, 그냥 한세상 이름 석 자가 박힌 책 한 권이라도 내고 싶었다. 이 허무한 마음, 누가 알까? 마음과 생각을 모아, 경험과 의견을 모아 책으로 정리하고 싶다. 욕심이 생겼다. 또 한 번의 미친 짓을 해 보고 싶었다.

책이라고는 써 본 적이 없는 공대 출신 한세상이 그동안 써 놓은 쪼가리 글들을 모아 문방구를 찾아갔다. 원고지 500쪽 분량이라고 말했다. A4용지에 인쇄를 해서 누군가에게 보여 주고 싶었다. 아는 출판사는 없으니 그냥 아무 데나 갈 수밖에 없었다. 을지로 인쇄소 골목으로 들어갔다. 여기저기 기웃거리며 구경을 하는 척하면서, 만만하게 생긴 아니, 착하고 수더분한 인상을 가진 아저씨가 서 있는 인쇄소에 들어갔다.

"저, 한 가지 여쭤볼 게 있는데요. 이거 원고지 500장 정도 되는데, 책으로 만들어 줄 수 있나요?"
"책이라니요? 여기, 그런 곳 아닙니다. 비켜요. 다칩니다."

원고지 뭉치라도 좀 펼쳐 볼 줄 알았는데, 어쩌면 그리 매정할 수 있을까? 그 옆의 인쇄소를 들어갔더니 시커먼 남자가 전화기 옆에 있는 찌그러진 종이컵에 담뱃재를 톡톡 치면서 쳐다보지도 않는다. 한세상은 서너 번째 인쇄소를 들어가, 한가하게 하늘만 보고 있는 사람에게 말을 건넸다. 할 일이 없는지 원고지를 들춰

보더니, 그냥 인쇄는 해 줄 수 있다고 했다. 원고 내용은 거들떠 볼 생각도 하지 않고, 종이조각만 뒤적거리며, 어서 빨리 나가 주었으면 하는 눈치였다. 자기 마음을 토해 낸 책을 거절당하는 부끄러움은 당해 본 사람만이 알 수 있을 거다. 발품을 팔고 자존심을 뭉개며 뛰어다녀도, 아무도 책을 만들어 주려고 하지 않는다. 한세상은 할 수 없이 인쇄소를 찾아갔다. 자기 돈을 내고, 원고를 인쇄해서 그럴 듯한 겉표지 한 장 달랑 씌워 왔다. 책 같지도 않은 책을 책꽂이 옆에 쌓아 놓고 원망스러운 눈으로 바라보다가, 그래도 기특한 생각이 들어 자주 눈이 가고, 자꾸만 펼쳐 보면서, 또 다른 꿈을 꾸기 시작했다.

그 얄팍한 욕망을 견디지 못하고, 자기표현의 욕구를 채우고 싶어 안달이 났다. 결국 두 번째 사고를 치고 싶어지는 거다. 어떻게 해서든지 멋진 책을 내고 싶다는 생각에, 시간이 날 때마다 아니, 어떻게 해서든지 짬을 내어 쓰고 지우고 다시 쓰기를 수백 번, 결국 또 다른 원고뭉치를 들고 자신 있게 출판사를 찾아가기로 했다.

책으로 내고 싶은 내용은 사실 별것도 아니다. 한세상이가 지금까지 살면서 겪은 소소한 일들, 취직을 하고 이직을 하는 데 필요한 자세와 용기, 이력서를 쓰고 면접을 보는 방법 등이다. 어떤 이는 참으로 우습기 짝이 없는 글이라고 외면할지도 모르겠지만, 또 누가 알까? 한세상은 멋진 작품을 만들고 싶다는 희망을 갖고 용기를 내서 쓴 글이다. 어쩌면 이 글은 작가도 아닌 사람이 45년 동안 써 온 예술작품이라고 해도 지나침이 없을 것 같았다.

"아니, 이게 누구세요? 청계천, 그 공장에서 일하던, 그 학생 아닌가요?"

한세상은 눈을 의심하지 않을 수 없었다. 그 최씨 아줌마, 최 반장이다.

"아니, 최 반장님, 여기서 어떻게?"
"아, 여기 우리 회사예요. 7년 전에 출판사 차렸지요. 놀랐지요? 나도 놀랐어요. 뭐 하시려고요?"

주마등처럼 옛 생각이 떠올랐다. 지저분한 청계천 공장에서 일하다 놀고, 일하면서 매 맞던 옛 추억이 떠올랐다.

"이 원고를 여기에 맡겨도 되나? 바로 그 이야기인데. 창피하고 부끄럽고, 글 같지도 않을 텐데. 최씨 아줌마가 다 알고 있는 바로 그 일들인데. 원고 읽어 보고 인쇄도 해 줄 수 없다고 하면 어떻게 하지?"

눈치를 살피며, 주변 인쇄기와 윤전기를 구경하면서 커피나 한 잔 얻어 마시고 도망가려고 했다. 그런데 최 반장 아니 출판사 사장님이 불렀다.

"저 학생, 이리로 들어와 보세요. 이쪽 사무실로."

나, 학생 아닌데.

출판사 최 사장은 자연스럽게, 아주 친한 척, 한세상의 손을 잡아끌며 구석진 사무실로 그를 인도했다. 종이냄새, 기름냄새, 먼지냄새, 마루바닥 썩는 냄새, 양말 고린내까지 진동을 했다. 이런 쓰레기 같은 소굴에서 어떻게 일이라고 하고 있는지 궁금했다. 골방 같은 사무실엔 나이가 듬직한 아저씨가 한 명 앉아서 원고를 보는 척했다. 읽는지 보는지 모르지만, 이쪽은 쳐다보지도 않고 담뱃재를 털더니 슬그머니 일어나 밖으로 나갔다. 최 사장은 커피를 타면서 눈을 찡긋 하더니, 한세상을 끌어안았다. 하마터면 키스를 할 뻔했다. 암, 그래야지. 우리가 남인가?

"저, 사실은, 이거 책으로 내기도 부끄럽지만, 첫 작품이니 한 권 내 볼까 하고 왔는데, 그런데….”
"아이고, 됐습니다. 책이 될지, 인쇄물이 될지, 그게 뭐 중요한가요? 이렇게 만났는데 뭔들 못 해 드리겠어요? 우리가 어떤 사이입니까?"

최 사장은 눈을 한 번 찡긋하더니 다시 한세상의 손을 잡고 얼굴까지 쓰다듬었다. 한세상은 싫지 않았다.

"우리 학생이 많이 컸네. 책을 쓰다니. 아무나 쓰기 힘든 일인데. 그동안 어떻게 살았나요? 책까지 쓸 생각을 하다니."

그날, 인쇄소 구석방은 따뜻하고 푹신했다. 과거를 돌아보면 추운 느낌만 남아 있을 줄 알았는데, 그게 아니었다는 사실에 한세상은 만족했다.

***

"저자님, 오늘 책이 나왔는데, 광화문 서점 13번 코너에 가 보시지요? 증정도서는 보내 드릴까요? 아니면 직접 오셔서 가져가실래요?"

"아니, 나보고 기다렸다가 받으라고? 몇 시간을? 어떻게 그럴 수가 있어? 태어나서 처음 쓴 내 책을 어찌 5분이라도 기다릴 수가 있겠어? 얼마나 궁금한데. 절대 그럴 수 없어. 버선발로라도 뛰어가야지. 택시라도 타고 가야지. 지금 망설이겠어?"

한 달 반 만에 책이 왔다는 연락을 받은 한세상은 후다닥 뛰어나가 택시를 탔다.
출판사에 도착하자마자 여직원과 창고로 달려가 쌓여 있는 2천 권의 책을 보면서 한세상은 눈물을 흘렸다. 이런 책이 나오다니. 작가가 되는 건가?

"정말 고맙고 감사해요. 너무 고마워요."

"고맙긴요. 제가 더 고맙지요. 이 책, 대박 칠 겁니다. 멋진 책 출판, 축하드립니다. 내용도 아주 좋던데요."

청계천 김씨 아줌마가 더 좋아하는 듯했다. 그 책 중간쯤 어딘 가에 청계천의 추억이 있는 것도 모를 리가 없다. 이 글을 어찌 읽 어 보지 않고 책을 냈겠어? 커피만 마시고 간다고 했는데 여사장 은 점심까지 하고 가라고 한세상에게 애걸을 했다. 점심 식사만 하고 얼른 일어서려고 했는데 또 소주 한 병을 시켰다. 그 버릇 없 어지지 않았다. 김씨 아줌마는 아직도 술에 절어 사는 듯했다. 그 렇게 술에 빠져 사는 여자가 어떻게 출판사까지 차렸는지 궁금했 다. 그리고 또 아직도 왜, 술을 끊지 않았는지, 물어볼 게 많았지만 지금은 그런 이야기를 할 때가 아니다.

말은 해야 할 때가 있고, 참고 기다려야 할 때가 있는 거다. 특 히 여자와 대화를 할 때, 들어 주어야 할 때가 있고, 말하고 싶어도 참아야 할 때가 있다. 한세상은 오래전 과외를 하면서 만난 여인 들과의 대화에서도 그런 사실을 깨우치지 않았는가? 할 말을 참아 서 손해를 볼 일은 없지만, 하지 않아도 될 말을 해서 손해를 보고 피해를 당하는 일이 얼마나 많은가? 꼭 해야 할 말이 있어도, 말하 고 싶은 욕망이 용솟음쳐도 참을 수 있는 게 용기다. 지금 한세상 은 용기를 내고 있다. 한세상이가 지금 자신의 책에만 관심을 갖

고 있는 것도 그녀는 이해할 것이다. 그럼에도 그녀가 한세상에게
하고 싶은 말은 얼마나 많을까?

어찌어찌하여 그 공장을 나왔고, 어떻게 하다 보니 돈 많은 남
자를 만났고, 그렇게 저렇게 하다 보니 출판사 일을 하게 되었고,
팔자에 없는 책을 보게 되었고, 나이 먹고 글을 깨우쳐 책을 가까
이하게 되었다는 사연은 나중에 들었다.

저자에게 준다는 증정도서는 원래 50권인데 20권을 더 준다고
했다. 좀 더 많이, 한 100권 주면 안 되냐고 묻고 싶었지만, 이 여
자는 청계천의 여자가 아니다. 그때의 여공이 아니고 출판사 사장
이다. 한세상 책을 인쇄해 준 출판사 사장이다. 조심하고 주의하
고 참아야 한다. 앞으로 또 어떤 책이 나오게 될지 모른다. 책이 나
오는 날은 택시 타는 날이다. 현관에 들여놓은 70권의 증정도서
보따리를 온 식구들이 둘러앉아 신비한 눈으로 구경을 하고 있었
다. 한세상이 책 몇 권을 빼내서 펼쳐 보는 애들과 아내 앞에서 자
랑스럽게 이야기하려고 하는데, 성질 급한 아내가 또 잔소릴 하기
시작했다.

"아니? 사진이 이게 뭐 이렇게 나왔어요? 묻지도 않고 아무거나
갖다주었네. 그리고, 이 줄은 빼라고 했는데…."

마치 자기가 작가인 것처럼 더 난리를 떨었다. 좋은 건지 반가

운 건지 어디가 못마땅한 건지 알 수 없었다. 얼마나 힘들게 만들어 온 책인데, 누가 뭐래도 한세상은 기쁘다는 거, 그건 틀림없는 사실이었다. 한세상은 아는 사람들에게 자랑하고 싶어 얼른 몇 권 빼내어 나누어 줄 생각부터 했다. 옛날의 교수, 친구, 동창생, 선배, 사장, 임원들, 동료, 여사원 등 100권도 모자랄 것 같았다. 우선 신문사에 먼저 보내야 한다. 신문에 크게 실려야 소문이 빨리 난다. 책을 내게 된 이유, 이 책을 읽어야 할 독자층과 그들의 특징, 책의 유용성과 가치 등을 아주 정교하고 간결하게, 그리고 무엇보다 정중한 편지와 보고서로 작성한 후, 책 한 권을 예쁘게 포장하여 10뭉치를 만들었다. 밤이 아홉이라도 빨리 배달될 수 있도록 중앙우체국으로 달려가 빠른 등기로 부쳐야 한다.

매일 아침 신문을 펴 들며 '책 소식'란을 뒤적거리지만 어디에서도 한세상 책의 표지나 기사는 찾을 수 없었다. 도대체, 책 담당 기자들은 뭐 하는 사람들인가? 아니다. 직접 찾아가기로 했다. 창피를 무릅쓰고, 비를 맞아 가며 신문사를 찾아갔다. 난생 처음 찾아간 기자실은 어찌나 어지럽고 지저분한지. 이런 곳에서 어떻게 그런 말끔한 기사를 쓸 수 있는지 한세상은 도대체 이해할 수 없었다. 책 쓴 취지를 설명하고 좀 더 오랜 시간 기자와 이야기하기 위해, 준비해 간 원고에 행동 시나리오까지 점검하면서 들어섰지만, 그들은 간단히 무시했다.

"옆에 놓고 가세요."

모든 걸 포기하고 신문사를 방문했다는 사실조차 까마득히 잊은 지 며칠이 지날 무렵, 알지도 못하는 사람에게서 전화가 왔다.

"작가님, 어제 신문에서 작가님 기사를 보고, 책을 샀는데, 어찌나 재미있고 감동적인지, 오늘 다 읽었거든요. 제가 여쭙고 싶은 말씀이 있는데, 한번 만나 주실 수 있나요?"

그래, 이렇게 사는 거야.

여기 저기 찾아다니며 각종 신문 며칠 분을 모아, 샅샅이 뒤져 보니 신간을 소개하는 코너에 한세상의 책을 소개하는 기사가 실려 있었다. 서너 가지의 신문에 동시에 실린 기사를 오려 놓으며 한세상은 만면의 미소를 짓지 않을 수 없었다. 한두 줄짜리 기사도 있고, 책의 표지와 내용이 요약되어 실린 기사도 있고, 한세상의 이름도 쓰여 있었다. 그래서 사람들은 책을 쓰는 거다.

"여기는 XX 공단입니다. 다음 주에 우리 기관에서 교육이 있는데 강의 좀 해 주실 수 있나요?"
"아, 그래요? 무슨 주제로, 대상은 누구인가요?"

제일 먼저 강사료를 묻고 싶었지만, 한세상은 차마 물을 수 없었다. 그럴 처지가 아니다. 고맙기만 할 뿐, 실업자가 무슨 조건이 있을까? 그래도 마치 작가나 된 것처럼 전화를 받았다. 먹고살기 위해서.

"실업자 재취업 교육과정입니다. 선생님께서 두 시간씩, 오전 오후, 두 번 해 주시면 됩니다. 장소는 여기 마포입니다. 그 책 내용대로 해 주시면 됩니다."

실업자에게 실업자들 교육을 해 달라는 얘기다. 실업자 한세상이가 작가가 되어 강의를 하면 강사가 되는 거다. 실업자들 모아 놓고 강의를 하라니, 무슨 강의를 해야 하는지 궁금했다. 궁금한 건 강사료였지만, 강의가 끝날 때까지 물을 수가 없었다. 강사료는 안중에도 없다고 거짓말을 하고 싶었다. 제일 중요한 거지만, 어쩔 수가 없다. 남들 앞에서 강의 같은 걸 해 본 적이 없는 한세상은 직장에서나 군대에서 부하들 모아 놓고 이야기한 경험을 바탕으로 강의 준비를 했다.

물어 물어 찾아간 언덕의 공단 회의실엔 실업수당을 받고 교육을 받으러 온 사람들이 80여 명 앉아 있었다. 앞 서너 줄은 비어 있고, 뒷줄 자리에는 몇몇 사람들이 떠들썩하게 웅성거리고 있었다. 실업자들은 어디를 가나 실업자 티가 나는 것 같았다. 서울역도 그렇고, 청량리역도 그랬다. 눈치 없이 커피는 몇 잔씩 타고, 작은 커피는 몇 개씩 주머니에 슬쩍슬쩍 넣고, 빵이나 과자가 보이면 몇 개씩 또 주머니에 넣고, 앉자마자 졸기 시작하고, 주머니에 손

을 넣고…. 도대체 강의를 들으러 온 건지, 시간 때우러 온 건지 알
수 없지만 결국, 실업수당을 받으러 온 거라는 걸, 모두 알고 있었
고, 모두 같은 생각으로 앉아 있는 거였다. 읽지도 않을 신문을 펼
쳐 놓고 꾸벅꾸벅 졸고 있는 사람을 보니, 그가 한세상이었다. 서
로 인사도 하지 않고, 말도 걸지 않고, 악수는 고사하고 얼굴도 마
주치지 않으면서 앉아 있는 사람들의 몰골은 실업자라는 걸 여실
히 나타내고 있었다.

　"아, 맞아. 실업자 교육장이지."

　오전 강의는 힘들었다. 함부로 웃길 수도 없고, 강사가 교육생
들의 눈치를 봐야 하고, 그들의 표정에 맞는 강의를 해야 하고, 잘
나갔던 이야기는 빼야 했다. 그게 실업자들을 대하는 예절이다.
취직하려고 미국까지 갔다 왔다는 이야기를 강의에 넣었다가는
몰매를 맞을 것 같기도 하고, 위인들의 리더십이나 역사적 철학자
들의 고난을 이야기하는 것은 진짜 웃기는 거다. 그래서 한세상
강사는 양심의 가책을 느끼면서, 알맹이 없는 수다만 떨었다. 오
후 강의는 오전의 기분을 조금 바꾸어서 조금 뻔뻔해질 수 있었
다. 오전의 경험은 오후의 기술이 되었다. 어제의 슬픔이 오늘의
기쁨이 되듯이. 작년의 고통이 올해의 기쁨이 되듯이. 어렸을 때
의 고민이 시간이 지나 저절로 해결되듯이. 세상에 필요 없는 경
험은 하나도 없다는 걸 다시 한번 확인했다.

무슨 얘기를 했는지 모르게 2시간이 지나갔다. 횡설수설, 우왕좌왕, 진땀만 흘린 것 같은데, 수고하셨다며 흰 봉투를 건네주는데 갑자기 눈물이 흘렀다. 그 자리에서 열어 보고 싶지만, 체면이 있지.

"이제 나는 강사다. 맞아 강사, 교육자다."

주차장으로 내려와, 시동을 걸기 전에 봉투부터 열어 보았다. 두근거리는 가슴을 억누르며, 너무 많으면 미안해서 어쩌나 하는 마음으로 봉투를 열었다. 겨우 20만 원이다. 시간당으로 계산을 한 건가, 그냥 위로금으로 주는 건가? 아니면 수고료인가? 도대체 이해할 수 없지만, 다시 전화를 걸어 물어보고 싶지만, 한세상의 자존심이 허락하지 않았다. 강사의 품위를 생각해야 한다고 생각했다. 그로부터 며칠 후, 또 몇 통의 전화를 받았다.

"여기 신문사인데요. 인터넷 신문에 작은 칼럼 하나 써 주시겠습니까?"
"여기 월간 잡지사인데요. 무겁지 않은 소재로 글 한 편 써 주시겠습니까?"
"저, 여기 대학교인데요. 학생들 취업특강을 해 주실 수 있나요?"

"정말 기쁜 일이군. 살다 보니 이런 날도 있고, 이런 일도 있구나. 나 같은 사람에게 칼럼을 써 달라고 하고, 대학 강의를 해 달라고 하니, 이젠 **진짜** 강사인가 보군. 나중에 창피를 당하고 웃음거리가 될지언정, 일단 시작해 보는 거야. 내 마음대로 주제를 정하고, 이런 내용 저런 형식의 글을 마음대로 써 내려가 본다. 바닥이 드러날 때까지 해 봐야지. 하는 데까지 해 보는 거지 뭐. 내가 안 해 본 일이 있나, 못 해 본 일이 있나? 못 할 일이 있나?"

이렇게 저렇게, 그렇게.
한세상은 먼 길을 돌아 강사가 되었다.

16

필연의 악연과 인연

"어머, 저 모르세요? 저, 혜영이 동생 화영이에요."

"누구라고? 혜영이 동생 화영이? 정말인가요?"

"저예요. 흑석동. 예쁜 멍청이 동생. 선생님이 항상 그랬잖아요."

"그래요? 반가워요. 그런데 어떻게? 여기서?"

"아니? 그 나쁜 년, 미친년 딸을 여기서 만나다니? 아니지 그게 아니지. 그년의 딸이 무슨 죄가 있나? 그건 아니지. 아무리 사기꾼이 낳은 딸이라고 해도 범인 당사자는 아니잖아. 그래, 이것도 무슨 인연일 거다. 인연이 공짜가 있나? 일단 아닌 척, 모른 척해야 한다."

"뵙고 싶었어요. 정말 존경하는 교수님이십니다. 사실은요. 그때요. 저는 교수님 아니, 언니 과외선생님을 좋아했어요. 그때, 언니는 또 떨어져서 삼수하고 음대 갔어요. 그때 과외하시던 때, 언니 가출했다고 제가 울었던 것, 기억하시죠? 그 이후에 대학을 다니다가 졸업도 하지 않고 집을 나갔는데 몇 년째 소식이 없어서 식구들이 찾지도 않아요. 지금은 어디 갔는지도 몰라요. 저는 대학 졸업하고 이 회사 들어왔거든요. 작년에 교육업무를 맡았고 대학 강사로 출강하고 있어요. 며칠 전, 신문 칼럼에서 교수님 글을 읽었어요. 아주 글을 잘 쓰셨더군요. 그래서 더욱 존경합니다. 그런데 한 가지 질문이 있어요."

"뭔가요? 무엇이든 물어보세요. 아는 건 없지만….."

"저도 어쩌다가 기업체 교육업무를 담당하고 있지만, 늘 걱정되고 양심의 가책을 받고 있답니다. 정말 교육하는 것만큼 내가 살고 있는지 갈등을 느끼고 있어요. 교수님은 그런 갈등 없으신가요? 있다면 어떻게 극복하시는지 궁금합니다."

조심스레 묻는 화영의 얼굴에서 한세상은 자신이 늘 스스로에게 자문했던 고뇌가 그녀에게도 있음을 느꼈다.

"그래, 나는 어떻게 살고 있을까? 그렇게 동기 부여를 하면서, 열심히 살라고 하면서, 막상 내가 사는 삶의 목표는 어디에 있는 것일까? 뒤도 안 돌아보고 달려왔다. 어쩌면 쫓기듯이 달려왔는지도 몰라. 무시무시한 생(生)의 위협 속에서, 나 자신의 본질에 대해서. 도망가지 않으면 견딜 수 없었는지도 몰라."

그렇게 생각하면서 한세상은 천천히 자신이 생각해 왔던 이야기를 꺼냈다.

"강의를 하면서 늘 저에게 묻습니다. '당신은 강의하는 것만큼 살고 있는가?'라고 묻고 고민합니다. 그럴 때, 그나마도 자신감을 갖고 흔들리지 않을 수 있는 중심 즉, 철학이 있다면 독일의 요한 피히테의 주장을 들 수 있습니다. 가난한 가정에서 힘들게 자란 피히테는 귀인의 도움을 받아 독일 예나대학을 졸업하고, 베를린 대학교 초대 총장까지 지냈습니다. 그는, 2차 세계대전 당시 프랑스의 침략을 받은 독일에서, 프랑스 경찰의 감시를 받으며 독일 국민들을 교육했습니다. 14번이나 강의를 하고 쓴 책이 그 유명한 『독일국민에게 고함』이지요. 그가 말합니다. "당신이 교육자라면, 강사라면, 어떤 상황에서도 당신의 사명을 다하라"고. 쇼펜하우어도 말했지요. "독자들의 시간과 돈을 아깝지 않게 하라."고 글 쓰는 방법을 제안합니다. 글 쓰는 거나 강의하는 거나, 입을 통하여 나오는 말이나 종이 위에 쓰이는 글이나 모두 철학과 사명으로 임한다면, 이 세상 부끄러울 일이 있겠는가 하는 생각이 듭니다. 그래서 저도 강단에 서는 시간만큼은 어떤 힘든 갈등과 어려운 상황에서도 올바른 강의를 할 수 있도록 중심을 잃지 않으려고 노력합니다."

"와, 교수님, 지금 강의 듣는 것 같아요. 너무 좋은 말씀, 고맙습니다."

"제가 너무 지나쳤군요. 미안합니다."

"아닙니다. 교수님, 그래서 제가 교수님을 존경하고 사랑한다니까요."

　　그날 한세상은 자신의 눈과 귀를 의심했다. 한세상도 머리가 그리 나쁜 사람은 아니다. 적어도 초등학교 때 배운 구구단은 아직도 잊지 않고 외운다. 강의를 시작한 지 얼마 되지 않았지만, 대기업과 공공기관 등에 강의를 다니면서, 이렇게 예쁜 교육팀장을 만날 줄은 꿈에도 몰랐다. 그것도 내가 가르친, 과외수업의 꼴통 재수생, 예쁜 멍청이의 여동생을 여기서 만나다니. 그 사기꾼의 딸을 이런 곳에서 고객의 입장으로 모셔야 하는 입장이 되다니. 무서운 게 사람의 인연이다.

　　강의를 마치고 구내식당에서 점심 식사를 같이했다. 한세상은 자신이 쓴 책 한 권을, 공손하게 두 손으로 교육팀장께 드렸다. 그녀는 언니와 달랐다. 집에 가면 항상 제 방에서 책만 읽고 있었다. 누가 와도 나와 보지도 않았다. 옛날에는 못생긴 줄 알았는데, 지금 보니 예쁘고 날씬하고 귀여웠다. 동그란 눈이 예뻤다. 지금 그녀는 한세상을 불러 준 고객이다. 갑(甲)이다. 여기서도 강사료가 얼마인지 묻고 싶지 않았다. 제일 궁금했지만 물을 수 없는 거였다. 묻기 전에 말해 줄 거라 생각했다. 가장 중요한 거니까.

　　"제가요. 그때, 과외선생님께 친절하게 해 드리지 못해 죄송하고 미안합니다. 언니가 미웠고 창피했답니다. 저도 괴로웠습니다.

저도 머리가 나쁘거든요. 그런데 언니 때문에 더 열심히 했어요. 저도 피아노는 좋았어요. 교수님도 음악 좋아하시지요? 얼마 전, 교수님 신문 칼럼 읽으면서 느꼈어요. 아마도 교수님은 쇼팽과 라흐마니노프, 차이코프스키를 꽤나 좋아하시는 것 같았어요. 저도 그렇거든요. 교수님도 피아노협주곡 좋아하시는 거 알아요. 특히 베토벤 피아노협주곡 5번 좋아하시죠? 그렇지요?"

"제가 베토벤을 좋아하는지 어떻게 아세요? 진짜 저는 베토벤을 좋아하거든요. 물론, 모차르트나 쇼팽, 브람스도 아주 좋아한답니다. 너무 자랑하는 것 같네요. 하하."

한세상은 베토벤을 좋아하는 이유를 설명할 수는 없었다. 거기엔 슬픈 추억과 괴로운 기억이 있었다. 베토벤의 음악이 주는 감정은 한세상이 세상을 살아오면서 느낀 감정의 총합이었다. 그러니 한두 마디 말로 표현할 수 없는 것이 당연했다. 그런데 화영은 한세상의 모든 것을 아는 듯했다. 한세상은 그녀의 마음을 전혀 모르는데, 그녀는 고3때부터 한세상을 알았던 것 같았다. 그녀의 관심이 어디에 있었는지 한세상은 알 수도 없었고 알고 싶은 적도 없었다. 그런데 지금 그녀는 한세상을 아주 많이 알고 있다는 듯, 자리로 돌아갈 생각도 하지 않고 휴게실에서 수다를 떨고 있다. 아주 요염한 모습으로, 뭔가를 애틋하게 기다리며 갈증을 느끼는 표정으로 한세상을 바라보았다. 아마도 그녀는 그 옛날의 시간을 기억하고 있는 듯했다. 그 앞에서 "네 엄마가 내 돈 4억 원을 떼어 먹고 도망간 사기꾼이다.”라고 말할 수는 없었다. 도저히 그럴 수는 없다. 더군다나 화영이 엄마의 안부를 물을 수는 없었다. 엊그제 신문에 그년, 그 못된 년이 검찰수사를 받으며 감옥에 있다는 기사를 보았다. 아마, 이 교육팀장도 한세상 강사가 그런 질문을 할까 봐 더 호들갑을 떠는지도 모른다.

'아마도'는 모든 상상력의 최고를 나타내는 언어다. 여자는 원하는 게 있으면 반드시 얻는다고 했다. 특히, 그녀와 같이 섹시한 여자는 더욱 쉽게 그럴 수 있을 것 같았다. 그때도 그랬다. 어릴 적부터 그랬다. 딱 한 번, 그날도 그랬다. 착하고 어리벙벙한 한세상이도 예쁜 여자 앞에서는 남자라는 걸, 그 때 경험했다. 멍청하고 나약한 한세상이가 감당할 수 없는 입장에 있을 그때는 한세상도 넘어갔다. 어쩔 수 없는 남자였다. 지금도 한세상은 그때의 남자이고 그녀는 그때의 여자였다.

"팀장님, 많이 크셨군요. 결혼은 하셨나요?" 라고 한세상은 묻고 싶었다.
바보들만 사랑을 한다고 했다. 아니, 바보들만 사랑의 맛을 알지. 사랑의 맛과 사람의 멋은 통하는 거다. 통하는 사람끼리만 통하는 거니까.

***

243

"저, 저기, 강사님, 여기 광양인데요. 자동차 부품 제작회사입니다. 우리 공장은 아주 작습니다. 다음 달 5일에 강의 좀 해 주실 수 있어요? 기능직 사원들 250명을 대상으로 3시간만 특강 좀 해 주세요."

낯익은 목소리다. 어디서 많이 들었던 목소리였다. 한세상은 궁금증이 올라오는 것을 참을 수 없어 곧장 물어보았다.

"저, 혹시, 공장장님, 저를 아시나요?"
"네, 알고말고요. 내려와 보시면 알게 됩니다. 강의 수락해 주셔서 감사합니다."

누군데 이런 소릴 할까? 전화를 끊고도 한참을 알쏭달쏭한 마음이 들었다. 곰곰 생각해 보아도 알 수 없었다. 살아오면서 수많은 사람을 만나 왔다. 이번에도 과거의 인연을 만나게 되는 것일까? 궁금증을 안고 한세상은 당일날 회사로 향했다. 차 문을 열고 내리는데 입구에서 반가운 표정을 하고 뛰어오는 사람이 보인다. 얼굴을 확인한 세상은 깜짝 놀라고 말았다. 아니, 세상에?

그는 바로 자동차 공장에서 맨날 세상에게 욕하고 주먹을 날리던 김 반장이었다. 어떻게 또 이렇게 연결이 될까? 정말 책을 쓰고 강의를 하니, 이렇게 유명해지는 걸까? 도저히 현재를 믿을 수 없었다. 아니 이렇게 되려고 그렇게 아등바등 살아온 것인가? 과거의 모든 업을 탈바꿈하기 위하여? 강의를 마치고 나니 공장장은 한세상을 마산중앙시장으로 모시겠다고 했다. 공장장과 반장 두 명이 회사차에 함께 타고 마산 어시장으로 갔다. 잠시 어색했으나 곧바로 공장장이 말문을 열었다.

"저, 사실은 그때, 선생님 어렸을 때, 공장에서 일할 때, 저도 많이 힘들었습니다. 저는 아버지가 없었고, 어머니가 많이 아프셨습니다. 돈도 돈이지만, 동생들 뒷바라지하느라 정신없이 살았는데, 불우한 환경에서 성격이 삐뚤어진 것 같았습니다. 강사님도 저 같은 놈 만나서 일하시느라 많이 힘드셨지요? 죄송합니다. 저는 그때, 정말 철이 없었고, 공부만 하는 강사님이 부럽고 얄미웠습니다. 어떻게 기계 뒤에 숨어서 영자신문을 보시고, 어떻게 야근하는 공장에서 책을 펼쳐 놓고 문제를 풀어 가시는지 이해할 수 없었습니다. 정말 지독한 사람이라는 생각을 했고, 골탕도 먹이고 싶었고, 쥐어박고 싶을 때가 한두 번이 아니었습니다. 정말 미안합니다."

그런 말을 하는 김 반장의 표정은 그때의 험악하고 얄미운 모습이 하나도 섞여 있지 않은 다른 사람의 것처럼 보였다. 한세상을 그토록 괴롭히던 그였는데 지금 이 앞에서, 그는 얌전한 초식동물처럼 세상이에게 사죄하고 있었다.

"공장장님, 지금 무슨 말씀을 하시는 겁니까?"

"아닙니다. 진심입니다. 저는 그때, 철도 없었지만, 성질도 못된 놈이라서 많은 사람들이 저를 미워한 거 알고 있습니다. 강사님 나가신 후, 공장에서 폭력사건이 발생하여 제가 징계 한 번 받고 나서 결심했습니다. 그래서 야간 공고 졸업하고, 전문대학까지 나왔습니다. 강사님 전화번호도 알고, 한번 연락드리고 만나 뵙고 싶었는데, 용기가 나질 않았습니다. 한번은 종로에 있는 강사님 회사로 찾아갔는데, 뉴욕으로 연수 받으러 가셨다고 하더군요. 연락처를 남겨드리고 왔는데, 그분이 전해 드리지 않은 것 같았습니다. 정말 죄송하고 창피합니다. 저는 그 이후, 올바로 살기로 마음먹고, 강사님을 저의 모델로 삼고 살았습니다. 강사님이 쓰신 책과 번역한 책 모두 다 읽었습니다. 정말 잘 쓰셨고, 좋은 책이더군요. 많은 분들에게 좋은 영향을 끼쳤으리라 믿습니다. 저는 내년에 정년퇴직합니다. 정년까지 직장생활 할 수 있게 해 준 분이 바로 강사님이십니다."

평소 말이 없던 그놈이, 그 새끼가 이렇게 말이 많은 줄은 몰랐다. 한세상은 울컥 치솟는 뜨거운 마음을 주체하지 못하고 그의 손을 덥석 잡았다.

"아이고, 공장장님, 지금 뭐 하시는 겁니까? 제가 더 면구스럽습니다. 그만하시죠."

246

공장장은 한세상의 손을 잡고 울었다. 한세상도 울었다. 남자끼리 끌어안고 울면서 술잔을 털어 넣었다. 한세상보다 세 살밖에 많지 않은 나이에 어깨에 힘주고 윽박지르며, 간혹 올라오던 주먹은 어디로 갔는지, 공손히 숙이는 머리와 눈물 어린 눈빛을 보며, 한 인간이 이렇게 바뀔 수도 있다는 걸 한세상은 실감했다.

"그런데 강사님, 오늘 강사료는 말씀드리지 않아 죄송하지만, 적지 않게 넣었습니다. 그리고 여기, 이건 제가 지난달에 프랑스 다녀올 때 사 온 기념품입니다. 작지만 받아 주십시오. 또 한 번 오셔서 좋은 강의해 주시면 고맙겠습니다."

미소를 띤 그가 봉투와 함께 기념품을 내밀었다. 이제 그와 세상이는 친구다. 더 이상 원한은 없었다. 세상은 요지경이라는 말, 그 말은 진실이었다.

마산 중앙시장은 넓었다. 어시장에는 없는 게 없었다. 밤기차로 올라갈 생각은 잊어버리고 한세상은 공장장과 밤새도록 추억을 이야기하면서 기억을 되살렸다. 사람의 인연이라는 것은 어떻게 될지 모른다고, 세상이는 깨달았다.

알 수 없는 일이 인간의 운명이고 팔자다. 동대문에서 장사를 하던 분이 환갑이 지나서 검정고시로 중고등학교를 마치고, 70살이 넘어 박사과정을 공부하는 분이 있고, 공대를 나온 분이 전자통신연구원으로 근무하다가 사회봉사를 하고 싶다고 신학을 공부해서 대학 총장이 되기도 한다. 평생 정치만 하던 분이 70이 넘어 영 문학을 공부하고, 80세가 지나 소설을 쓰기도 한다. 여상을 나와 사업을 하던 분이 50살이 지나서 사회복지 분야의 교수가 되기도 하며, 스케이트를 타면서 플루트를 연주하는 예술가도 있다. 사회 치안을 담당하던 경찰이 뒤늦게 공부를 해서 대학교수도 되고, 운 동하던 씨름선수가 개그맨이 되며, 데이터분석가가 작가가 되기 도 한다. 멋진 일 아닌가?

배우가 되고 싶다던 여대생이 술집으로 가기도 하고, 욕이 아니 면 말을 못 하던 반장새끼가 공장장이 되기도 하고, 책이 뭔지도 모르던 깡패가 대학을 졸업하여 선생님이 되기도 하는 거다. 밤마 다 술독에 빠져 살던 아줌마가 출판사 사장도 되고, 간신히 입에 풀칠하던 기능공이 교수가 되기도 한다. 아이들 좋은 대학 보내겠 다고 과외까지 시키던 사모님은 사기꾼이 되어 한세상의 등을 처 먹고 감방에 가 있다. 청계천의 미친년은 출판사 사장이 되었고, 자동차공장 욕쟁이 반장놈은 공장장이 되어서 한세상에게 강사료 를 두둑하게 넣어 주었다. 일 못해서 맨날 얻어터지던 그 미친 새 끼는 지금 여기에 있다. 얼마나 멋진 일인가?

전공 따지고, 학벌 따지고 고향 물으며, 혈연 지연 학연에서 벗 어나지 못하는 멍청이들도 있다. 웃기는 세상이다. 그래서 한세상 은 또 생각했다.

"한계를 깨고 경계를 넘자."

17

국가 정책을 꼬집다

세월이 흘렀다. 한세상도 세월과 함께 흘러갔다. 정신없이 강의하랴, 새 원고를 쓰랴 바쁜 와중에 한세상은 어느 날 세수를 하다가 문득 거울에 비친 자신의 얼굴을 바라보았다.

"많이 늙었군. 그래, 나도 이제 더 이상 젊지 않아. 하지만 그게 뭐 대수란 말인가? 나는 지금 어떤 젊은이에도 뒤지지 않게 열심히 살고 있는데. 예전엔 세월이 가는 게 두려웠는데, 지금은 세월이란 물결에 몸을 싣고 춤을 추며 나아가고 있구나. 그래, 이런 게 인생인 것 같다."

깨끗하게 세수를 하고, 면도를 하고 나서 거울을 보니, 한세상 자신의 얼굴이 10년은 젊어 보였다. 뽀송뽀송한 수건으로 얼굴을 닦았다. 나이는 숫자에 불과하다는 말을 곱씹으며 화장실에서 나오는데, 핸드폰이 울렸다.

"이런 꼭두새벽에 누구일까?"

세상은 핸드폰을 들고 말했다.

"누구십니까?"
"한세상 님 맞으십니까?"
"네. 그렇습니다만…."
"이곳은 대통령 비서실입니다. 잠깐 전화 통화 괜찮겠습니까?"

한세상은 화들짝 놀랐다. 아니, 아닌 새벽에 홍두깨라고, 대통령 비서실에서 왜 자신을 찾는 걸까? 순식간에 오만 가지 생각이 다 들었다. 한세상은 당황한 목소리를 감추지 못하고 물었다.

"대통령 비서실이라구요? 왜 저를 찾는 것입니까?"
"자세한 사항은 직접 오셔서 들으셔야 할 것 같습니다. 지금 바로 올 수 있으십니까?"

한세상은 보통 심각한 문제가 아니라는 생각에 아침식사도 못한 채 청와대로 달려갔다. 안내를 받아 비서실로 들어가려는데 익숙한 얼굴이 눈에 띄었다. 세월그룹의 박 상무였다.

"한세상 교수, 바쁘신데 불러서 미안하오. 놀라셨지요?"

"아니, 박 상무님, 어떻게 여기서 저를 부르셨습니까? 여기가 어디라고, 제가 여기를 오게 되었는지 궁금합니다. 뭔 일인지 모르겠습니다."

박 상무는 만면에 웃음을 띠고 그의 손을 붙잡으며 말했다.

"놀라게 해 드려 죄송합니다. 몇 년 전, 뉴욕에서 교수님과 함께 연수를 받을 때, 저는 한 교수님이 아주 인상적으로 보였습니다. 귀국해서 부서가 바뀌는 바람에 바빠지다 보니, 자주 연락드리지 못했는데, 이렇게 다시 뵙게 되어 반갑고 감사합니다."

"네, 박 상무님, 기억해 주셔서 고맙습니다만, 도대체 오늘의 상황이 짐작이 안 됩니다."

"그렇겠지요. 제가 대학원에 다닐 때, 이쪽에 아는 분이 원우회장이셨는데, 이번에 대통령께서 우수 인재를 찾는다기에 제가 한 교수님을 추천했습니다. 아직 결론은 나지 않았지만, 잘될 것으로 믿으니, 좀 도와주시지요."

"저야 뭐, 여부가 있습니까? 불러만 주시면 영광이지만, 능력이 부족해서 송구하고 창피합니다."

곧이어 비서실에서 연락이 왔다. 빨리 들어오라는 명령인 듯했다. 한세상은 조심스럽게 대통령 집무실로 들어갔다. 의자에 앉아 있는 대통령이 그를 반겼다.

"한세상 교수님, 갑자기 오시라 해서 미안합니다. 아시다시피, 전 세계적인 전염병이 돌고 난 후, 지금 국가가 위기에 빠져 있소. 아마도 1930년대, 세계경제 대공황 이후 최악의 상황이 될 것으로 예측하고 있소이다. 그리하여 부탁드리고 싶은 게 있어 모시고자 했소."

"각하, 무슨 말씀인지 모르겠습니다만, 제가 할 일이 있다면 무슨 일이든지 발 벗고 나서겠습니다."

"아하, 그리 생각해 주시니, 고맙고 반갑소. 이번 기회에 국무총리를 맡아 주시오. 국가와 민족을 위해 큰일을 하실 수 있는 기회라 생각합니다."

머릿속이 띵 하고 울렸다. 한세상은 당황하여 되물었다.

"아니, 각하, 어찌 저 같은 무지랭이에게 그런 말씀을 하십니까? 절대로 당치도 않으신 말씀입니다. 못 들은 것으로 하겠습니다."

"여보시오, 한 교수. 내가 듣기로, 지금 같은 위기에 당신같이 적합한 인물이 없다고 들었소이다. 어릴 적부터 바른 말씀 많이 하시고, 지혜로운 분이라고 들었소. 비서실장, 뭐하고 있소, 어서 임명장 준비하시고, 국무회의를 소집하시오."

오후에 국무회의가 소집되었다. 각 부처 장관은 물론, 대통령 비서실의 수석들이 모두 한자리에 모였다. 그런데 이상하게 두 자리가 비어 있었다. 교육부 장관과 노동부 장관이 공석이었다. 옆 사람에게 살짝 물어보니, 두 사람은 어젯밤에 경질되었다고 했다. 무슨 사연인지 모르겠으나, 요즘 세상 돌아가는 게 너무 빠르고 정신이 사나운지라 한세상은 그저 묵묵히 앉아 있었다.

"국무위원과 비서실에 계신 분들은 잘 들으시오. 아시다시피 지금 세상이 어수선하고 예측할 수 없는 불안과 두려움이 엄습하고 있소이다. 세계정세를 읽고 국가 전략을 꿰뚫고 있는 우리가 이럴진대, 국민들이야 오죽하겠소? 그리하여, 오늘 국무총리를 제가 직권으로 임명했소. 많은 분들의 의견을 들어서 결정하는 것이 옳은 일이나, 지금 그럴 시간이나 여유가 없소이다. 오늘 다급히 불러서 모신 국무총리로 말씀 드릴 것 같으면, 공고를 졸업하고 공장에서 용접과 판금 등 현장 일을 하다가 공대를 들어가서 공부를 하고, 20여 년간 직장생활을 한 후, 대학교수가 된 한세상 총리입니다. 이분은 사회발전을 위한 글을 많이 쓰시고, 번역도 하셨으며, 최근에는 사회비평서를 써서 일약 화제가 되기도 했소이다. 상세한 약력은 별도 배포한 자료를 참조하기 바랍니다. 이의 있으시면 말씀들 하시오."

이의를 제기하는 사람은 한 명도 없었다. 모두가 박수로 찬성 의견을 표했다. 그 자리에서 임명장을 받은 한세상 눈에는 눈물이 고였다. 청계천에서 구두를 닦다가 깡패들에게 몰매를 맞았을 때,

자동차공장에서 불량을 냈다고 반장에게 얻어터질 때, 직원들을 해고한 후, 술집에서 혼자 소주를 마실 때만 흘렸던 눈물이다. 여간 해서는 눈물을 보이지 않는 한세상은 화장실로 들어가 잠시 눈물을 닦았다.

곧이어 대통령과 단둘이 독대를 하는 시간이 마련되었다.

"한 총리, 잘 들어 주시오. 어젯밤에 교육부 장관과 노동부 장관을 경질했소. 상세한 내용은 비서실에서 곧 보고를 할 것이오. 그러하니 공석인 두 장관을 추천해 주기 바라오. 한 총리께서 추천하신다면 묻지 않고 임명하겠소."

"각하, 또 다른 부담을 주시는 겁니다. 저는 정말 국무총리 자리도 과분한데 장관까지 선출하라니 어찌 이런 과분한 책무를 맡기시는 겁니까? 아니 되옵니다."

"아하, 한 총리께서 그리 겸손하신 줄 몰랐습니다. 그러나 제가 드리는 말씀은 부탁이 아니라 명령입니다. 대통령의 지시란 말이오. 이제 알아들으시겠소?"

더 이상 물러날 기색이 없는 대통령의 얼굴을 한세상은 차마 똑바로 쳐다볼 수가 없었다. 대통령 집무실을 나오는데 갑자기 떠오르는 사람이 있었다.

"맞아, 있어. 딱 맞는 사람이 있고말고. 됐어. 고민할 필요가 있겠나?"

당일로 국무총리가 된 한세상의 머릿속은 하얗게 비었다. 있을 수 없는 일이 일어난 것이다. 평생 상상한 적도 없고 기대한 적도 없는 그야말로, 도깨비가 번갯불에 콩 튀겨 먹은 듯하다. 어안이 벙벙하고 뒷골이 뻐근하고, 눈앞이 캄캄했다. 어디서부터 무엇을 해야 할지 막막했다. 지금까지 해 온 일 중에 가장 어려울 것으로 예상되었다. 나이 60이 될 때까지 안 해 본 일이 없는 한세상은 세상이 무서운 적이 없었다. 그런데 지금 두려운 것이다. 이 나이에 이렇게 가장 두려운 일을 하게 될 줄이야. 그럼에도 불구하고 또 다시 멋진 생각이 떠올랐다.

"그래, 한번 해 보는 거야. 못 할 일이 어디 있겠어? 누구나 해 온 일들인데. 그 어떤 일도 못 할 일은 없는 거야. 어쩌면 더 좋은 성과를 내서 대통령이 될 수도 있을지 모르지. 아마도 신께서 준 최고의 인생이 될지도 몰라. 진심으로 국민을 위해서, 국가를 위해서 온몸을 바치는 거야."

곧바로 한세상 국무총리는 비서실장을 불렀다. 그리고 두 사람에게 찾아올 것을 지시했다.

다음 날 아침 7시, 국무총리실 대기실에는 낯모르는 두 사람이 마주 보고 앉아 있었다. 잠시 후 한세상 총리가 나타났다.

"아니, 한 교수님, 여기는 웬일이십니까? 여기서 뵙다니요?"

"한세상 강사님, 오랜만에 뵙겠습니다. 그런데 어떻게 된 일입니까?"

자동차공장에서 일할 때 날마다 구박을 하던 김 반장과 마포에서 대입재수생들 과외를 가르칠 때 만난, 꼴통 재수생의 동생 화영이었다.

한세상 국무총리가 두 사람을 불러 놓고 상세히 설명을 했다.

"김 반장님 아니 공장장님, 제가 어제로 국무총리가 되었습니다. 가문의 영광이지만, 제 인생의 커다란 짐이 되기도 합니다. 김 반장님은 현재 자동차 공장의 공장장으로 계시면서 대학 강사로 재직 중인 걸로 알고 있습니다. 노동 현장을 잘 아시고, 노동조합의 특성을 꿰뚫고 있으시니, 노동부 장관직을 잘 수행하실 거라고 믿고 있습니다. 또한, 여기 함께 계신 김화영 팀장님께서는 대학과 기업의 교육현실을 잘 알고 계시니 한국의 미래 교육을 책임져 주시기 부탁드립니다. 그리고…."

한 총리의 말이 끝나기도 전에 김 공장장은 말을 막았다.

"한세상 총리님, 저는 가방 끈도 짧아서 아직 박사학위도 없고, 노동운동을 했으나 노동조합의 특성을 잘 모르고, 행정업무는 아예 해 본 적도 없고 하니, 과분한 직책을 맡겨 주시는 건 총리님의 큰 실수이십니다. 있을 수 없는 일입니다."

김 반장의 말을 가로막고 화영이가 끼어들었다.

"한세상 총리님, 저도 드릴 말씀이 있습니다. 저는 대학원을 나온 교수도 아니고, 겨우 학부를 졸업한 후, 대학 강사만 10여 년 하면서 기업체 직원들 교육만 진행해 왔습니다. 저 같은 사람이 무슨 교육부 수장이 될 거라고 총리님께서는 생각하시는지요? 이해할 수 없으니 예의가 아닌 줄 아오니, 이만 물러가겠습니다."

두 사람 모두 손사래를 치면서 겁먹은 눈빛으로 거절을 표했다. 그러나 여기에서 물러날 한세상이 아니다.

"두 분, 잘 들으세요. 두 분께서도 저의 경력과 특성을 잘 알고 계시리라 믿습니다. 또한 한국의 현실도 충분히 파악하고 계시리라 믿습니다. 박사학위가 없으면 아무리 충분한 현실 인식과 경험이 풍부해도 고위관료가 되지 못하고, 어딜 가나 교수와 고시출신들이 앞장서서 나라를 망치고 있지 않았소? 그래서 저는, 보다 더 실용적이고 현실에 충분한 역량을 가진 분들을 골라서 자리에 모시고자 한 것이요. 행정업무라고 해 봐야 별 것 있겠소? 각 부처에는 유능한 공직자들이 많이 있으니 그분들을 십분 활용하시면 되는 겁니다. 더 이상 말씀 그만하시고 임명장 수여식을 준비하세요. 대통령께는 어제 다 말씀드렸습니다. 이 근처로 저녁이나 먹으러 갑시다."

한세상 국무총리는 비서 두 명과 함께 두 장관 예정자를 데리고 근처 식당으로 갔다. 음식을 주문하려고 자리에 앉았는데, 앞치마를 두르고 한 아줌마가 다가왔다. 별 생각 없이 흘끗 그녀를 본 한세상은 자신의 눈을 의심했다. 그녀는 글쎄 바로, 그 과외수업을 하던, 한세상의 등을 쳐먹었던, 다시는 잊지 못할, 바로 그 벤처사업 사기꾼 회장 아줌마였다. 교육부 장관 예정자 화영이의 엄마이자, 한세상이가 죽이려고 했던 사기꾼이, 앞치마와 수건을 두른 채, 마지막으로 보았을 때보다 훨씬 늙어 보이는 모습으로 물잔을 나르고 있는 게 아닌가? 화영이도 그녀를 알아보고는 소리를 질렀다.

"아니, 엄마! 어떻게 여기서?"
"아니, 화영아, 네가 웬일이니? 구, 국무총리님까지 모시고?"

어색한 침묵이 흘렀다. 노동부 장관 예정자인 공장장은 무슨 일인지는 모르겠으나 눈치를 보다가 대충 사연이 있겠거니 싶었는지 잠시 화장실에 가겠다며 자리를 피했다. 무슨 말을 먼저 해야 할까? 세 명 모두는 더 이상 과거를 이야기할 수가 없었다. 눈치 빠른 화영이가 나섰다.

"우리들 이야기는 나중에 하기로 하지요. 우선 식사부터 합시다. 총리님, 어서 한 잔 받으세요."

한세상은 다시 한번 그녀를 만나면 죽여 버릴 것이라고 생각했었다. 그런데 지금, 국무총리가 되어 이렇게 눈앞에 있는 초라한 그녀를 보자니, 과거의 앙금이 더 이상 쓸모없게 되어 버린 돌덩이처럼 느껴졌다. 그때의 세상이와 지금의 세상이는 다르다. 모든 게 변해 버리듯, 영원한 것은 없다. 한세상은 침묵을 지키다가 말했다.

"할 이야기도, 하고 싶은 이야기도 없습니다."

화영의 엄마는 그 자리에서 무릎을 꿇고 두 손을 모았다.

"제가 천하에 둘도 없는 잘못을 저질렀습니다. 용서해 주십시오."
"아니, 엄마…. 무슨 일인 거야?"
"화영아, 괜찮다. 무슨 일이 있었든 이젠 다 잊었으니까."

세상이는 조용히 말했다. 그렇다. 이제 다 잊자. 잊어야 산다. 곰곰이 생각해 보니, 만약 한세상이가 그때 사기를 당하지 않았다면 지금 이 자리에 오지 못했을지도 몰랐다. 모든 게 운명처럼 맞아떨어지는 것이 아닌가? 세상이는 엎드려 있는 화영의 엄마를 보며 그 무엇보다 인과응보를 느끼고 있었다.

그날 식사는 씁쓸하게 끝났다. 뒤늦게 사정을 알게 된 화영이가 눈물을 흘리며 대신 사과한다고 말했으나 한세상은 그녀가 안타까울 뿐이었다.

"모든 건 예정되어 있는 건지도 몰라."

바람이 세상의 뺨을 스치고 지나가며 속삭이는 듯했다.

***

장관 두 명을 임명하고 이틀이 지나, 한세상 총리는 대통령 관저로 들어가 비서관에게 대통령 면담을 요청했다.

"한 총리, 무슨 말씀을 하시는 겁니까? 총리께서는 비서실을 경유하지 마시고, 언제든지 내 방에 들어오시오. 면담 요청이라니요? 있을 수 없는 일이오. 하실 말씀이 있으시면 밤중에라도 저를 깨우시면 됩니다. 그런 사이가 아니라면 무슨 국정운영을 한답시고 대통령과 총리직을 수행할 수 있겠소?"
"각하, 그리 생각해 주시고 믿어 주시니, 황송할 뿐입니다. 다름 아니라, 제가 전 정부에서 수립하여 시행하고 있는 정책 중에 세

가지에 대해 이의를 제기하고자 합니다. 물론, 각 부처 담당 장관들의 의견을 듣고 전문가들을 모시고 의견을 듣고 협의를 해야겠으나 우선 각하께 보고를 드리고자 하는 겁니다."

"말씀해 보시오. 아주 좋은 생각이 있으실 걸로 짐작이 됩니다. 그리고 이제부터는 절차 따지지 말고, 형식에 구애받지 말고, 언제든지 각료들과 함께 허심탄회하게 이야기를 해 보십시다. 지금 생각하는 장관이 있으면 부르시지 그래요."

"아, 네. 고맙습니다. 노동부 장관과 교육부 장관을 불러 의견을 들어보면 어떨까 생각합니다. 두 장관은 지금 자리에 있을 겁니다."

갑자기 모인 사람들은 열 명이 넘었다. 대통령과 국무총리, 두 장관 그리고 비서진들. 대통령 집무실은 어수선한 듯했으나 곧바로 침묵이 흘렀다.

"갑자기 오시라고 해서 미안하오. 두 장관들이 생각하는 국정 운영에 대한 불만이나 개선 사항이 있으면 기탄없이 말씀해 주시기를 부탁드립니다. 여기 계신 한 총리께서 두 신임장관의 의견을 들어보고 싶다고 해서서 모셨습니다."

대통령의 말씀이 끝나자마자, 대통령 집무실은 얼음처럼 차가워졌다. 어느 누구도 먼저 입을 열 수 없는 분위기였다. 그때, 한세상 총리가 입을 열었다.

"제가 이 직을 맡아 일을 하게 된 배경이 있을 것으로 믿습니다. 대통령께서 인정해 주신 부분도 있을 듯하며, 제가 이론보다는 실무를 잘 알고, 현장 감각이 있으신 분들을 장관으로 모셨습니다. 어려워 마시고, 교육현장과 산업부문에서 힘든 부분이 있으시면 말씀해 주시기 바랍니다. 물론, 대안이나 대책을 제시해 주신다면 더할 나위 없이 감사하겠습니다."

노동부 장관이 먼저 말문을 열었다. 작심한 듯이 단호한 어조로 대통령과 국무총리의 눈을 번갈아 보면서 입을 열었다.

"저는 어려서부터 노동현장에서 일만 했습니다. 공장에서 기술을 배우고, 현재는 큰 공장을 관리하면서 동시에 대학에서 산업공학을 강의하고 있습니다. 지난 정부에서 수립한 정책 중에 전 근로자에 대한 정규직화와 주 52시간 근무제에 대해 말씀 드리겠습니다. 중소기업뿐만 아니라 대기업에서도 다양한 직군과 직무형태가 어울려 일을 하고 있으며, 그래야 고용정책과 노동시장이 유연하게 돌아갈 수 있습니다. 예를 들면, 직장에서 일하는 근무방식에는 여러 가지가 있습니다. 하루 4시간만 일하고 싶은 사람도 있고, 11시간을 일해야 하는 사람도 있습니다. 3개월만 임시로 고용해야 할 일이 있고, 2년간 계약을 체결하여 기량을 시험하고 싶은 스포츠선수도 있으며, 급할 때는 12시간 노동을 해야 하는 연구원도 있습니다. 얼마 전 바이러스로 인한 전염병이 세계적인 유행으로 번졌을 때, 우리나라가 가장 잘 대응한 것으로 나타난 바, 이는 전국의 의료진이 합심하여 불철주야 방역활동과 환자치료에 앞장선 결과입니다. 따라서, 일이란 정해진 시간에 해낼 수 있는 일이 있고, 각자의 상황과 입장에 따라 다르게 운영해야 할 사안이라고 사료됩니다. 즉, 시간제근로자(Part-Timer), 임시직(Temporary), 정규직(Regular or Permanent), 계약직(Contract) 등 다양한 방식으로 근로계약을 체결하여 일을 해야 하는 경우가 있다는 겁니다. 이들을 모두 '정규직으로 정년까지 보장하라.'는 법은 옳지 않다고 생각합니다. 그건 경영자와 근로자가 알아서, 서로의 요구사항에 맞도록 협의해서 합의하면 되는 것입니다. 모든 근로자를 정규직으로 채용해서 정년까지 데리고 일을 하라는 것은 공산주의 치하에서 내리는 명령으로 들립니다. 대통령 각하께서 또한 자유롭게 의견을 들으시겠다고 하니, 편안한 마음으로 말씀을 드리고자 합니다. 근로자들이 일하는 근로시간도 주 52시간을 지키라는 것은 틀렸습니다. 근무시간 중에 담배를 피우러 내려가고, 친구를 만나러 커피를 마시고 오는 직장인들도 있습니다. 쉬지 않고 열심히 일해서 목표로 하는 성과를 낼 수 있는 사람에게 주 52시간이 타당할지 모르지만, 어떤 사람은 하루 8시간 동안 아무런 성과도 없이, 어영부영하면서 시간만 때우는 사람도 있고, 밤새워 연구를 해도 결과를 얻지 못해, 노심초사하며 스스로 밤새워야 하는 연구원도 있습니다. 어찌 이들 모두에게 주 52시간만 일을 하라고 법에 정해 놓을 수 있는지 이해할 수가 없습니다. 정부의 주요 정책인 최저 임금과 정년제도에 대해서도 드릴 말씀이 있으나, 이는 다음 기회에 또 말씀드리겠습니다. 제 말씀이 너무 길어져서 죄송합니다."

대통령의 낯빛이 어두워졌다. 국무총리 얼굴 또한 밝을 리가 없었다. 그렇다고 이 회의를 중단할 수는 없었다. 곧 이어서 교육부 장관이 입을 열어야 할 시간이다. 잠시 망설이던 교육부 장관 또한 작심한 듯이 입을 열었다.

"지난 해, 어느 국회의원께서, 서울대를 없애고 자사고를 폐지하자는 의견이 있었습니다. 이는 단편적인 착각에 불과합니다. 취직이 안 된다고 철학과를 없애고 인문학을 죽이는 건 대학의 존재 가치를 무시하는 겁니다. 고교 평준화를 외칠 게 아니라, 서울대보다 더 좋은 대학교를 만들어야 하고, 자율형 사립고등학교보다 훨씬 좋은 고등학교를 만들어, 치열한 글로벌 무대에서 경쟁할 수 있는 강력한 인재를 키워야 나라가 살 수 있습니다. 영국의 이튼스쿨이나 프랑스의 그랑제꼴 같은 학교가 필요합니다. 홍콩 과학기술대학이나 싱가포르 국립대학, 중국의 칭화대와 경쟁할 수 있는 대학이 한국에는 없습니다. 슬픈 일입니다. 드라마 SKY 캐슬에서 보여준 입시경쟁의 폐단을 말하지 말고, 밤새워 공부하여 전 세계인들과 경쟁하는 사람들을 알려야 합니다. 중고교에서 영어를 공부하고 대학까지 나온 젊은이들이 지하철에서 외국인에게 길도 안내하지 못하는 실력입니다. 그들은 영어를 10년 동안 공부한 젊은이들입니다. 외국인만 보면 도망을 가는 대학생들도 있습니다. 전 국민이 영어를 유창하게 할 필요는 없으나, 3~5개 외국어를 유창하게 말하는 젊은이들의 국제경쟁력을 보여 주어야 합니다. 해외시장에서 글로벌 기업들과 경쟁하는 회사를 소개하고, 상상할 수 없는 기술을 개발하고 예측할 수 없는 미래를 개척하는 창조자들의 역사를 가르쳐야 합니다. 이탈리아 현악기 제조 콩쿠르에서 1등을 하는 공고 출신의 스타가 빛나야 하고, 세계 시장의 40%를 점유하는 인조대리석의 경쟁력을 널리 알려야 한다고 생각합니다."

대통령과 국무총리는 더 이상 시간을 끌 여유가 없다고 느낀 것 같았다. 간간이 마주 보며 동의를 구하는 듯한 눈빛을 주고받았다. 곧바로 국가정책 개선을 위한 특별위원회를 구성하기로 했다. 위원회의 의장은 국무총리가 맡기로 하고 회의는 예정된 두 시간을 넘어 네 시간이나 이어졌다.

그날부터 한세상 국무총리는 세상 무서운 것 없이 일을 추진했다. 국민들로부터의 인기는 하늘을 찔렀다. 곧이어 교육개혁이 힘을 발휘하고 노동운동의 틀은 국가 경제를 기반으로 다시 짜이기 시작했다. 세계 각국의 리더들을 서울로 초청하여 글로벌 경제 포럼을 개최하고, 한세상 국무총리는 노동부 장관으로 하여금 국제

노동위원회의 감사를 맡도록 했다. 세계 각국에서 한국의 교육개혁을 모델로 삼겠다고 나섰고, 글로벌 기업들은 서울로 부산으로 광주로 몰려들었다.

한반도는 세계시민들로 들끓었다.

K-Pop, K-Sports, K-Food, K-Golf, K-Tech, K-Arts까지 점령했던 한국이 바이러스로 인한 전염병과의 싸움에서 세계적인 모델이 되고 있다. 의료진은 물론 전 국민의 단합된 예방활동과 참여는 지구촌 사람들이 배워야 하는 자세로 손꼽힐 정도가 되었다. K-Medical이라는 신조어도 생겼다. 내친김에 한세상은 국가와 민족을 위해 목숨을 바치기로 했다. 어차피 한 번 죽었던 목숨, 내 나라를 위해 못 할 일이 있겠는가? 전 부처의 장관과 처장, 청장들을 수시로 찾아가서 직접 만나 질문을 하고 의견을 듣고 정리를 했다. 매주 목요일엔 대기업과 벤처기업의 주요 사장들을 찾아가 애로사항을 들었다. 이렇게 하지 않고는 코로나바이러스 전염병의 대유행 이후(Post-Pandemic), 한국의 생존 방법은 없기 때문이다. 국무총리 재임 한 달이 지날 때 즈음, 한세상은 대통령을 직접 찾아뵙기로 약속을 정했다. 아래 7가지 사항을 단독으로 보고했다.

— 기업을 규제하는 법과 시행령 1,138가지를 철폐하거나 개선한다.
— 478개가 되는 위원회를 121개만 남기고 나머지는 과감히 정리한다.

- 매주 수요일 오후에는 영국 BBC, 미국 CNN, 중동 Al Jazeera, 일본 NHK 등의 국내 특파원을 초빙하여 그들의 애로사항을 듣고, 국내 산업을 홍보한다.
- 교수와 법조인들로 꽉 들어찬 고위 관료를 현장경험이 있는 글로벌 인재들로 교체한다.
- 매주 금요일 오후에는 작업복으로 갈아입고, 각 기업의 생산 현장과 상가, 농촌 등을 돌며, 일선에서 일하는 국민들의 고충사항을 직접 듣는다.
- 공공기관이나 단체 중에 역할이 중복되거나 혼동할 수 있는 기관은 합병한다.
- 위 추진사항에 반대하는 의견이나 또 다른 주장이 있으면 관련부처와 조율하여 더욱 강한 방침을 세워 추진한다.

외신기자들을 모신 자리에서 한세상 국무총리는 거칠 게 없는 영어와 일본어를 구사하며, 그들과 친구가 되고, 동료의식을 갖도록 했다. 이렇게 정리한 사항을 들은 대통령은 무릎을 치면서 칭찬을 했다. 대통령의 공감과 재가를 받았으나 한세상 국무총리는 날아갈 듯 가벼워야 하는 마음은 들지 않았다. 머리가 무겁고 가슴이 답답했다. 과연 우리나라 공직사회에서 이런 일들이 가능할까 의심하지 않을 수 없었다. 차분히 역사를 되돌아보니 그런 시대도 있었다. 못 할 일이 없다고 믿기로 했다. 그날부터 한세상은 고위공직자들을 괴롭히기 시작했다. 염려하고 걱정했던 공무원들은 오히려 반가워했다. 드디어 밥값을 하게 되어서 기쁘다는 소리가 들리고, 직무만족도가 높아지고 있다는 소문이 나기 시작했다. 한세상 국무총리는 자신으로부터 신바람 나는 국운(國運)이 솟아나고 있다고 믿고 싶었다. 그러나 교만해질까 봐, 거만하단 소리를 들을까 봐 염려하면서, 항상 겸손한 자세로 사람들을 만났다. 시민단체나 NGO 등의 실무진들을 만날 때는 말조심을 했다.

그래야 할 이유는 한세상만 알고 있었다.

18

브로드웨이 뒷길에서

"화영, 오랜만이네. 여긴 어쩐 일이야?"

"그러게요. 한 총리님이야말로 여긴 웬일이세요?"

"나? 지난해 총선이 끝나자마자 정부 개각이 있었잖아? 그때 잘린 거야. 잘 알겠지만, 원래 공직이라는 게 바람 앞의 등불이지, 안 그래? 총리직을 마치자마자, 여기 뉴욕대학에 교환교수로 왔어. 그때, 내가 화영이를 장관직에 계속 있도록 도와주었어야 했는데, 힘이 부족해서 미안했네."

"한 총리님, 그런 말씀 마세요. 덕분에 저도 6개월짜리 장관도 해 봤잖아요. 감사한 일이지요. 저도 장관직 내려놓고 나서 여기 저기 일자리 알아봤습니다. 올봄에 이곳 브루클린 근처 음악대학에 강사 겸 학생으로 왔어요."

"아, 그래? 잘 되었군. 세월이 많이 흘렀네."

바람결에 나부끼는 머리카락을 쓸어넘기며 화영은 활짝 웃었다.

"네. 그런데 총리님, 저는 교수님이란 칭호가 더 좋아요. 한 교수님은 하나도 늙지 않으셨네요. 교수님은 총리라는 직함보다 교수님이 훨씬 잘 어울리는 것 같습니다. 아직 청춘이시네요."

"웃기시네. 화영이도 웃길 줄 아는구먼. 많이 컸다. 세월이 많이 갔지?"

"그런데, 제가 알기엔, 교수님은 참 힘들게 살아오신 걸로 알고 있는데, 맞지요? 옛날에 엄마가 말해 줬어요. 그 미친년이. 근데요. 정말 교수님께 묻고 싶은 게 하나 있었어요. 물어봐도 되지요? 이런 거. 괜찮을까요? 나 원 참, 교수님. 옛날에 우리 집에 과외수업 오실 때, 우리 엄마 좋아했지요? 어린 것이."

"갑자기 무슨 소리? 그런 건 묻는 게 아니지. 솔직히 말하면 내가 좋아한 게 아니라, 너희 어머님이 나를 좋아하신 것 같았는데. 내가 어떻게 고관대작 집 마님을 감히, 생각이나 해 볼 수 있었겠니?"

"아니에요. 엄마가 그랬어요. '선생님이 나를 좋아했다.'고. 어휴, 내숭들. 저는 딱 한 번 봤어요. 보려고 한 게 아니라, 우연히. 진하시던데요. 아하, 그 이야기는 그만할게요."

"화영아, 솔직히 말해 볼래. 어찌, 그런 걸 지금 이 자리에서 말하는 게 옳은 거니?"

"알았어요. 그만한다고 했잖아요. 교수님, 그 당시엔 아주 힘들어 보이셨거든요. 그런데, 정말 교수님, 행복한 삶을 사셨나요? 언제 행복하셨나요? 행복한 순간들은 있으셨나요?"

"그래? 그래, 맞아. 그렇게 보였을 수도 있지. 그렇지만 나도 행

복한 순간들은 많았단다. 설마 불행하기만 했겠니? 바보야. 해외
연수 발령을 받고 가족들과 함께 뉴욕으로 가는 비행기를 탔을 때,
뉴욕에 내려 택시를 잡고 맨해튼을 들러서, 타임스퀘어 광장에서
전철을 갈아탔을 때, 아주 행복했단다. 2년 넘게 영어사전을 뒤져
가며 번역한 책이 세 가지 신문에 '좋은 책 소개'로 동시에 실렸을
때, 너무 기쁘고 감사했지. 어느 회사에서 그 책을 신입사원 교육
교재로 사용한다는 연락이 왔을 때, 그 기쁨은 이루 말할 수 없었
고, 아, 참. 소개로 만난 여성의 집에 갔는데, 그녀가 고운 손가락
으로 피아노를 치는 '은파'와 '소녀의 기도'는 정말 기도처럼 들렸
어. 지금 같이 살고 있단다. 하하하. 너도 들어서 알겠지만, 공장
에서 일을 하며, 3년 동안 재수를 하고 삼수를 해서, '합격통지서'
를 받은 날, 골목길 선술집에 혼자 들어가, 기쁨이 넘치는 소주 한
잔을 마실 때, 얼마나 기뻤는지 상상이 되니?"

"어머, 어머머, 교수님이 정말 그러셨어요? 그런 일이 있었어요?
불쌍해라. 이런 얘기는 이렇게 우아한 곳에서 하는 게 아닙니다.
우리, 자리 옮겨요. 오늘은 제가 쏠게요. 저, 돈 많거든요. 저는 솔
직히 돈밖에 없어요. 미안하지만, 제가 선생님, 아니 우리 멋진 교
수님, 도와드릴 수 있어요. 쫌만 기다리세요."

세상은 웃으며 손을 내저었다.

"화영아, 나는 지금, 불쌍한 게 아니라, 행복한 거란다. 지금 이

시간에, 세계 최고의 거리 뉴욕 브로드웨이에서 고급 독일 맥주 마시며, 이런 미인과 단둘이 속삭이는 한국남자 있으면, 나와 보라고 해. 이 바보야. 지금 우리는 행복을 이야기하고 있는 거 아니니? 강의를 하고 나오자마자, '소정의 강사료를 입금했다.'는 문자를 받았을 때, 내 책을 읽은 독자가, 아는 분도 아닌데, 그 책을 읽고 감동을 받았다며, 갑자기 만나자고 하여, 멀리 찾아가서 만난 자리에, 그녀가 볼펜을 주면서 '작은 책값'이라고 할 때, 내가 불행했겠니, 행복했겠니?"

"와우~!! 교수님. 진짜 멋쟁이다. 맞아요. 우린 지금, 이 세상에서 제일 행복한 시간, 행복한 만남을 갖고 있는 겁니다. 이럴 땐 진짜 교수님이 정말로 똑똑해 보여요."

"그런데 미안하지만, 진짜 행복한 순간은 언제인지 아니? 바보야. 강의를 하고 오다가 양평 강가에 차를 대고, 에스프레소 한 잔 마시며, 멘델스존의 바이올린 협주곡이나 베토벤 피아노협주곡 5번을 들으면 눈물이 날 정도로 행복하고 기쁜 마음이란다. 일요일 새벽에 일찍 일어나 리시버를 끼고 듣는 막스 부르흐의 바이올린 협주곡은 또 어떻고?"

"와, 낭만주의자시군요. 멋져부러~ 우리 교수님, 짱이네. 그런데, 교수님, 한국에 돌아가시면 뭐 하실 건가요? 교수님은 뭐 계획해 놓은 거 있으세요? 저는 할 일이 없어서 고민입니다."

"나도 그래. 대학 한 군데서 오라고는 하는데, 별로 마음에 들지 않아서, 고민만 하고 있지. 번역해 달라는 책도 두어 권 받아 놓았고, 소설도 한 권 쓸까 생각 중이야."

"아, 교수님이 소설은 쓴다고요? 말도 안 돼. 참, 웃기서."

"화영아. 네가 뭔데 나는 소설을 쓰지 못한다고 함부로 이야기
하니? 서운하다."

"아, 또 삐침? 제가 말씀드릴게요. 왜 교수님은 소설을 쓸 수 없
는지 아세요? 교수님은 항상, 모든 게 진지해요. 별것도 아닌 걸,
논리적으로 설명하면서 가르치려고 해요. 소설은 합리적이고 논
리적인 지식체계가 아닙니다. 은유와 사유, 비틀림이 있어야 해
요. 문법이 맞아야 하는 게 아니고, 교과서처럼 가르치는 게 아니
며, 섹스도 진하게 묘사한다고 멋진 소설이 아닙니다. 에고, 참."

"그래? 그거 나도 알아."

"안다고 써지는 게 아닙니다. 머릿속에 있는 걸 쓰는 게 아니라,
상상할 수 없는 걸 쓰는 게 소설입니다. 제발, 참으세요. 그걸 누가
읽는다고 그러세요? 읽지 않을 책은 쓰지 않는 게 나무에 대한 예
의이며, 문학에 대한 예절입니다."

"그래도 쓰고 싶은데, 소설 써서 잘 팔리면 어쩔래? 내가 이런
말까지는 하지 않으려고 했는데, 옛날부터 나는 힘들 때마다 소설
이나 수필을 쓰고 싶어 했단다. 에드바르드 뭉크는 '스페인 독감'
을 앓은 후, 자신의 고통을 자화상으로 그렸고, 알베르토 까뮈는 2
차 세계대전을 겪으며, 『페스트』를 썼잖아. 베토벤은 청력을 잃
고, '하일리겐슈타트 유서'를 썼다가, 27년을 더 살면서 '운명'을 작

곡했으며, 사마천은 궁형(宮刑, 거세를 함)을 받고 최고의 역사서 『사기(史記)』를 썼단다. 인간에게 고통이 없으면, 어려운 생각을 하면서 살까? 두려움과 공포, 비난과 슬픔, 고독과 절망이 아니면, 어느 누가 '예술작품'을 만들 생각을 하겠어? '스티븐 킹'이 세탁소에서 구더기를 떨어내며 원고를 다듬었듯이, 버지니아 울프가 쓰레기통에 버린 원고를 주워서, 풀로 붙이면서 다시 글을 썼듯이, 나도 우연히 강의를 하게 되면서, 포항과 여수, 광주 등을 오르내리며, 휴게소에서 바닷가에서 구상(plot)을 짜고, 양평 두물머리에서 카페 모카를 마시며 글을 쓰려고 글감을 모아 두었지. 얼마 전, 영국 BBC방송에 실린, '전염병에 관한 예술작품을 만든 그들은 오늘날, 우리에게 무엇을 말하고 있는가?'라는 칼럼을 읽으며, 공포와 고통이 주는, '기회의 신(God of Opportunity)'이 이 세상에 존재함을 나는 믿기로 했지. 이제 내 마음 이해할 수 있겠지?"

"그런 망상에 잡혀서 방황하지 마시고, 교수님 잘하는 거나 하세요. 제발, 좀. 제 말 좀 들으세요. 아. 참, 그러지 말고, 우리, 학교 하나 만들까요? 대안학교. 어른들이 다니는 비즈니스 스쿨, 이런 거 어때요?"

"아, 그래? 좋은 일이지. 나도 사실은 그런 꿈이 있었지. 5층 건물을 짓고, 지하에는 그랜드피아노를 놓은 와인 바, 1층은 무료 커피숍, 2층은 세미나실, 3층은 무료 도서관, 4층은 연구실, 5층은 살림집. 어때? 그런데 돈이 없어. 하하하."

"아, 그래요? 돈은 걱정 마세요. 제가 돈 많은 물주를 잡았거든요."

"아, 그래, 그 물주는 뭐 하는 사람인데?"

"그게 바로 저예요. 아버지가 돌아가시면서 남겨 놓은 땅이 있는데, 그게 요즘 열 배가 올랐답니다."

"어, 그래? 어디에 있는 땅인데?"

"휴전선 근처랍니다. 오래 전, 아버지가 어느 지인의 소개로 땅이 나왔다고 해서 샀는데, 아 글쎄. 그 땅이 빚에 몰린 채무자가 헐값에 내놓아서 주운 거나 마찬가지랍니다."

세상이는 그 토지의 번지수를 듣고는 귀를 의심했다. 어찌 이럴 수가? 그 땅은 세상이가 사기를 당해 팔아먹은 바로 그 땅이었다. 이런 식으로 다시 과거의 망령과 얽히다니. 재잘대는 화영이를 앞에 두고 세상은 허탈함을 느꼈다.

"어떻게 그게 우리 아버지 땅이라고 말할 수 있겠어. 어떻게 아들이 다 팔아먹었다고 이야기할 수 있겠어. 말도 안 되지. 너희 엄마가 나한테 사기를 쳤는데 결국은 그게 너희 아빠한테로 갔으니, 너희 집안 어른들 부부는 어찌 그리 모두 사기꾼이냐고 따질 수는 없잖아."

세상의 인연이라는 것은 정말 묘하게 돌아가는구나. 이제 웬만한 것에는 놀라지 않게 된 한세상이 잠시 생각에 잠겼다. 어차피 이미 잃은 돈, 잃은 땅이다.

연말까지, 아니 한국에 돌아갈 때까지, 한세상과 화영이는 가끔 만나 차를 마시고 극장을 가기로 했다. 뮤지컬 '미스 사이공'도 보고, '팬텀오브오페라'도 보고, 발레 '지젤'도 보고, 영화도 보고, 음악회도 가기로 했다. 그녀는 뉴욕 필하모니와 베를린 필하모니를 좋아한다고 했다. 한세상은 비엔나 필하모니와 런던 필을 좋아하는데. 그녀는 이탈리아어를 잘하고, 세상은 라틴어를 배우는 중이다. 그룹 퀸을 좋아한다는 그녀와 시카고그룹을 좋아하는 한세상은 맞는 게 하나도 없다. 베토벤 피아노 협주곡을 좋아하는 세상이와 바흐의 첼로독주를 좋아하는 그녀는, 그냥 한세상의 비위를 맞춰 주려고 애쓰는 것 같았다. 서로가 서로에게 잘 맞는 척해 주는 것도 인간에 대한 예의이고 사람에 대한 사랑이다.

"그림을 그리는 거나, 일을 하는 거나, 모두 사랑이야. 사랑이 없는 삶은 부도덕한 거지."

고흐의 독백이다. 시극 『파우스트』를 60년 동안 쓴 괴테를 좋아하는 나와 소설 『토지』를 25년간 쓴 박경리를 좋아하는 그녀는 모든 대화에서 맞는 게 없었다. 그러나 통했다. 그걸 사람들은 통한다고 한다. 맞지 않는 걸 통하게 하는 거, 그게 소통이라고 그녀는 한세상에게 두 시간이나 설명을 했다. 그녀가 말이 많고 설명이 긴 것은 어렸을 때 한두 번 겪었다. 한세상은 듣기만 해도 충분했다. 그래서 그녀는 세상이를 좋아한다고 했다. 사랑하는 것보다 좋아하는 게 오래간다. 뉴욕의 겨울밤은 화려했다. 타임스퀘어가

든에 내린 눈길은 아름답다 못해 곧 천사가 내려올 것 같은 분위기였다. 와인을 몇 잔 마시고, 발동이 걸려 5번가 센트럴파크를 한 바퀴 돌았다. 타임스퀘어에서 화영이와 헤어진 후, 브룩클린 다리를 건너며, '브룩클린으로 가는 마지막 비상구'를 들으며, 한세상은 결심했다.

　"너무 열심히 살았다. 이제부터 적당히 살자.
　자유롭게 천천히."

흘러가는 시간을 따라잡아라,
네 몸과 마음을 다해서….

권선복
도서출판 행복에너지 대표이사

『시간의 복수』는 '한세상'이라는 주인공을 통해 치열한 삶의 현장을 보여 주는 작가 홍석기의 자전적 이야기이며, 사실적 경험에 풍부한 상상력을 더한 허구(虛構)와 격조 높은 문체(文體)가 적절히 조합된 품위있는 소설입니다.

한세상만큼이나 바쁘게, 최선을 다해서 살아왔던 작가의 필력이 살아 있습니다.

한세상처럼 이공계열을 전공한 저자는 단국공고 전기과를 졸업하고, 기아산업 직업훈련소를 수료한 후, 기아자동차 소하리 공장에 기능공으로 입사하여 용접, 선반(旋盤), 판금 등의 기계 일을 하면서 자동차를 만들었습니다. 이날의 기억이 아마도 한세상의 공장에서의 생활을 묘사하는 데 도움이 되었을 것입니다. 훗날 중앙대학교 컴퓨터공학과를 졸업하고, 성균관대학교 경영대학원과 뉴욕보험대학에서 보험학을 공부한 저자는 코리안리 재보험㈜과 데이콤시스템테크놀로지(유)에서 직장생활을 하게 됩니다. 그 후 사단법인 한국강사협회 회장을 역임하고 대학에서 '비즈니스 커뮤니케이션'을 15년 동안 강의하였습니다. 이처럼 쉬지 않고 인생을 달려온 저자의 숨 가쁜 경험과 그 안에서 얻은 생각과 가치관이 소설 내에서 생생하게 빛나고 있습니다.

한세상의 마지막 말, "너무 열심히 살았다. 이제부터 적당히 살자. 자유롭게 천천히."에는 그만큼 최선을 다해서, 투쟁하며 살았던 자가 아니라면 느낄 수 없는 작가의 깨달음이 존재하고 있습니다.

고통도, 행복도, 모두 우리가 어떻게 삶을 살아가느냐에 달려 있는 일종의 과제입니다. 그런 점에서 한세상은 그 과제를 제법 훌륭하게 성취해 내지 않았는가 합니다. 몇 번이고 방황과 실패의 고비를 겪으면서도 꾸준히 노력하여 스스로에게 "충분히 열심히 살았다"고 말할 수 있을 정도가 되려면 결코 만만한 마음가짐을 가지고 살아서는 안 되기 때문입니다. 저자가 실제 경험을 토대로 지었기에 그 가르침은 더욱 생생하게 빛이 납니다. 저자의 인생에 박수를 보내고 싶은 이유입니다.

현대 사회에서도 수많은 사람들이 각기 저마다의 고민과 장애에 부딪쳐 가며 살아가고 있습니다. 그런 이들에게 『시간의 복수』는 인생을 어떻게 살아야 할 것인가에 관한 나침반을 제공하고 있다고 볼 수 있습니다. 코로나 바이러스 이후, 더욱 힘들어진 경제 상황을 버틸 수 있는 경험과 지혜를 얻을 수 있을 것입니다.

이 흥미진진한 소설을 통해 많은 독자 여러분이 좀 더 자신의 삶의 자세를 긍정적으로 바꾸고 한세상처럼 꾸준히, 용기를 내어 살아간다면 더 바랄 나위가 없겠습니다. 그 결과로 여러분 모두 한세상처럼 무엇인가를 이룩하게 되기를 소망합니다. 삶의 어느 순간 뒤를 돌아보며 추억을 회고할 수 있기를 바랍니다. 스스로의 힘으로 금수저로 변모하는 삶을 살게 되길 바랍니다.

한세상의 삶으로 대변되는 저자의 가르침을 통하여, 모든 여러분의 마음속에 용기와 희망의 메시지가 자리 잡길 기원하겠습니다!

열한 살의 난중일기

박원영 지음 | 값 15,000원

이 책의 놀라운 점은 박원영 저자가 11살이라는 어린 나이에 피난길에서 겪은 전쟁의 참상을 마치 눈앞에서 보는 듯 또렷하게 기술하고 있다는 것에 있다. 눈 앞을 지나간 포탄의 경험과 잿더미가 된 삶의 터전, 언제든 죽을 수 있다는 공포, 그 속에서도 피어나는 가족에 대한 책임감. 저자는 자라나는 세대들이 이 책을 읽고 자유대한민국의 소중함을 가슴 깊이 간직한다면 그것이야말로 이 책의 집 필 목적을 달성하는 셈이라고 이야기한다.

부부의 사계절

박경자 지음 | 값 17,000원

'결혼'에 대하여 생길 수 있는 모든 물음에 대한 솔직하면서도 깊은 사유를 담은 에세이이다. 결혼에 대해 답하는 저자의 글을 읽다 보면 결혼이란 단순히 두 남 녀의 결합으로 볼 것이 아니라 한 인간의 완성을 향한 구도의 길을 걷게 하는 통 과의례가 아닌가 하는 생각이 들게 될 것이다. 또한 결혼과 삶에 대한 진실한 이 해를 바라며 한 줄 한 줄 써 내려간 글 속에서 인생과 사랑의 의미를 이해할 수 도 있을 것이다.

골프 영어(골프랑 영어랑 아빠가 캐디 해 줄게!)

박환문 지음 | 값 25,000원

본 도서는 「골프 대디」 저자가 기획한 현지에서 쓸 수 있는 '쉽고 쏙쏙 들어오는 현지 영어'를 집약한 책이다. 작가는 글로벌 골프 꿈나무와 그들을 돕는 가족을 위해 현지에서 쓰지 않는 쓸모없는 표현은 과감하게 정리하는 한편 알아 두기만 하면 기본적인 의사소통에 문제없는 알짜배기 영어 문장을 책에 담았다. 골프 해 외원정의 '가이드'라고 불러도 손색이 없을 것이다.

아름다운 눈

이세혁 지음 | 값 12,000원

이 책 『아름다운 눈』은 번잡한 사회 속에서 피상적인 감정으로만 살아가는 우리들을 위해 '사랑', '이별', '삶'을 소재로 하여 언뜻 평범해 보이지만 가슴을 울리는 이야기를 들려준다. 작가 자신의 체험의 형태를 빌어 현대인의 사랑과 이별, 삶과 생각의 형태를 가장 보편적인 언어로 담아낸 책으로서 많은 이들이 위안과 공감을 얻고, 자신의 삶을 뒤돌아볼 수 있는 마음의 여유를 가질 수 있을 것이다.

인간관계가 답이다

홍석환 지음 | 값 16,000원

삼성그룹, GS칼텍스 인사기획팀, KT&G인재개발원장 등을 거치며 오랫동안 기업의 인재경영을 연구해 온 홍석환 저자는 '누구도 혼자서는 성공할 수 없다'는 말과 함께 스스로를 진정한 리더로 만들어 나가는 직장 내 인간관계의 비법을 제시한다. 이 책을 통해 독자들을 상사와 동료, 부하의 진심을 얻을 수 있는 직장 생활의 전략을 이해하고 이를 기반으로 하여 직장 내에서 '진정한 성공'을 향해 나아갈 수 있을 것이다.

세계 최고령 기업의 비밀

김정진 지음 | 값 15,000원

『세계 최고령 기업의 비밀』은 노년층을 위한 평생학습기관이자 사회적 기업인 '은빛둥지'의 실화를 기반으로 하고 있는 소설이다. '잘나가는 사업가'에서 'IMF 노숙자'를 거쳐 '할아버지 컴퓨터 선생님'으로 극적인 재기를 이룬 라정우 원장과 다양한 사연을 갖고 '은빛둥지'의 일원이 된 사람들의 감동적인 꿈과 열정, 갈등과 화합을 통해 이 시대의 노년층에게 진정으로 필요한 복지가 무엇인지 생각해 볼 수 있는 계기를 제공할 것이다.

맨땅에서 시작하는 너에게

이영훈 지음 | 값 15,000원

젊은 사회적 기업가 이영훈의 자전적 에세이인 이 책은 맨땅에서 인생을 시작하는 청춘들에게 미래에 대한 희망과 충만감을 심어 주는 받침대가 되어 줄 것이다. 어린 시절 아버지가 돌아가시고 어머니는 떠나버려 동생과 함께 고아원에서 자란 과거는 언뜻 아픈 상처처럼 느껴질 수도 있다. 하지만 그럼에도 불구하고 이영훈 저자는 자신의 인생을 통해 따뜻한 마음과 활발한 개척정신을 이야기하며 우리를 도닥여 준다.

산에 가는 사람 모두
등산의 즐거움을 알까

이명우 지음 | 값 20,000원

등산 안내서라기보다는 등산을 주제로 한 인문학 에세이라고 부를 수 있는 책이다. 등산의 정의와 역사를 소개하고, 등산이 가지고 있는 매력을 소개하는 한편 등산 중 만날 수 있는 유익한 산나물과 산열매, 야생 버섯과 꽃 등에 대한 지식도 담아 인문학적 요소, 문학적 요소, 실용적 요소를 모두 갖춘 등산 종합서적이라고 할 만하다.

꽃으로 말할래요

임영희 지음 | 값 15,000원

임영희 시인의 제4시집 『꽃으로 말할래요』는 '꽃'으로 상징되는 자연의 다양성과 그 생명력, 거기에서 느낄 수 있는 근원적 아름다움에 대한 갈망을 느낄 수 있는 작품이다. 오로지 '꽃'이라는 소재를 사용한 160여 개의 작품으로 이루어져 대한민국에서 유일한 '꽃' 시집임을 자부하는 임영희 시인의 『꽃으로 말할래요』는 우리가 오랫동안 잊고 있었던 미(美)에 대한 순수한 두근거림을 전달해줄 것이다.

'행복에너지'의 해피 대한민국 프로젝트!
〈모교 책 보내기 운동〉

대한민국의 뿌리, 대한민국의 미래 **청소년·청년**들에게 **책**을 보내주세요.

많은 학교의 도서관이 가난해지고 있습니다. 그만큼 많은 학생들의 마음 또한 가난해지고 있습니다. 학교 도서관에는 색이 바래고 찢어진 책들이 나뒹굽니다. 더럽고 먼지만 앉은 책을 과연 누가 읽고 싶어 할까요? 게임과 스마트폰에 중독된 초·중고생들. 입시의 문턱 앞에서 문제집에만 매달리는 고등학생들. 험난한 취업 준비에 책 읽을 시간조차 없는 대학생들. 아무런 꿈도 없이 정해진 길을 따라서만 가는 젊은이들이 과연 대한민국을 이끌 수 있을까요?

한 권의 책은 한 사람의 인생을 바꾸는 힘을 가지고 있습니다. 한 사람의 인생이 바뀌면 한 나라의 국운이 바뀝니다. **저희 행복에너지에서는 베스트셀러와 각종 기관에서 우수도서로 선정된 도서를 중심으로 〈모교 책 보내기 운동〉을 펼치고 있습니다.** 대한민국의 미래, 젊은이들에게 좋은 책을 보내주십시오. 독자 여러분의 자랑스러운 모교에 보내진 한 권의 책은 더 크게 성장할 대한민국의 밑판이 될 것입니다.

도서출판 행복에너지를 성원해주시는 독자 여러분의 많은 관심과 참여 부탁드리겠습니다.

도서출판 **행복에너지** 임직원 일동

하루 5분 나를 바꾸는 긍정훈련
행복에너지

**'긍정훈련'당신의 삶을
행복으로 인도할
최고의, 최후의'멘토'**

'행복에너지
권선복 대표이사'가 전하는
행복과 긍정의 에너지,
그 삶의 이야기!

인터파크
자기계발 분야 주간
베스트 1위

권선복 지음 | 15,000원

권선복

도서출판 행복에너지 대표
지에스데이타(주) 대표이사
대통령직속 지역발전위원회
문화복지 전문위원
새마을문고 서울시 강서구 회장
전) 팔팔컴퓨터 전산학원장
전) 강서구의회(도시건설위원장)
아주대학교 공공정책대학원 졸업
충남 논산 출생

책 『하루 5분, 나를 바꾸는 긍정훈련 - 행복에너지』는 '긍정훈련' 과정을 통해 삶을 업그레이드하고 행복을 찾아 나설 것을 독자에게 독려한다.
긍정훈련 과정은[예행연습] [워밍업] [실전] [강화] [숨고르기] [마무리] 등 총 6단계로 나뉘어 각 단계별 사례를 바탕으로 독자 스스로가 느끼고 배운 것을 직접 실천할 수 있게 하는 데 그 목적을 두고 있다.
그동안 우리가 숱하게 '긍정하는 방법'에 대해 배워왔으면서도 정작 삶에 적용시키지 못했던 것은, 머리로만 이해하고 실천으로는 옮기지 않았기 때문이다. 이제 삶을 행복하고 아름답게 가꿀 긍정과의 여정, 그 시작을 책과 함께해 보자.

『하루 5분, 나를 바꾸는 긍정훈련 - 행복에너지』